U0893640

牵手

李锦球 著

群言出版社
QUNYAN PRESS
·北京·

图书在版编目（CIP）数据

牵手 / 李锦球著．-- 北京 ： 群言出版社， 2017.10
ISBN 978-7-5193-0372-3

Ⅰ．①牵… Ⅱ．①李… Ⅲ．①散文集－中国－当代
Ⅳ．① I267

中国版本图书馆 CIP 数据核字（2017）第 300200 号

责任编辑：潘　昊
封面设计：黄佳影

出版发行：群言出版社
地　　址：北京市东城区东厂胡同北巷1号（100006）
网　　址：www.qypublish.com（官网书城）
电子信箱：qunyancbs@126.com
联系电话：010-65267783　65263836
经　　销：全国新华书店

印　　刷：成都新千年印制有限公司
版　　次：2017年10月第1版　2020年1月第2次印刷
开　　本：710mm×1000mm　1/16
印　　张：18
字　　数：285千字
书　　号：ISBN 978-7-5193-0372-3
定　　价：55.00元

【版权所有，侵权必究】
如有印装质量问题，请与本社发行部联系调换，电话：010-65263836

前　言

杨　军

我们热诚地将《牵手》呈献给渴望读到文笔纯美、内容丰富的优秀文艺作品的读者。

本书共五辑。其中第一辑是山水游记；第二辑是乡土情怀；第三辑是睹物思情；第四辑是人物随笔；第五辑是读书心得。收录了作者10多年来创作并在各类报刊发表过的97篇作品，具有浓郁的文化内涵和引人入胜的艺术魅力。

本书的作者不是专业作家，却是行业里出类拔萃而又热衷文学写作的人。他自觉远离世俗浮躁，决然拒绝急功近利，把业余写作当成自己原来的专业一样去做，既激情满怀，又冷静沉着，全神贯注去思考，倾心竭力去耕耘，满腔热血去灌溉，精益求精去雕琢。尽管这些作品还不是完美无缺，每篇却都充满着真挚的情感，洋溢着善良的品德，跃动着美好的心灵。

拥有本书的读者可以真实地看到作者对人生经历的深切回顾和对现实的热情关注；看到许多鲜见的生活形态、人物形象和社会课题；感受到许多深切的人文关怀和人间大爱；还可以欣赏到许多奇妙的自然风光。总之，我们相信读过本书的人将会有一种未错过文学佳作的快感和收藏到艺术精品的欣慰。

（作者系广西百色地区文联第四、第五届委员会主席，中国作家协会会员，副编审。）

红土筑文路　倾情著华章（代序）

——读李锦球散文集《牵手》随感

黄碧功

去年春暖花开的时节，我在回老家的途中，接到李锦球的来电，请我为其散文集《牵手》写序，我虽退休但仍多事，本想推辞，但想到李锦球是我主编《百色文艺》时接到的散文来稿中印象最深的《活旺河情思》的作者。我虽未到过活旺河，但作者用独特的构思、清丽流畅的文字创造出来的非同一般叙事性散文的意境，像一股清澈的甘泉在我心中流淌，令我萌生了一种要到活旺河走一趟的冲动。后来，我又把该文辑入我主编的《百色览胜》一书中。念及此事，我答应了。

接着，李锦球将一本打印清晰的《牵手》书稿通过快递寄给我。说实在话，由于工作繁忙，我几乎相当长一段时间没有很好读书了。从后记中得知，这是作者在许多报刊文艺副刊上发表的散文作品，在《活旺河情思》前后发表的均有，我更是感到《牵手》的厚重，要为作者牵牵手，但又担忧自己写不好这个序。因为写序如同文学评论，它也是一种创作，于是只能细细地品读，说说反复阅读的感受。

《牵手》给我的第一印象是生活基础扎实，题材广泛。书中所写的人、事、景、物，大多是作者所亲身经历的，文中虽也有些虚构的情节，但都能使人读到艺术的真实，增强艺术感染力。

“山水游记”是作者《牵手》一书的第一部分。旅游是人们扩大眼界、增长知识的一种途径，是一种时尚文化。旅游者数以亿计，但能写散文游记留下行程感受的并非所有行者，而李锦球则以其独特的发现美的慧眼，在家乡的红土地上，将观察到的事物写得引人入胜、情深意笃，如《独留惬意在山中》《情韵澄碧湖》《走笔棋盘滩》等。而对国内的山水名胜，更是观察入微，用细腻亮丽的文字，让读者读时仿佛是他的同行者，随着他思绪的缆车在云游。时而欣赏黄山之雄奇，赞叹华山之嵯峨，感叹登顶泰山观景之愉悦；时而徜徉古城大理或北国观雪；时而乘着舫船游西湖、千岛湖观赏风景，同样感受着仁者乐山、智者乐水的情趣，收获着名山胜景、名城别具一格的传统文化和现代气息。

游子无论走到何方，尽管他山之石尽美，他方之景更亮丽，但却难忘那叶子对根的眷恋，难忘那挥之不去的故土情愫。《牵手》的“乡土情怀”是作者亲历的真情流露。因为那是作者生活、学习和工作过的地方。生于斯，长于斯，人生的视野总离不开那难分难舍的故土。通过对这片贫瘠却异常富有的红土地的描写，作者将缕缕情愫呈现，如《一个古老而美丽的地方》《青瓦的记忆》《老村•老屋》《那盏煤油灯》等；而《敢壮山的古壮文化》《心中的圣山》《田州老街》等，却能让读者了解珠江流域人文始祖布洛陀和布洛陀文化、壮族古文字，看到活脱脱的壮族灿烂多彩的风俗画卷，仿佛走进了壮族历史文化的长廊，了解到他们生存的环境，以及这方热土上人们的向善、向美、勤劳的创业风貌。可以说，这些文章既是一篇篇脍炙人口的好散文，又是人们研究壮族历史文化不可多得的人文素材。

散文创作中重要的表现方式是抒情散文。《牵手》中“睹物思情”这部分散文，作者亦是将其观察生活之所见、所经历，从心灵上的真实感受，从思想的深度去表达，使之达到一定的高度，以潜移默化的功能令读者从其所创造的意境中得到同感而萌生亲临其境之感。作者分别从对松、竹等事物的描写抒情中，令读者感悟它们的高尚品质、傲然的风骨，体会生活的本质是朴素、高清与顽强的精神，如《金秋咏桂》等；

从对冬雨、夏雨、夏花、秋月、声音及色彩等的描绘中，感悟人生的真谛，如《感悟山泉》等；对鸟语、河流等的叙述则令人愉悦，从中体会到人与自然的和谐。静止的事物，作者都赋予其活泼的生命，让其高尚之品质，从叙事抒情中自然流露，揭示生活哲理，寓情于物，写得入木三分。

人、事、景、物的描写是散文创作的重要内容。《牵手》的“人物随笔”是书中的又一部分。这些以记人叙事写景的记叙性散文，虽也写人物，但主要是以回忆往事及记述当前的生活为主，这就要求作者把一件事一幅景有重点地用清晰的线索来叙述。因为要写到人，自然和事是不能分开的。但要使人在事中得到较好的表现，这就必须采用小说写作中人物性格和细节描写等文学手法。《牵手》这部散文，虽然笔墨不多，但着笔却如水墨画的用墨，浓淡相宜，文笔简练，作者选取最能表现人物性格的细节进行恰到好处的描写，如《父亲的土布衣》中的父亲、《母亲的菜园》中的母亲、《心灵的牧场》中的养蜂师傅、《牵手》中的女孩、《巷道里的清曲》中的刘师傅，等等。作者采用叙事、抒情、写景相结合的手法，使得这些人物栩栩如生，给人留下掩卷而记忆犹新的深刻印象。

《牵手》把我带进了作者的书斋。作者“读书心得”散文中的《感悟边城的美》，在“美”上做文章，从自然美、风情美、人性美去细细叙述，让读者也在其笔下进入了边城的无限美丽风光之中，这样的读书心得是不可多得的。读书是写作的重要基本功，读书、剪报、学习、收获是一种对间接生活的积累。生活中的作者，不可能有很多的时间去体验生活的万象，而阅读别人的作品则如同生活的万花筒滚动在作者的面前，让作者随着他们的叙述，进入他们用文字精心雕刻的意境中，得到美的陶冶、美的享受，同时也获得一定的间接生活。《牵手》就是这样把广阔的、充满着时代气息的生活画面展现给读者，真是好书不厌百回读。每读一篇，就犹如在品着一杯香茗，这就是我反复品读《牵手》的第一印象。

其二是作者爱好甚广，这是散文创作的重要前提。这也是《牵手》给我的又一个印象。正因作者热爱生活，而生活又无处不在。作家具备发现美的眼睛，也就是人们常说的“作家比别人多一双眼睛”。其实不是说作家真的比别人多长一双肉眼，而是指作家有一双发现生活的慧眼，可以将观察到的人、事、景、物信手拈来成文，如《感悟音乐》等。作者的生活兴趣广泛，琴、棋、书、画样样爱好，可说是“十八般武艺”样样精通。这些爱好，也就激起了他对生活的热情，促使他倾情于生活，可谓“情到深处好作文”。作者对小提琴情有独钟，故论其《牵手》散文中的艺术效果，有的如小提琴般音色清越，宛如女高音，飘逸抒情；有的如棋行盘中，跳跃而又深沉；有的则表现出书法作品般力透纸背的功夫；有的却似水墨画，浓淡相宜，时而轻描淡写，时而浓墨重彩；有的犹如油画一般，色彩斑斓而凝重。总之，语言生动活泼，风格多样，时而像山中静淌的山泉，时而又似奔泻的瀑布。因此，阅读这些散文，仿佛读散文诗一样有节奏感，而有的则如诗歌一样朗朗上口，令读者欲罢不能，非得一口气读完，得到一个完美的哲理性结局才心情愉悦而止。这些艺术效果与作者的博学多才和独具匠心的表现手法有着千丝万缕的关系。

其三是文学功底深厚、知识渊博。文学创作需要作者知晓天文、地理、历史等多学科的知识。在《牵手》后记中得知，李锦球的文学追求始终如一，他从小学起，就做着文学梦，而文学梦的那盏灯，始终照耀着他，指引他在红土地上脚踏实地，艰辛地探寻实现文学梦的路子，他恒守着一份执着，用诚挚的情感去热爱生活，用真、善、美的眼光去观察和审视世间的生活万象。使情感从诗一样的心中自然流露出来，这就必须有扎实的文学功底，正如散文作家黄福林曾说过的关于写古体诗的基本功要求那样：“一个字要有一万个字作底。”故此，李锦球除了注意观察生活、积累生活之外，就是博览群书，对古今名著，尤其是对中国古典文学中的唐诗宋词，更是过目成诵；同时他也猎及国外名著和名人之作，在《剪报乐》中，读者能看到他孜孜不倦苦读的背影和在文学园地上深耕的足迹，正因为这样，他才能“读书破万卷，下笔如有神”，因此几乎在每篇散文作品中，他都能运用自如，恰到好处地一处或多处引用古诗名句或名人警语，尤其是唐代散文八大家的诗文，使之起到画龙点睛的作用，不仅增强了作品的诗意和思想的深度，而且增强了作品的感染力，给读者留下了深刻的印象，令读者如同走进文学的殿堂，重温着古今中外名著、名人警言，同时也受到中国古典文学的熏陶。近年来，文学存在浮躁现象，尤其是抒情散文作品，没有扎实的生活基础，满篇堆砌华丽的词句，貌似华丽，实则无实在的感受，令人读了如同水过鸭背，难以留下深刻印象；而哲理性散文则肤浅无实，写得没有深度。但李锦球的散文却与这类浮躁之文形成鲜明对比，令人一咏三叹。

其四是《牵手》的语言文字美。不论什么艺术形式，都需要通过一定的手段来增强读者的审美感受，画家的手段是色彩和线条美，音乐家的手段是音符节奏美，文学的手段是语言美，而李锦球的散文语言，是不同于一般的散文所运用的。我们在欣赏其作品的语言美，像诗歌一样具有节奏美的同时，不可忽视其如何利用语言文字的形、音、义等各种性能特征；如何利用修辞手段，如何利用音韵的节奏，如何利用汉字的特点，把文意表达得淋漓尽致，使色彩、情感像诗歌一样从心中自然流露出来，增强它的形式美，体现他驾驭散文语言的熟稔和得心应手。其作品的语言美，在《牵手》中，比比皆是，美得令人赞叹叫绝。应该说，他是一名十分善于用语言美来增强读者的审美感受的散文作者。

其五是作者有自己独特的人生观、价值观和人生取向。这是《牵手》的又一特点，也是文学创作的重要基础。李锦球的散文有着他独特的视角和思维方式，不论是对于题材的选择，还是使用不同的表现手法，他通过准确、生动、亮丽的语言文字表达自己的审美感觉、艺术构思、思考感悟和价值观，令其自然流露并贯穿于《牵手》之中。不论是“山水游记”“乡土情怀”“睹物思情”“人物随笔”，还是“读书心得”，读者都能从他流畅的文字构成的诗情画意般的意境中，触摸到时代跳动的脉搏，感受到作者独特的人生观、价值观和向善、向美的精神。这是我对《牵手》的又一印象。

细读《牵手》近百篇散文，是一种美的享受，得到以上的启迪，也可说是读后感吧，我为作者对文学的苦苦追求所感染，也为他的成功所感动。他有着丰富的阅历、深厚的生活底蕴，故所选取的题材都是他生活海洋中溅出来的浪花，每一篇都能让读者感悟到他在红土地上充满激情的人生情怀和对文学孜孜不倦的追求精神。另外，作家要耐得住寂寞，要能在浮躁的生活中平和自己的心态。这正如作者在《生命的深度》中所描述并得出的结论那样，就是自始至终保持一个文学追求的心理，并以全力倾注，也就是其所言的“沉潜”的深度，这是他成功的秘诀！我真心地希望，在百色文坛能读到更多像《牵手》这样的好作品。

红土地这片热土正沐浴着时代的阳光，在发生着日新月异的变化，新的时代在召唤着文艺工作者为实现中国梦而摇旗呐喊。我相信，李锦球会在《牵手》之后，继续奋力笔耕，迎来一个个更沉甸甸的金秋。我期待着！

是为序。

2016年6月30日

（作者系百色地区文联第五、第六届专职副主席，百色市文联第一届主席，广西作家协会会员）

目 录

山水游记

乡土情怀

睹物思情

人物随笔

读书心得

山水游记

独留惬意在山中

作为山里人，对山自然有一种难以割舍的情怀。

故乡的山是大石山，高耸入云，绵延起伏，这些山被绿树簇拥着、包裹着，虽然在翠绿间裸露块块巨石，但墨绿是这些山的主色调。村后一条崎岖的山路直通山间坳地，上了坳地是一山中盆地，盆地是一片荒芜的原野，四周的高山把盆地围得严严实实。盆地没有什么奇景异色，但我喜欢这里的山、这里的水、这里的树、这里的风、这里的鸟。每次回故乡，我都会独进大山，去寻找一份怡然、一份惬意。

上山的路是一条羊肠小道，牛、马、羊留下的足迹依稀可见，被重复踩踏的山中小道古朴、苍老、幽深，走在其中，油然而生几分苍凉。但扑面而来的山光树色和清丽的阳光让我很快忘掉片刻的愁绪，经过迂回跋涉，终于踏入山间坳地。

山坳口，上千年的古榕傲然挺立，树身庞大健硕，虽然树叶时疏时密，但丝毫按捺不住强盛的生命力。树下，一巨石静卧怀中，巨石旁是零星散居的石头，从远处着眼，活脱脱的祖孙三代：古榕是祖，巨石是父，小石是孙。置身山坳口，依偎着巨石，举目瞭望，故乡的全貌尽收眼底，愉悦心目的同时，让人身感居高临下，个中滋味，只有身临其境方能体味，最能调养身心的是这里的风。

如果说大山是个天然空调，那么山坳口便是空调的出风处，在这里，由不得你选择，清凉的山风抚慰着你。瞬间，你的头发随风飘动，根根荡涤，丝丝柔动；敞开上衣，这些山风便幽灵般撩拨你的衣襟，你便如振翅的山鹰，跃跃欲飞。举目四望，除了山石，山坳口的树和草都不约而同地动起来，无须侧耳倾听，凉风吹过的呼呼声，古榕树叶的拍打声，山中草长的掀动声一齐灌入你的耳膜，这些声音忽起忽落，忽高忽低，忽远忽近，时而激扬澎湃，时而柔声细语。此时，你只管闭上眼睛，让凉爽的山风荡涤你的身心，陶冶你的情趣，你会觉得置身仙境，如诗如梦，飘飘欲仙。

而当你睁开眼睛，走进山中盆地时，首先踏上的是一片宽阔的草坪，这片草坪仿佛一张巨大的绿毯在你面前铺展、延伸，这些草坪虽然比不上足球场上的绿茵那般规整、有条理，但也不失它的厚实和平滑。这片草坪的催生剂是牛、羊、马、鸟的粪便，修剪工是牛、羊、马，洒水机器是山雨，烘干机是山风。或许你会毫无眷恋地一踏而过，而我不会。我会随地而坐，观赏在草地上跳跃的飞虫，抚摸绿草，任由草尖刺激掌心，酥酥麻麻，真是修身养性的绝佳方式；躺在草地上呼吸芳草散发的诱人芬芳，这芳香沁人心脾，怡人心智；眺望天上云卷云舒，观望四周向我聚拢而来的青山峻岭，我仿佛融入这山野。此时，在山外郁结的紧张、忧郁、惆怅早已抛到九霄云外，换来一身的轻松、快慰和舒心。

不远处，一块约50米高的巨石独立于旷野，从远处看，活像一位驼背的老人，巨石上几棵古老的杂树盘桓石顶，恰似老人头上的帽子，那些树根便是老人的胡须了。树根纷纷顺着石块延伸到地面吮吸着土地的养分，养育着石头上的树，树以浓郁的绿报答对根的情谊。令人称奇的是巨石底部有一洞口直通石顶，我顺着螺旋式的洞道往上走，阴森森的，让人倒吸几口凉气。爬到了石顶便是艳阳高照，几只蜜蜂正围着树上细小的白花忙着采撷花粉，我欣喜地瞧着，不忍惊动那树、那花、那蜜蜂，怕这一美好的瞬间从身边溜走，我只悄悄地立于石顶，任由山风吹拂飘逸的头发，心中有种征服巨石、征服自然的快意。

巨石旁有一小泉，泉水汩汩而出。听村里的老人说，小泉四季长流，泉水常年清澈透明，是纯净的山泉水。我找来泥巴，试图封堵泉口，却被泉水一冲了之，几块残留在手上的泥巴也瞬间被泉水带走，留下的只有我被洗净的双手和清凉的切肤记忆。那泉水的况味呢？不用品尝，甘甜已经流进我的心间。真没想到，蝴蝶和蜻蜓的爱好跟我一样，喜欢戏水，但三者中算蜻蜓戏水的技艺最高，它在离泉水不远的上空演绎静飞，并不时弯着尾巴沾点泉水，此刻，我若拿照相机，必定拍下这美妙的一幕，可喜的是这一幕已深深地烙在我的记忆中了。

不知哪位作曲家把古诗“空山不见人，但闻人语响”改为“空山不见人，但闻鸟语响”。我想，改后的诗句描述我进山后对鸟的感受更为妥帖。山里，鸟的鸣叫声大多是单叫，如独唱演员在台上歌唱，不过，我一直喜欢独唱。山鸟的鸣叫声悦耳动听，令人回味无穷，我不停地竖耳倾听，享受旷野中的天籁之音。突然，不远处的树丛里飞出两只黄鹂，它们从头上飞过，喧声而去。望着它们远去的背影，我想，我若有一双翅膀，必定随它们飞去。

回过神来时已是夕阳西下，时光让我依依不舍地离开大山，收归放纵自然的心绪，独留惬意在山中。

独许黄山胜太华

我未去黄山时，早已把徐霞客的诗“五岳归来不看山，黄山归来不看岳”熟记于心。2010年7月，我有幸登顶黄山，领略黄山奇松怪石的同时，感叹徐霞客的诗实至名归，更应了老舍那句诗“独许黄山胜太华”。多娇黄山让我叹为观止。

从云谷寺出发，缆车沿着山脉慢慢上升，我忙着俯视半山腰那茂密的树，又急着仰视刀削斧劈的山崖，树的幽绿、山的伟岸摄入我的眼球，定格在我的相机。到达松谷庵，一团团白雾忽而滚滚涌来，忽而消失得无影无踪，明媚的阳光在白雾消逝的时候朗照，透过松针洒落在地上的阳光零散而多芒。一山有四季，十里不同天。导游说：“今天天气好坏就看你们的运气了。”我们默默地祈祷，希望今天是个晴朗的天气。

山道在树的掩映下蜿蜒伸展，拾级而上，风吹山松发出的沙沙声是我们的行军进行曲，急促、高亢、奋进。风的呼唤自然让我们对黄山松青睐与眷顾。来到北海至西海路旁，一棵古树铁根盘结，一松六茎，相抱相依，枝叶茂密，团团簇簇，竞相生长，象征中华民族的大团结，故名“团结松”。团结松是黄山十大名松之一，树高17.4米，冠幅9米×10米，树龄约400年。我们在团结松前照了一张全家福，寓意团队同心协力、团结互助。

玉屏楼前的悬崖上，“迎客松”巍然屹立，傲视苍穹。“迎客松”有两丛，一上一下一大一小的青翠枝干旁生斜出，如同好客的主人伸出手臂，热情欢迎远方宾客的到来。这棵“迎客松”是黄山奇松的代表，乃是整个黄山的象征。“迎客松”姿态优美，枝干遒劲，虽饱经风霜，却依然郁郁葱葱，生机盎然。在“迎客松”前，人山人海，摩肩接踵，费很大的劲才能跟“迎客松”合影拍照。

跟华山“有石无松，有松不奇”不一样，松是黄山一大奇景。黄山绵延数百里，千峰万壑，无峰不松，无松不奇。瞭望黄山松，或金鸡独立，或龙盘虎踞，或猴悬绝壁，或冠平如盖，或尖削似剑。有的循崖度壑，绕石而过；有的穿罅穴缝，破石而出。忽悬、忽横、忽卧、忽仰、忽立，惟妙惟肖，千姿百态，风情万种，让人啧啧称奇。大自然的鬼斧神工让黄山享有“天下第一奇山”的美誉。

如果说松是黄山一奇，那么石便是黄山一怪。黄山石“横看成岭侧成峰，远近高低各不同”。登黄山前有人提醒我们要从不同侧面观黄山石，让黄山石的美在你的想象力中发挥到极致。天都峰位于黄山东南，西对莲花峰，古称“群仙所都”，意为天上都会，故取名“天都峰”。此峰特色是健骨竦桀，卓立地表，险峭雄奇，气势磅礴，在黄山群峰中，最为雄伟壮丽。站在半山寺遥望天都峰的一块大石头，形如大公鸡振翅啼鸣，故称“金鸡叫天门”；但当我们登上龙蟠坡再回顾天都峰时，这只“一唱天下白”的雄鸡却摇身一变，变成了5位长袍飘飘、扶肩携手的老人，又被冠以“五老上天都”之名，石的怪异让人拍手称绝。

黄山奇峰罗列，怪石嶙峋，松石相映成趣。刚过入胜亭，在石桥上仰观前面两峰，只见两峰之间怪石屹立，形如喜鹊，峰旁有青松可登，这里被称为“喜鹊登梅”。而由此转道去皮篷，从另一面观望，“喜鹊”则变成了身穿古袍的仙人，仿佛还举手为游客指路，所以这块巧石又叫“仙人指路”。在黄山，因形状怪异而命名的石头就有1200多块。

黄山石、松形成的怪异奇景像有神怪点拨，仙人布局，看到“苏武牧羊”至少让我有这样的感觉。在打鼓峰腰，一石状如站人，石边一棵松孤独而立，恰似牧竿，“站人”面前一片矮林，在云雾中犹如羊群。松、石搭配，合成一幅牧羊图，附会历史故事，名其曰“苏武牧羊”。有人为此赋诗：“争传苏武隐高岗，东海深处仍牧羊。渴饮流霞饥食月，高风亮节千古扬！”

记得游华山的时候天空似明镜，看不到云雾缭绕的景象。黄山却不然，忽晴忽雾是黄山留给我的印象。导游说黄山是云雾之乡，以峰为体，以云为衣。在西海还是碧朗晴空，波平如镜。来到排云亭，忽然雾起云涌，涌起的云雾排山倒海，奔涌如潮，波澜壮阔。慢慢地，雾渐渐散去，流云散落在诸峰之间，云来雾去，薄雾缠绕着独立锥形巨石上的松，形成绝佳的美景。云海渐散，清淡处，一缕阳光洒金绘彩，浓重处，升腾跌宕稍纵即逝。黄山瑰丽壮观的“云海”以美、胜、奇、幻享誉古今，一年四季皆可观。

黄山欣赏美景在陶醉中结束。离开黄山的时候，我高声吟诵着老舍的那句诗：“独许黄山胜太华。”

风情古韵马陵河

马陵河是一条古老的河流，它是故乡的母亲河。千百年来，马陵河像一位风情万种的少女，将这片山地变成婀娜多姿，又像是一位圣母，孕育了故乡诗一样的故事。

是陵泉铸成了这条河流。大山底下，古木幽深的深洞涌出一股股泉水，不知什么时候，在离泉口不远的地方，村民用巨石和水泥砌成堤坝，让泉水幻化成一幅平铺的白练缓缓注入马陵河。在上游，河水像一匹难以驯服的野马沿着河道一路狂奔，撞击巨石的河水水花飞溅，浪花在空中与阳光对接，雪亮雪亮，晶莹剔透。那哗哗哗的响声响彻了空阔的山谷，这山谷因马陵河而欢畅。水车在激流的河段中应运而生，靠近田野的水车不知疲倦地转动着，一个个竹筒像一个个辛劳耕作的农夫，装满水后顺着转动的水车注入良田，构成一幅灵动的田园画。转动着的水车不时发出嘎吱嘎吱的声音，如果单是这声音，只能使山谷愈发寂静。而它和水流声、鸟叫声、昆虫叫声交集在一起，演奏了交响曲，山谷就变得热闹非凡了。我每次回故乡都要走进山谷，去聆听大自然的四声部，这唱响山谷的天籁之音。

到了中游，河面开阔、平静，一路狂奔的河水像一头温顺的绵羊在这里歇息着回旋着，漩涡忽大忽小，暗流涌动的河水澄清了水质。清澈见底的水中不时冒出河鱼吐出的气泡，扁条形的水草绿油油的，在水中摇头摆尾，煞是可爱。如果说上游是听觉，那么中游便是观景了。一座石桥、一棵古榕和清亮的河水构成了这里独特的景致，而这里也孕育了一个个美丽的传说。

“白领桥”与“白领河”的故事便产生在中游河道。这段河道长约80米，宽约25米，水深2米，状似石槽。石槽的北端，相连相接高低不平的石头形成一条天然的拦河坝，拦河坝的形成让这段河道的水位百年不变。河的东岸长着一棵千年古榕，枝繁叶茂，古榕像一把展开的巨扇平铺于河面，离水面不到1米，覆盖面约70平方米，树梢离西岸约2米，人们以树干为桥，来回平步于河面，却不能通往西岸。

传说这棵古榕是由一个叫白领的小伙子所栽。原来一位17岁的小伙子爱上了陇原屯的一位16岁姑娘阿花，他们头一次约会定于河道西岸，时间是七夕正午时分。可是，那天正好洪水暴发，阿花过不了那天设地造的拦河坝，两人只好在河岸对视徘徊，不欢而散。后来，白领含情栽下榕树做“情人桥”，并常年踩踏树干，让其往河面伸展，期望成为一座天桥，好在七夕与阿花相会。可是，时过一年，榕树怎么都伸不到西岸。为了圆他们的七夕约会梦，村民们在河道上修建了一座石板桥，白领和阿花团圆了，喜结连理，终成眷属。后来，人们把这座桥叫“白领桥”，这河道又叫“白领河”。

沿着“白领河”而下，河道变得宽阔而平直，河水流过了绿洲平原，辽阔的原野因马陵河而充满诗情画意。这段河道又叫蟒河。传说古时候河的西岸有一个阴森森的地洞，洞里常住着几条大蟒蛇，所以这河道又叫蟒河。

蟒河还有一个“蟒河戽水求雨”的古老传说。

由于蟒蛇经常在此出没觅食，所以，人们不在此段河戽水摸鱼，好让蟒蛇有一个安静的环境，好好休养生息。

一年天旱，蟒河两岸农田无法耕种。有一天，几个小伙子到蟒河岸上玩，发现河里有很多鱼，便下河摸鱼，水波震荡到深洞里，惊醒了正在酣睡中的蟒蛇。蟒蛇出洞干涉，人们不予理会。惹得蟒王大怒，出洞朝南三拜，天空即刻乌云密布，远处雷声隆隆，接着下了一场大雨，人们纷纷空手而归。而蟒王却高兴地说：“如果以后再敢来摸鱼的话，我就用雷雨轰走你们。”人们听了，反而高兴了，说：“我们所需要的正是雷雨呢！”

第二年天刚旱，人们就到蟒河戽水。可巧，刚戽几斗水，天南边乌云密布，下了一场中雨。

第三年天旱，人们又到蟒河戽水摸鱼了，可是，那天一直不下雨，人们虽然摸到了很多鱼，却很不高兴，因为人们需要的是雨，而不是鱼。后来，蟒王出洞来对人们说：“我跟你们相处已经很长时间了，你们一直都敬重我们，从不损伤我们一片鳞，我们很感动！今天，让你们满载而归吧！两天后就有雨了。”过了两天，可真下了一场大雨。从此，“蟒河戽水求雨”的故事便流传开了。

来到马陵河的下游，我们还想寻找有关马陵河的故事，但是河中的白鹅、空中的飞鸟打断了我们的思绪。阳光下闪着亮光的河水、嬉水的白鹅和空中的飞鸟构成了一幅天然的美景图。古老的马陵河承载着它厚重的历史积淀，悠然地流向远方。

古韵雅致大理城

云南大理，这座方圆12里的古城是全国首批历史文化名城。大理古城西倚常年青翠的苍山，东临碧波荡漾的洱海，形成“一水绕苍山，苍山抱古城”的城市格局。大理古城早已名声在外，作为古城的仰慕者，能够置身其中，我算是幸运者。单从视角着眼，古城古色古香，而当你在古城漫步观赏细细品味，大理古城就像一坛陈年老酒，品过之后历久弥香，韵味无穷。

城墙拱门上，灰白底纯黄色草体字“大理”二字飘逸俊秀，这二字是集郭沫若书法而成，“大”字的捺笔如滴水落石，上尖下圆；“理”字王字旁的上横如玉落珠盘，一气呵成，字里行间如行云流水，圆润通灵，寓意大理古城清水点缀，恬淡雅致。

环视城楼，青砖红瓦蓝檐，城楼高7.5米，厚6米。“弓”形楼宇四角腾空翘起，如大鹏展翅，跃跃欲飞；楼宇廊沿上雕刻的飞鸟、青蛙、猿猴等图腾活灵活现、惟妙惟肖，能工巧匠们巧夺天工的技艺可见一斑。而我还是把目光驻留在城墙上，岁月的侵蚀让原本光鲜的青砖变得锈迹斑斑，不知名的树藤缠绕攀爬，树的生机掩盖不住城墙的古朴，千年青砖历经沧桑岁月，阅历着古城的变迁。城墙外，一巨石雕刻着“古城漫步”4个字，我按照古人的提示漫步古城，去找寻古城别致的韵律。

走进城门，只见深街幽巷中街道纵横交错，大理古城的城区道路至今保持着明清以来的棋盘式方格网状结构，一律的青板石道方整有序，缝隙依稀，重复踩踏的脚步把青石板打磨得光鲜亮丽。脚踏石板发出的声音清脆悦耳，附和着白族那动听的歌谣。

大理古城是清一色的石墙青瓦木屋，是典型的白族传统民居。有的房屋墙壁用圆滑的鹅卵石加石灰膏等原材料垒砌而成，结实而不粗糙，华丽而不张扬，俨然一幅油彩画，技术细腻精到；有的房屋墙壁为幽暗青砖，虽历史久远而生青苔，却固若金汤。

房屋的瓦面齐整规则凹凸有致，瓦槽深浅均匀曲直有序，屋脊、屋宇一律用蛋黄色的材料勾缝，瓦片间黑白相配，色彩搭配合理，彰显民族特色。房屋棱角微微上翘，从远处眺望，房屋如展翅的大鹏，寓意白族人积极向上、志在高远。屋面檐廊门窗都雕刻着复杂精细的图案，涂画上蓝、红、黄相间的釉彩，整个房屋显得富丽堂皇、雍容华贵。大理古城的房屋东西或南北沿着街道成排走向，整齐、排场、气派、古朴，不愧为南国都城。

始建于明洪武十五年（1382年）的大理古城历史悠久，孕育着诗一样的人文情怀。在古城，蓝天白云下是一幅别致的风景，青瓦木屋、青砖石板、小桥流水三者相得益彰。走在街道上，脚下是光滑的青石板，旁边是潺潺流水，从苍山流出的泉水顺着渠道从远处款款而来，白花花，清亮亮，光滑的裸石水中立，柔情的泉水石间流。清澈的泉水一会儿缠绕裸石缓步而行，一会儿落入石阶欢歌而唱，动中有静，静中有动，动静结合在大理古城体现得淋漓尽致。清澈的泉水就像人体静脉中流动的血液，使得大理古城变得灵动而丰盈。

“家家流水，户户养花”是大理古城风雅景致的真实描述。诚然，无论在大理古城的任何地方都是清水细流，芳花四溢。我们是在金秋十月去的大理，仍可见到流水边不知名的花树上那迟开的花朵，绿叶间黄色的花蕊，红色的花瓣让人赏心悦目。驻足观赏间，有几片凋零的花瓣落入水中，顺着流水绝尘而去，望着远去的落花，感叹“无可奈何花落去”的同时，美丽的风景却让人如痴如醉。

来到大理，青石板道流水人家无不彰显古色古香，而鳞次栉比的商铺，街边各种专卖大理石制品、扎染、草编等名特产品的店铺琳琅满目，令人目不暇接，透射出大理古城的古典和风俗。几位同行聚集在一家专卖披肩的商铺挑选，一番讨价还价后，各自披着披肩行走在大街上，成为大理古城一道亮丽的风景；牦牛肉是大理的特色食品，色香味俱全的熟食牦牛肉吸引众多游客，品尝牦牛肉让初次来到大理的游人惬意不已；游客大包小包的大理特色产品收获了物质，更收获了快乐。

下关风、上关花、苍山雪、洱海月为大理四景，合称“风花雪月”。此次大理一游，虽不能尽阅大理四景，却饱览了古城的景致，领悟了古城的风韵，慢慢品着古城这壶老酒而自我陶醉。

华山游记

登华山的前夜，华阴下了一场中雨，我以为登华山会成为泡影。孰料，老天爷给我们开恩，第二天天空明媚，阳光灿烂，这场雨洗浴了华山的“胴体”，让华山显得愈加美艳。

走进巍峨的华山，才知道人是那么渺小。坐在上山的缆车中，随车慢慢飘升，恍若空中翱翔的飞鸟，有恐高症的人直冒冷汗。俯视山底，齐刷刷的树林如线针般大小，疏密相间，深秋的树叶褪去春时的绿色，斑斑点点，颇有几分萧条；瞭望华山，斧劈刀削的壁崖横空出世，让人感叹华山的奇、险、秀。走下缆车，华山山风如约而至，灌进我敞开的胸怀，我迎合着热情的山野风灵，心生快意。华山是天然氧吧，我贪婪地吸吮着新鲜洁净的华山空气，感觉五脏六腑被彻底荡涤了一番，自个儿傻乎乎地偷着乐。阳光呢？带着它的灿烂和温度泼洒而来，沐浴着每一个宾客。华山的风、空气和阳光总让人这般贪恋。

到了山上，随处是攀崖的铁链，华山是座铁链山，手套自然是攀岩的工具。随着人群攀上北峰，抓住两边的铁链，踏着台阶贴身石崖而上，在我前面的胖者喘着粗气却没有怨气。沿着崎岖的山道一路前行，无暇顾及眼前的景色，经过刻有“北峰顶”3个飘逸篆体字的孔门，心中有种自豪感，毕竟已经登上了顶峰。举目四顾，北峰山势峥嵘，三面悬绝，巍然独秀，一看犹若云状，恰似一座云台，故称“云台峰”。李白在《西岳云台歌送丹丘子》中写道：“白帝金精远元气，石作莲花云作台。”在这里瞭望诸峰，宛若青色莲花开于云台之上，煞是美艳。绝顶有一处平台，雕着“华山论剑”的巨石巍然屹立，与华山的刚毅珠联璧合。

从北峰下来，沿着蜿蜒盘旋的长岭一路攀爬，回头观望，络绎不绝的游人仿佛一条舞动的长龙。导游介绍，这条鱼脊椎似的长岭脊背高度相差500米，坡度在45度以上，把北峰和苍龙岭、玉女峰、朝阳峰连接在一起。脊东侧是黄浦峪，脊西侧是华山峪，这条长岭是两峪间的分水岭。我们边走边注视着挂在扶栏上猎猎而飘的红色绸缎，寻找攀险中的心灵抚慰。

继续前行，途经“阎王碥”，这段路长约10米，右侧是绝壁陡岩，左侧是幽谷深壑。经过此处，行人必须面壁挽索贴身而行，常有擦耳的时候，故称“擦耳崖”。明代袁宏道的诗中有“欲知悬径欹危甚，看我青苔一面痕”之句，道出了他眼中的“擦耳崖”。

要说险境还得数苍龙岭，这是通往南面诸峰的必经之地。苍龙岭长约100米，宽不足1米，是救苦台南、五云峰下的刃形山脊。苍龙岭西临青柯坪深，东临飞鱼岭峡谷，因岭呈苍黑色，势若游龙而得名。苍龙岭凌空而架，两侧悬崖峭壁，是华山著名的险道。李攀龙在《太华山记》说：“岭宽尺许，游人至此，莫敢睨视，须骑行而过。”其险境可想而知。我们扶栏躬身而登，两侧悬空，人走在天桥上，如置云端，心荡神摇。这里曾留下唐朝文学家韩愈“韩退之投书处”的凄美故事。

攀过苍龙岭便进入金锁关，岔道在眼前摊开，权衡再三，还是直奔西峰而去。未曾想到的是刚才还是陡阶险岭，眼前却是一马平川，景致也是跟苍龙岭大相径庭。一条小径蜿蜒盘入原始森林，这里古木森森，青枝摇曳，一派江南景色。不知名的林鸟在远处高声鸣叫着，增添了山野的幽寂，不免滋生几分愁绪。走在我前面的挑山工唱起了流行歌曲，清亮的原生态唱腔成为我们的进行曲。

森林在身后慢慢退去，踏上脊椎石道便到西峰。西峰又名“莲花峰”，因峰顶翠云庙前右侧有块大石如莲叶而得名。大石浑然天成，东侧是陡峭石坡，西、南、北三面是绝壁悬崖，犹如刀切剑削，壁立千仞。攀上峰巅，山登绝顶我为峰，仰望苍穹，碧天如洗，登上“摘星台”，举手可摘星揽月。看群峰环绕，如众星拱月一般，又如万山朝拜模样，周围的山静坐着，一览众山小。

翠灵殿西旁有一块被断为三截的巨石，石前有不到1米宽的石缝，从侧面向里看，可见有双手支撑的印迹，俗名“斧劈石”；大石旁边插着一把一丈多长的月牙形铁斧，这里有一个“沉香劈山救母”的美丽传说。传说玉皇大帝的外甥女三圣母与被玉帝打下凡世的金童刘玺相恋，以后结为夫妻。玉帝的外甥二郎神杨戬大骂其妹私配凡夫，违反天条，有失仙体，于是不容分说，将其妹三圣母压在华山西峰顶上的大石头下面。后来三圣母的儿子沉香长大成人，来到华山，战胜了二郎神杨戬。他手提开山斧，霹雳一声，万道金光，西峰峰顶被劈开，三圣母得救了，沉香的神斧却留在了华山。临别，我抚摸传说中的神斧，感悟沉香的千古孝心。

华山的险、奇、绝、秀实至名归，“五岳归来不看山”说得在理。

黄石寨览胜

有幸饱览黄石寨的美景是缘于夏日的一次旅行。

那天，汽车在通往张家界国家森林公园的林荫大道上奔驰，拐弯道，上山冈，穿隧道，越天桥，一路颠簸，一路风尘，到达下榻的酒店已是傍晚时分。天公不作美，下起了小雨，虽然有些倦意，但烟雨朦胧中山的墨绿、幽深、旷达、雄峻争相涌入了我的眼球，消除了我们一天的旅途劳顿。

刚到张家界国家森林公园，就被这里的山吸引住了。

举目远眺，一座座山拔地擎天，层层叠叠，巍然屹立，形态万千。每一座山都自成风格，每一座山都彰显它的迤逦、深邃、苍劲、雄伟。近看，这些山又像婀娜多姿的春姑娘，山顶那片葱郁的树像姑娘戴在头上的绿帽子；往下那光秃的峭壁是姑娘的脖子，雨后，薄薄的白雾缭绕着峭壁缓缓漂浮，那便是姑娘拢着的轻纱了；山腰稀疏的林木宛如姑娘的薄衣；山下是密密匝匝的树林，把山脚裹得严严实实，那是姑娘的裙子。举目远眺，一座座山宛如一个个美丽的潇湘姑娘在我眼前俏立。

不用竖耳倾听，无须用心感受，灌入我耳膜的尽是游人对张家界山的雄、山的奇、山的美发出的啧啧声，他们跟我一样，除了慕名领略这方山水，更多的是来感悟山的神韵。

黄石寨位于张家界森林公园中部，为一方山台地，海拔1092米，山上有雄伟高旷的观景台，自古有“不到黄石寨，枉到张家界”之说。通往黄石寨主峰的石阶共有3870级。踏上第一级石阶的刹那，我惊讶于它的齐整和规范。石板清一色的铜墙色凸显着它的古朴和沧桑，看得出，是勤劳的人民用血汗铸成了通往山顶的通道，我惊叹于先辈的智慧和创举。

石板两边是茂密的原始森林，拔地而起的林木高三四十米，一柱擎天，直指苍穹。我试着张开双臂抱一棵树，还真是抱不住。抬头眺望树的顶端，不料，戴在头上的帽子脱落于地，人也踉跄失衡，引得同伴一阵大笑，好心地急忙扶着我，我报以会心的笑容。树枝上，不知名的鸟儿时而打着跟斗故弄玄虚，时而翻飞追逐调情交欢，逗得路人指指点点，开心愉悦。有一只调皮的蝴蝶落在了同伴的头帽上，扇动着宽大的翅膀，注视着每一个行人，像是好奇于我们的到来。翅膀上深暗的花纹向游人展示着它是这个家园的长者，更让游人感悟到了这片森林的久远年代。

山道上，挑山夫是一道独特的风景，随意往任何一处山道一瞅，映入眼帘的是光着膀子抬着空轿子的挑山夫，灌入我耳膜的是挑山夫的吆喝声。这些挑山夫为了揽到生意，无论你坐不坐轿子，他们都会跟着你走一段路。在我前面，两个中年挑山夫正用轿子抬着一个胖游客上山，我跟着他们边走边聊。我问他们抬一个人上山能挣多少钱，他们说由路程远近而定，从入口处到终点一人一趟能挣约150元，近的也就三四十元；问他们一天能来回几趟，他们说远的一天两三趟，近的也就四五趟。他们一边跟我溜达，一边用毛巾擦掉脸上的汗水，坐在轿子上的胖者却是一副优哉游哉的神态，同样是登山者，反差却是如此之大。

走了一段路，我的衣服湿透了半身，稍不留神，挑山夫就把我丢在了身后，我故意加快脚步，远远地把他们甩在了后头。可当我观赏一处风景或是停下做片刻休憩时，他们又赶在了我的前面。究其原因，他们说："我们专心走路，不像你既要走路又要观景。"我问他们为何能长年肩负重荷徒步登山，他们异口同声地说："坚持！"从挑山夫的话语中，我体悟到"执着"对于一个人多么重要。

经过一上午的跋涉，我们终于攀上了黄石寨的顶峰。此时，山顶上已挤满了游人，我迫不及待地登上最高处。此时，山风吹拂我的身躯，刚才还是大汗淋漓，顷刻间，豆大的汗珠被山风驱走。一会儿，湿透的衣服被吹干了，来不及欣赏眼前的风景，首先享受山风带来的惬意，感觉煞是快活。

站在观望台极目鸟瞰，黄石寨的胜景尽收眼底。目之所及，幽山深壑，峭壁兀立，奇峰罗列，这些山像巨笋、像老翁、像神鞭、像骆驼……一山一幅景，一峰一幅画，形态各异，气象万千。远处，这些山被薄雾缠绕着、包围着、笼盖着，这些雾不停地流转、起伏、跌宕，群山也像是随之沉浮。近处，一群山鸟从我视线里掠过，我无意追寻它们的踪迹。只觉得登顶黄石寨，仿佛来到琼楼玉宇、蓬莱仙阁，人宛若置身仙境，成了仙人，感觉飘飘然。我随即举起数码相机找准最佳镜头，留下永恒的记忆。

不远处，一块兀立的巨石横空出世，巨石上是一个小平台，平台四周是人工围栏，这里是观景的最佳处。巨石下是悬崖峭壁，站在巨石上俯视深谷只觉得两腿发软，脸色变青，同伴说这是摘星台。我们登上摘星台，目之所及是一览众山小，万峰脚下浮。反复玩味，却又是赏心悦目，怡然自得。恍惚间，几片薄雾从我眼前轻轻飘过，我想，我若是会变身法的孙悟空，必定腾云驾雾，游于仙境而乐不思蜀。

来到张家界登顶黄石寨，给我的感觉是“奇”，山奇、水奇、云奇、石奇、林木奇、植物奇，还有人奇。

凉岩洞写真

凉岩洞位于田阳县洞靖乡。早就听说洞内景色迷人，农历三月二十，恰逢当地歌圩节，我们一行四人慕名前往，去领略凉岩洞撩人的美景，感悟洞靖歌圩的温情。

下了车，我们便被“凉岩洞”3个隽永、飘逸的石雕字给吸引住了。在当地一位朋友的陪同下，我们开始了洞中探奇。来到洞口，只见左侧是婀娜多姿、彬彬有礼的“迎客仙”，右侧是趾高气扬、振翅欲飞的“神鹰”，两物相映成趣，使我们游兴剧增。沿着石阶步入内洞，凉意向人袭来，温度骤然下降，仿佛洞内装有空调。我们也顿然悟出了“凉”字的由来。远处，滴滴答答的滴水声自远而近，给空旷的天然溶洞平添了几分寂静。滴水形成的大小不一的“神滴槽”向我们述说着岩洞久远的历史，更使我们悟出了滴水穿石的哲理。

步入“天门府”，沿着狭小而崎岖的“天府通道”，便到了“歌息厅”。“厅”内摆放着形态各异的天然石凳供游人端坐。坐在石凳上观赏“厅”内的美景，让人心旷神怡。但见四周的岩壁，下垂着的钟乳石如水晶玻璃制成的门帘，在壁灯的辉映下闪着晶光，晶莹剔透。对面的“民歌台”，一对“恋人”相依偎，伴随着委婉悠扬的乐曲正相互倾诉衷肠，情意绵绵，让本来就迷人的画面充满了诗情画意。我们不约而同地惊叹：此处真是地下的天堂啊！

穿过羊肠小道，踏上石阶，眼前豁然开朗。只见前面整齐而平滑的岩石光洁如玉。随着灯光举目环视，白茫茫的一片。朋友说这便是有名的“雪岩”。置身其中，仿佛来到了冰天雪地的北国，人也便觉得高处不胜寒了。触及岩石，一股凉意沁入心脾，荡涤五脏六腑，让我们又一次悟出“凉”字的由来。

朋友说，到了洞靖不到凉岩洞是个遗憾，进入了凉岩洞不到鸳鸯潭更是枉此一行。听说洞内有深潭，我们连连称奇。何况，为了迎接歌圩节，政府管理人员特意在潭内准备了两艘小木舟供游人划船赏景，我们更是好奇心大发。我们踏过“洞天沙漠”，沿着“河西走廊”，来到了“贵妃池”。池不大，却清水涟涟。池四周的平台满是千奇百怪的矮凳，供游人小憩。池对面有个只容一人进出的洞口，里面便是闻名遐迩的鸳鸯潭了。

鸳鸯潭分内潭和外潭，面积约200平方米，潭水深度约3米。潭四周张灯结彩，灯火通明。灯光辉映的潭水雪亮雪亮，清澈见底。随手将小石掷入潭中，声音在四周回荡，激起的水圈闪着晶光向远处荡漾开去。我们欣喜地掬起一泓潭水，一股凉意流入心田，让我们再一次悟出“凉”字的由来。潭中，通体透明的鱼儿忽而翻着白肚露出水面，忽而箭一般沉入水底，给远方的客人平添了几分情趣。伴着小船徐徐前行，但见潭四周的钟乳石如竹笋，如乳房，如蜂窝……一石一造型，一物一幅画，千奇百怪，形态万千，栩栩如生，令人叹为观止。

不知不觉中进入了内潭。内潭比外潭小，但景色却别有洞天。头顶上的岩壁满是红、黄、蓝三种颜色协调构成的图景，把内潭装扮得五彩缤纷。钟乳石似酒瓶、似老翁、似怪兽……令人目不暇接。我伸手抚摸着岩壁，赞叹大自然的鬼斧神工。潭边还有一个个仅容纳二人的岩洞。洞内，迷人的灯光若明若暗，情意融融，令人心驰神往。人们称之为“洞房”。新婚夫妇到此畅游，既可“鸳鸯戏水”，又可在洞内圆了超凡脱俗的春梦。这便是“鸳鸯潭”名字的由来了。

游赏结束，我们依依不舍地告别了鸳鸯潭，惜别了凉岩洞。

美哉日月潭

我还在读小学的时候，就听老师说台湾有个日月潭。老师还把日月潭的美夸得让人直眼馋。当时，日月潭就占据了我幼小的心灵。我梦想着长大后能去台湾观赏那美丽的潭景。2010年夏天，我随考察团赴台湾参观考察，有幸饱览日月潭的美丽风光，圆了儿时的一个梦。

汽车在如画的田园里疾驰，山光树影从眼前一一掠过，高大茂密的树木把大山裹得严严实实，密不透风；草坪像一张张厚实的毛毯平铺在山间空地。而吸引我眼球的是那云集在山间的槟榔树，那一棵棵高挑纤细的槟榔树宛若婀娜妩媚的舞女，亭亭玉立，娇娇滴滴，山风吹来，摇曳着身段，翩翩起舞，煞是美丽动人。经过一段时间的行程，眼前豁然开朗，云蒸霞蔚，一个一碧万顷的高山湖泊展现在我眼前，导游说那就是日月潭。

看见日月潭，让我有种“万山丛中，突现明潭”的惊喜。小学语文课文《日月潭》里这么写：“中午，太阳高照，整个日月潭的美景和周围的建筑都清晰地展现在眼前。”来到日月潭正是中午时分，在高处远眺，艳阳高照下的日月潭犹如一颗硕大的绿色翡翠镶嵌在群山中，蓝天、白云、青山、碧湖连为一体，相互衬托，争相比美，构成一幅美丽的高山天然图景，我张开双臂热烈地拥抱着上苍赐予的珍宝图，惊喜、激动、兴奋、快慰一齐袭上心头，让我如痴如醉。我惊喜于这里的天，空明透亮，一碧如洗；我惊喜于这里的山，簇拥明潭，青衣罩体；我惊喜于这里的湖，幽深碧蓝，广袤辽远。美哉！美哉！我赶紧拿起照相机拍下这动人的美景。

坐船游湖是游览日月潭的唯一方式，沿着湖边的木桥走向游船，一种投入日月潭怀抱的兴奋油然而生。置身游船，头顶是澄蓝的天空和白云；潭周围青山怀抱，重峦叠嶂，绿树宛若一条蜿蜒伸展的绿色彩带舞动在潭边；日月潭这面偌大的明镜在眼前缓缓舒展，青山倒映水中，水中有山，难怪陈书到此观光时感叹："但觉水环山以外，居然山在水之中。"而此情此景，怎一个"美"字能形容！船在水中行，山在湖边移，人在画中游，几疑身处蓬莱，自己也便是仙客了。当满山的绿意向我挤压而来，让我几近窒息的时候，我闭上眼睛，静静地品味着清人曾作霖的诗："山中有水水中山，山自凌空水自闲。"潭风像有意搅和这静态美似的，掀起我的头发，荡涤我的心灵，让我尽情享受日月潭这个天然氧吧的浪漫和温馨。湖水愈加澄明，站在船舷，驶船溅起的潭水在阳光的映照下银白透亮，闪闪发光；那跳跃的浪花晶莹剔透，送入我怀中的小水珠倏地钻了进去，再也寻不着踪影，演绎了昙花一现的动人一幕，而我更惬意于日月潭的湖光山色了。

船迎着波浪绕潭行进，导游是一位小伙子，他向我们介绍日月潭的前世今生。日月潭由玉山和阿里山之间的断裂盆地积水而成，湖面海拔760米，面积约9平方千米，平均水深30米。它是台湾天然高山淡水湖泊，是台湾八大景之一，有"海外别一洞天"之称，其天然风姿可与杭州西湖媲美。说着，远远看见好像漂浮在潭中的一颗珠子，导游说那是珠仔岛（光华岛），游船靠近珠仔岛的时候，一只鹿雕塑跃然入目，让人预想不到的是这只鹿和日月潭还有一段因缘。相传日月潭之发现归功于一只神鹿，300年前当地有40个山胞集体出猎，发现一只体型巨大的白鹿窜向西北，于是尾随追踪。他们追了三天三夜，白鹿在高山密林中失去踪影。山胞们又在山中搜了三天三夜。第四天，他们越过山林，只见千峰万岭、翠绿森林的重重围拥之中，一潭澄碧湖水正在晴日下静静地闪耀着宝蓝色的光芒，就像纯洁的婴儿甜蜜地偎依在母亲怀中酣睡。山胞们又发现，碧水中有个树林茂密的圆形小岛，把大湖分为两半，东北面的形状好像一圆日，故叫"日潭"，西南边如同一弯新月，故称"月潭"。于是他们把大湖称为"日月潭"，那小岛叫"珠仔岛"，也叫"光华岛"。

导游讲完日月潭的来历，船上的人都静静地注视着离我们不远的珠仔岛，注视着那个神鹿雕塑。

离开了珠仔岛，远远望见潭南面有长龙般的人潮在登山，导游说那是青龙山，青龙山庙宇楼阁金碧辉煌。除了青龙山，与日月潭美景交相辉映的还有潭东面的水社大山，它高逾千米，挺拔苍翠，风光清丽；潭西面的孔雀园，养有数十对孔雀，能表演开屏、跳舞，使人倍添游兴；潭北面的文武庙，分别供奉孔子、关羽等。在文武庙前眺望日月潭，全景尽收眼底，只见青山簇拥下的日月潭恍若一面明镜，潭中的珠仔岛若隐若现，圆似明珠，形成了“青山拥碧水，明潭抱绿珠”的天然景观，日月潭的惊艳让人叹为观止。

我惊讶于日月潭的美。

美在西湖

透过茂密的梧桐树叶，阳光把稀疏的碎片泼洒在水泥地板上，络绎不绝的人和车在通往西湖的南屏路上来回穿梭，行走在人群中的我虽然挥汗如雨，却丝毫不消减我游览西湖的浓郁兴趣。

来到苏堤，横置的大理石碑上，飘逸俊秀的繁体字“蘇隄”二字赫然入目，碑文介绍了“苏堤”的由来。北宋大诗人苏东坡任杭州知州时，疏浚西湖，利用挖出的葑泥构筑而成。后人为了纪念苏东坡治理西湖的功绩将其命名为“苏堤”。长堤卧波，连接了南山北山，给西湖增添了一道妩媚的风景线。“苏堤春晓”被列为西湖十景之首，元代又称为“六桥烟柳”，“六桥”指映波、锁澜、望山、压堤、东浦和跨虹，是我们游览的主要景区。

沿着苏堤缓慢行走，眼球被西湖的美所征服。举目瞭望，水光潋滟，如诗如画，如梦似幻。被阳光浸染的周遭山峦，树影婆娑，五色绰丽；遥立于峰巅的古塔名寺，幽幽远远地溢着神秘与凝重。环湖的柳树远远近近高高低低疏疏密密，柳条垂津，摇摇曳曳，风姿绰约。环湖逶迤的苏堤两畔，栽植着茂盛的玉兰树、香樟树、泡桐树和山茶树，错落有致，给西湖平添了几许媚秀。绿树掩映中，历代古建筑遗落形态各异，典雅别致，把西湖装点成一幅美轮美奂的水墨丹青画。

仁者乐山，智者乐水。我虽非智者，对水却情有独钟，何况是西湖那潋滟的水。站在湖边，湖风夹带着水的清凉扑面而来，沁人心脾，荡涤灵魂，原先暗藏在衣服内的热气顿时被吹走，人亦变得神清气爽。湖水迎合阳光的朗照，泛起的白浪闪着刺眼的光。那白光像无数朵钢花在湖面上璀璨生辉，湖面自然变成了光的世界。微小的波浪像在追逐嬉闹的孩童，一排一排向岸边冲，然后又嬉笑着往回退，周而复始，不知疲倦。无风的时候，湖水似一面偌大的明镜，安然宁静，甜美温柔，恰似一位温柔的睡美人，令人心驰神往。把手伸入水中，手的热气瞬间被拐走，留下的只有清凉的记忆。

游船是西湖的一道风景。这些游船有画舫、电动船、自划船、休闲船和乌篷船，游船的造型和颜色与西湖景色相协调。电动船大多黝黯泛黄，古色古香。有的按照房屋造型仿制，红柱飞檐，俨然水上楼阁；有的按照龙形仿造，昂头翘尾，船舱一大一小双亭鼎立，高贵典雅。乌篷船有大有小有高有矮有长有短，船的顶棚颜色各异，金黄色、橙黄色、红色、蓝色。画舫是西湖的船王，分别名为“龙吟”和“凤鸣”，两艘画舫用铜铸锻刻雕镶而成。这两艘铜画舫，其中一艘以乾隆游西湖传说为基调进行设计，整条船以金龙图案铜雕为主题，舱内有“乾隆游西湖图”铜雕，顶棚由杭州织锦龙图案装饰；另一艘姊妹画舫以王母赠明珠传说为基调设计，舱内设有“王母赠珠图”铜雕，顶棚由中寿图案装饰，两艘画舫雍容华贵，金碧辉煌，至尊之宝。游船有的在岸边栖息，有的在湖面游弋，给西湖平添了诗情画意。

水的清丽、船的荣华自然有被树的婀娜所衬托，西湖的树种类繁多，幽幽郁郁，树影婆娑，最惹眼的是柳树。如果说西湖是面相俊美的西施，那么柳枝便是西施那飘逸秀丽的长发。西湖岸边的柳树大大小小高高低低，风姿绰约，万种风情。柳条垂帘湖面，长长短短粗粗细细密密麻麻纷纷扬扬，仿佛西施那梳理后飘逸的长发。那铜钱般大小的柳叶附着柳条形影相随，不离不弃。无风的时候，“披肩长发”的柳树像梳过妆的贵少妇，含情脉脉地注视着湖面，湖面倒映着树的倩影，西湖的静态美让人流连忘返；有风的时候，柳树摇摆着万千柳条，左左右右前前后后地摆动着，柳树恰似美少女，翩翩起舞，婀娜多姿，千姿百态，跃动的湖水迎合着柳树，动感的西湖妖娆百媚。“含风鸭绿粼粼起，弄日鹅黄袅袅垂。”王安石的诗句不会是为西湖的柳树而写的吧。

水中有山，山中有塔构成西湖又一景观。旧时雷峰塔是西湖的标志性景点，2002年重建的雷峰塔是中国首座彩色铜雕宝塔。雷峰塔和彼岸的保俶塔，一南一北，隔湖相对，有“雷峰如老衲，保俶如美人”之誉，西湖上亦呈现出“一湖映双塔，南北相对峙”的奇妙美景。

苏堤六桥看景却又是另一番收获。映波桥与花港公园相邻，垂杨带跨雨，烟波摇漾；锁澜桥近看小瀛洲，远望保俶塔，近实远虚；望山桥上西望，丁家山岚翠可挹，双峰插云巍然入目……看不完的西湖景，道不完的西湖美。观赏西湖美景，恰似品尝陈年老酒，尝在嘴里，醉在心里。

那片美丽的湿地

在我的潜意识里，以为湿地就是一汪沼泽或是一小片泥潭。2013年金秋十月，我随考察团赴云南考察，恰巧天缘得便，有幸来到拉市海湿地，潜意识里的湿地概念顿然化为乌有，呈现在眼前的是一幅美丽的图景：蓝天白云下，如镜的湖面倒映着远处的玉龙雪山，越冬的候鸟成群的翱翔于蓝天白云间，这就是海拔2437米的云南拉市海高原湿地，一个如诗如画的天然湖泊。

距离云南丽江古城8公里的拉市海湿地自然保护区建于1998年6月，是云南第一个以“湿地”命名的保护区。保护区总囊括拉市海、文海、吉子水库和文笔水库四部分，其中拉市海是其中最大的淡水湖。拉市海湿地位居山间盆地，四面环山，面积6523公顷，南北长12公里，东西宽6公里。拉市海有丰富的水资源，拉市海的水源源不断地流入丽江古城，使丽江戴上“高原水域”的桂冠。拉市海也被列为中国重要湿地名录，2005年初列入国际重要湿地名录。

按照线路的安排，我们骑着纳西马沿着茶马古道走了一朝，回到了拉市海湿地，一路的困顿被拉市海猛烈的湖风吹走，还陶醉在茶马古道景致的我被美丽的拉市海风景俘虏。沿着黝黑木板铺就的通道走向拉市海湿地，眼前舒展着拉市海湿地的美丽景致：浩瀚的苍穹湛蓝湛蓝，寻不着一丝云彩；湿地四周，此起彼伏的远山苍翠明丽，远山上的村庄像世外桃源，又像空中楼阁，我想，用“美丽的天堂”形容更贴切些；极目远眺，阳光反照下的湖水一闪一闪，那跃动的白光刺激着你的双眼；

天湖之间，回归的天鹅凌空翱翔，喧声入耳。眼前的拉市海湿地是一幅画，一幅天然的高原油画。

我们搭坐的是木制的轻舟，粗壮黝黑的船工站在船尾，手拿着长竿，一撑一起，身子一斜一直，动作娴熟老到，长竿在空中划出一条规则的弧线，长竿滴落的水珠在阳光的反照下晶莹剔透。船缓缓向湖中心驶去，俯视湖水，水光倒映着蓝天和湖中的草物，船在水中行，人在画中游，诗情画意，美不胜收，用诗句“水光潋滟晴方好”形容此时的湖景和心境最为妥帖。随着船的摆动，水下不知名的水草附着节拍左右摇摆，像是按照音律在摆动，更像是舞台上跳摇摆舞的美女。不远处，聚集着一大片水草和浮萍，高矮相间，参差不齐，深秋的水草褪去青翠的外衣，淡黄色的茎叶阅历着四季的更替，顾盼相随，惺惺相惜；水草下的浮萍虽不如春天青绿，却尚存点滴淡绿，浮萍随着湖水的起落而升降，演绎着随时局而变迁的生物命理。

远处水草间不时有东西在浮动，仔细一看才看清楚是野鸭，暗灰色的野鸭三五成群在水草间穿梭，寻找着食物，微寒的天气不能阻止它们勤劳的脚步，忙碌的身影让这方水域变得灵动。随着船的移动，几棵水杨柳跃入眼帘，秋天的水杨柳依然枝繁叶茂，翠色欲滴。纷纷下垂的柳条有的在半空中摇摆，有的触碰湖面，如蜻蜓点水。树上那白色绒团和灰色绒团就是天鹅了，船靠近水杨柳时惊吓了天鹅，成群的天鹅飞上了天空，顷刻间，拉市海湿地变得激情飞扬，动感十足，此时，我想到了“草长平湖白鹭飞”的诗句，诗句中的意境瞬间回到了现实。我们争着用镜头拍下这美丽的场景，摄入人生最美好的记忆。

据导游介绍，拉市海湿地是鸟类、鱼类、两栖爬行动物的繁殖、栖息、迁徙、越冬的场所。据调查，目前在拉市海湿地共有鸟类57种，每年来这里过冬的鸟类有3万只左右，其中特有珍稀濒危鸟类9种，包括青藏高原特有的鸟类斑头雁、国家一级保护鸟中华秋沙鸭、黑颈鹤、黑鹤等，众多的越冬鸟让冬天的拉市海湿地变成了鸟的天堂。

我们好奇的是湿地动植物如此繁杂，水却这般洁净，导游看出我们的心思，解释说，湿地有着净化的功能。污水流入拉市海湿地，经过水生植物时被吸走部分有毒物质，同时进入湿地后，由于流速减慢，有毒物质会自然沉降，最终被自然分解净化了下游水源。

丽江古城的水如此清净，源自拉市海湿地的神奇净化，感叹之时船缓慢靠近岸边，我们恋恋不舍地离开这美丽的高原湿地。

那生屯写意

10多年前，很难想象我会为一个乡村费笔墨，在我的印象中，乡村无非就是木瓦屋、篱笆、泥巴路和露天粪坑的代名词。而今，当我走进那生屯的时候，眼前的一切让我眼睛一亮：整齐划一的别墅式民居楼房，宽敞平整的水泥硬化大道，花园式的绿树红花……这里的一切都勾起我提笔的欲望和冲动。

那生屯隶属田阳县百育镇四那行政村，与百色国家现代农业科技园区遥相呼应。该屯依山傍水，山清水秀，果树成行，一派田园风光。蓝天白云下的纳神湖湖面辽阔，湖水清澈碧绿，湖天一色，宛如一条绿色的彩带镶嵌在那生屯旁，使那生屯仪态万千、风情万种。

沿着纳神湖的湖堤走进那生屯，只见村边一块墨色的巨石竖立于草丛中，细观，黄色的条纹布满石面，恰似一位历尽沧桑的老人在向人们述说着它的久远和古朴。巨石上，“那生屯”3个刚劲飘逸的红体字赫然入目，在巨石周围的绿草映衬下，字的红色显得引人注目。

站在巨石旁瞭望村庄，那生屯淹没在绿树丛中，在这里，杧果树、榕树、竹子、芭蕉树……生机盎然，满目葱茏。村旁的土坡是成片的杧果林，紧挨着的杧果树密密匝匝，葱葱郁郁。春天，正是杧果树花开的季节，细小的黄花挂满枝头，预示着今年又是个丰收年。村里的村民讲，那生屯人均有果树100株，每株产果收入100元，2009年人均纯收入超过5000元。看着蜜蜂踩踏杧果花的情景，村民们脸上流露出幸福的喜色。

经济林木竹也偏爱着那生屯，一簇簇竹子拔地而起，绿意盎然，竹子高高在上，但它们并不高傲，而是微微低头，彬彬有礼。诗人苏轼有诗：“竹亦得风，夭然而笑。”我喜欢看风吹竹林的情景，竹摇摇摆摆，点头称是，俨然翩翩君子；我也喜欢听竹的声音，竹叶的哔哔啵啵声，竹林的哗哗啦啦声，竹声忽高忽低，忽起忽落，抑扬顿挫，像一曲交响乐，而制作这一乐章的是那生屯的风。

树的绿少不了花的艳。在那生屯，牡丹花、玫瑰花、水仙花、野菊花抢占地盘，争奇斗艳，那生屯成为名副其实的花园村。有一种花我叫不出名字，花树生长在别墅旁，一簇一簇，树干带刺，树叶纤小细密，而盛开的红花缀满枝头，娇艳欲滴，美不胜收。花呈喇叭状，花蕊淡红中带黄，花朵娇柔妩媚，惹人怜惜爱悯。奇怪的是这么美的花却见不到蝴蝶，或许是花树带刺，花味淡然，让蝴蝶敬而远之吧。

沿着整洁干净的水泥硬化大道来到民居新楼，该屯70多栋别墅式的新楼依山而建，错落有致。据介绍，这里的新楼建设以“布局合理、设施配套、环境整洁、村貌美化”为目标，新楼建设贯穿生态理念，体现文化内涵，反映区域特色，保持自然风貌，保护生态环境。

走进一户新楼，楼房为别墅式，双开间二层楼，楼顶镶盖红瓦，线条清晰，轮廓分明。新楼跟另一户相连，两栋楼一个组合，楼的外观，乳白色的墙壁搭配古铜色的木制栏杆，豪华而不失朴素，气派而不显奢侈，设计新颖，别具一格，既有城市民居的风味，又保持农村住房的原貌，整体搭配合理、协调、美观。楼房内客厅、餐厅、卧室、卫生间设备完善；彩电、冰箱、空调、现代化家具一应俱全。在独建的厨房里，烟囱冒着炊烟，楼的主人正忙碌着张罗饭菜，他说今天有游客来家里品尝农家饭菜。我问家里每年接待多少游客，主人说大约几千人。粗略一算，光是接待游客，每年就有一笔可观的收入。那生屯已成为集生态、农业观光、休闲农家乐于一体的广西新农村典型。

有人说那生屯过于城市化，我不同意这样的看法，在这里，那些先辈们在生产实践中创造出来的成果仍完好无损地保留着，如用木头制作的独轮车，用稻草做成的草凳子，用石头做成的石舂、石磨，还有自家门前的古井、厨房的烟囱、爬满藤蔓的棚架……这些“旧物”让洋溢城市氛围的那生屯依然存留着丝丝缕缕的乡村气息，保存着浓浓郁郁的乡村风情，这些“旧物”古朴、醇厚、悠长。我独钟于这些“旧物”，独钟于炊烟在那生屯上空袅袅缭绕的情景。

那生屯被各家媒体记者誉为“比城市还漂亮的新村”，2009年12月，该村荣获“广西十大魅力乡村”称号。那生屯以综合独具壮民族风土人情，生态果园及参与性较强的水果采摘、农业观光、竹筏游湖、垂钓等集休闲娱乐于一体的特色吸引广大游客，闻名遐迩。这几年，慕名到那生屯旅游观光的游客络绎不绝。

我惊喜于那生屯的变化，惊喜于新农村建设给广大农村带来的实惠。

奇山丽水秀那满

一方是刀削斧劈的雄峻石山，一方是一马平川的沃野良田；一方有据守山巅的远古山寺，一方有沉睡平地的当代龙潭。这就是田阳县那满镇，一个集山水于一体、刚柔于一身，古朴与现代并存、传统与时尚并驾齐驱的乡镇。新打造的“醉美乡村”把那满推向了时代的风口浪尖，也让越来越多的人把目光投向这片美丽神奇的热土。

大山绵延于五村乡桥马村，这里有一条通往那满的盘山公路。公路在高耸的半山腰间蜿蜒盘踞，在车上放眼望去，山底的村庄依稀可见。行走在山路上，山的高大和雄峻令人敬畏。熟悉那满的同行说：那满的大山蕴藏着丰厚的文化底蕴，还需要你去解读去感悟。同伴的话点拨了我，让我对那满的山刮目相看，也让我去品读这些大山，感悟大山赐予人类的禅理。

那满的名山要数莲花山。传说古时候莲花山只是一座光秃秃的独立山，与群山相距遥远。一天，八仙云游路过此地，见此山高耸入云，便落下彩云，大家在山上休息。休息片刻后，汉钟离叹道：“此山虽好，却与群峰相距甚远，真乃美中不足也。”说罢，把扇子连摇两摇，顿时，东西南北群山立即围拢过来，形成了莲花状，莲花山由此而来。

莲花山寺久负盛名。据史料记载，莲花山寺由奉议州（今田州）知州李沾春等文武官员和全州的黎民百姓共同捐资兴建。为五进式石木结构建筑群，始建于清代同治元年（1862年），史称“慈云阁”。刚开始只是小砌院墙，建一头门和一后殿而已，光绪元年（1875年）开始塑有观音菩萨妙像、十二圆觉并绪佛圣河西竺殿。凿石刻塑释迦佛文、武二帝十八罗汉诸真觉。光绪十二年（1886年）向社会各界人士和百姓募捐，开始凿石条重建，增塑妙庄皇帝文殊普贤诸佛圣像，直到光绪十六年（1890年）才竣工。寺庙从前门进去依次为头门、观音宫、佛母宫、寿星宫和八仙宫，佛母宫的两侧分别增设救苦宫和花工宫。

莲花山寺是田阳县唯一保留至今的古寺，1989年被县人民政府公布为文物保护单位。每年农历二月二十九和九月初十举行盛大的朝拜活动，届时，周边的善男信女便会不约而同地集聚在莲花山寺，宰杀六畜，供奉祭品，烧香拜佛，祭祀求福，参加活动人数多达万人以上。

置身莲花山，穿越古驿道的时光隧道，透过古寺庙的袅袅香火，感悟古人追求人性的高洁和普度众生的超然境界，往日郁结下的物欲、权势、浮躁等被洗涤得荡然无存。到莲花山寺煮字疗伤，实为一种精神调剂。

山的神灵自然有水的充盈，那满的水，奇！露美布露屯有一方面积约10亩的泉水，壮语称“咘洪”（“咘”即“泉水”之意）。泉水清澈见底，游鱼历历在目。泉水每天定时变色两次，一次是在下午1时，另一次是在下午5时，届时泉水缓慢变成黑、蓝、红三色，三色相互交替，每次持续约5分钟，令人叹为观止。

那满的水，秀！传说八仙云游那满大山，铁拐李解下身上的酒葫芦往山下一掷，酒葫芦在山下停住的地方变成一口大泉，泉水顺着山底向东而流，变成了新立村的龙潭和由龙潭流出的驮烈河。缘何起名“龙潭”我们不得而知，潭水清澈见底，直径约100多米的龙潭像一面平放的镜子，周围的山、树、楼房、亭阁、榕树，还有走动的人、鸡、鸭等都一股脑儿倒映在潭水中，使龙潭又变成一幅诗情画意的山水画，一幅灵动曼妙的写生油画。经过重新修饰，龙潭吸引着众多的远方游客。

驮烈河是新立村的母亲河，它像一条翠绿的彩带镶嵌在新立大地，使一马平川的新立村充满诗情画意。驮烈河流过平地，河边的甘蔗林排起长队为它行注目礼；河边的香蕉树挺直腰杆为它点头致意；河边的杧果树亮起金黄色的果实为它炫耀。驮烈河穿越高山峡谷，河边的松树林为它展现刚劲的身姿；河边的桉树为它撑起一片蓝天；河边的旅游村寨为它唱响了时代的主旋律。驮烈河温顺又激情，平原上的驮烈河河面宽阔曲折，河水平缓柔情胜似闲庭信步；山地里的驮烈河河面狭窄落差大，河水肆意激昂恰似脱缰的野马。而无论是平缓流淌抑或激流勇进，都流溢出驮烈河对这片土地的深深恋情。驮烈河美化、绿化、富化了这片热土，带着它的不舍流向右江，流向遥远的珠江。

秀美山水赋予那满人民勤劳和智慧，那满镇因地制宜，调整产业结构，实施“优菜、优蔗、优果、优畜”农业“四优”工程，抓好山区生态农业，大力发展支柱产业，新农村建设卓见成效。村民居楼房装饰一新，水泥硬化大道宽敞明亮，成为石山区一颗璀璨的明珠。近年来，那满镇政府依托奇山异水、生态优美的优势，打造“醉美乡村”农业休闲旅游。在社会主义新农村建设中，以统筹发展、整体推进为原则，以发展全生态有机农业和旅游文化产业为主导，力争把那满建设成为全国性的“生态发展样板村”“城乡统筹示范村”“创新管理典型村”和“和谐幸福文明村”。一个全新的那满正向中国梦奋进。

惬意野柳

大海总是那么眷恋台湾，太平洋像母亲拥抱着台湾，1000多公里的海岸线像一条蜿蜒的长龙绵延在宝岛边沿。大海给台湾带来清新洁净的空气；大海也雕塑着台湾海岸美丽的风景，绵长悠远的海岸的天然景观供世人饱览。野柳地质景观是其中的代表，它是陆地和大海共同孕育的杰作。2010年夏，我畅游野柳，惬意于野柳的美丽景观。

汽车在沿着海边延伸的基金公路上驰骋，蓝天、白云、大海、行船、沙滩、绿树竞相跃入眼帘，远处，海边的野柳如一只巨大的海龟，昂首拱背而游，有人称为“野柳龟”。当汽车驶入野柳地质公园停车场的时候，那里已排满了旅游中巴车，涌动的人流挤满了公园门口，在导游的安排下，人流变成了长龙，有序地进入公园。

踱步在洁净的人行道，草海桐、白水木等海边树郁郁葱葱，厚大的叶子带着白色泛黄的花朵向游人展现它的美姿，徜徉在树旁的老者似乎被勃发的青春树所感化，退去了昔日的愁态，显得年轻精神了许多。离白水木不远的地方，一巨石被不知名的藤蔓裹得严严实实，黝黑的海边石变成了绿色的网吧，而穿梭其间的海鸟叽叽喳喳的喊叫声把原本寂静的绿物变成了鸟的乐园。我足足用3分多钟的时间傻傻地看着海鸟在藤蔓间嬉戏调情的情趣，心中涌出一阵快意。

大海在眼前呈现，举目眺望，湛蓝的大海和天空融为一体，分不清哪里是天哪里是海，雄浑、渊深、浩瀚这些带着局限性的形容词不足以形容大海的博大。眼光从远处慢慢收回，海水在骄阳的朗照下像片片鱼鳞铺设在海面，又像顽皮的小孩不断向岸边跳跃，让人一阵惊喜。而那清爽潮湿带着淡淡海腥味的海风肆虐着我的头发、面颊和皮肤，顺着毛孔渗透到身体的每个部位，刚才还被沉闷天气惹得暗淡的心情一下子变得疏朗。

大海和海风给我带来惬意，而我更惊喜于野柳那迷人的地质奇观。

沿着木板道登上筑台，凭栏俯视，野柳全景尽收眼底。砂雕、蘑菇石、烛台石、棋盘石、豆腐岩……奇形怪状的风化石让你目不暇接；女王头、元宝、仙履鞋、石球、石生姜……千姿百态的石化物让你眼花缭乱。我好奇于这些岩石的形成，据史料记载，2000万年前台湾还在海里，600万年前的造山运动把岩层推挤出海面，造成台湾岛，野柳是其中的一部分。造山运动挤压时，在野柳的两侧推出两道断层，断层带破碎易受侵蚀，所以两侧凹入成湾，中间突出形成海岬。接下来，在海浪、雨水和风的侵蚀和地壳不断的抬升下，造成野柳的岩层景观，准确地说，是大海这位神奇的雕塑家雕塑了形态万千的野柳地质奇观。

蘑菇石如从地面霍然冒出，细长黄色的颈部，有粗有细，有长有短；蜂窝状而黝黑的头部，有大有小，有方有圆。人以群分，物以类聚，来到世上，它们约定好群居，排而无序，乱而无章。在漫长的岁月中长相厮守，惺惺相惜。行走其中，我仿佛与一个个塑像人擦肩而过，亲切感油然而生。我用手触摸它们的脖子，抚摸它们的头，从平滑到皱纹，触感不同感受不一样，惬意却已注满心头。

烛台石离大海最近，它们离不开造化它们的大海。黑色的烛台黑色的蜡烛，烛台规圆中正，台面光滑平整。蜡烛永远是即将燃尽的余节，娇小玲珑，煞是可爱。烛台大大小小，高高低低，错落有致，而无论何种形态，它们都面朝苍天，永不泯灭，祈求上苍保佑大自然赐予人类的精灵。我真想零距离地接触它们，试着用打火机一燃而乐，遗憾的是一条红线拦住了我，压抑了我的欲望。

仙履鞋定格在海边一块光滑的石头斜面上，是多少码我无意去探究，只看见这是一只左面鞋底，线条弯曲有形的鞋边，如人工纳线的鞋面凹凸有致，惟妙惟肖，栩栩如生，仿佛仙女下凡时遗落的仙履。来到野柳，有幸一睹仙人的芳鞋，真是人生一大幸事。

远处，游客沿着木板路排起了长龙，原来他们是抢着跟女王头合影留念。女王头属于蕈状岩，由地貌经过长期的侵蚀和风化交互作用而形成。女王头因其颈部修长、脸部线条优美、神态极像昂首静坐的女王而得名。走近女王头，只见其脖颈纤细平滑，丰盈动人，如美女迷人的秀颈，瓜子脸形上高耸的鼻梁，卷曲的秀发规整地盘在后脑，雍容华贵，气质高雅，让一睹女王头的男子难免心猿意马。经过长时间的排队，我得以同女王头留下合影，兴奋和激动溢于言表。

离开女王头，继续饱览野柳的地质奇作。棋盘石让我有对弈的冲动，元宝石让我如获至宝，生姜石让我闻到了姜的味道，石画让我几疑画家的珍品……汇集世界级景观的野柳让我大饱眼福，大自然的鬼斧神工让我大开眼界。

情韵澄碧湖

很久以前去了一趟澄碧湖，原本只想把澄碧湖当成初恋情人珍藏心底。可她那独特的情韵却时常让我魂牵梦绕，催促我提笔写下那段难忘的游湖经历。

游览澄碧湖是在深秋。那天，还未来得及欣赏湖光山色，我的眼球首先被湖坝的景致掠走。瀑布虽然是人工制作，倒也逼真，整齐而平滑的水飞流直下，飞溅的水花纷纷扬扬，悦人心智；能工巧匠们在水池中建起蘑菇塔，惟妙惟肖，别出心裁；沐浴水中的睡美人舒展优美的身姿，体态丰满，路过的男人无不心驰神往，浮想联翩。远处，宽阔而碧绿的草坪散居三五成群的游客，有的窃窃私语，甜甜蜜蜜；有的畅所欲言，开怀畅笑，从人们灿烂的脸上读懂欢乐与祥和。

站在坝首俯视澄碧湖，水湾曲折，狭长的水域如一条玉带向远处延伸，湖水蔚蓝蔚蓝，远眺，活像偌大的翡翠镶嵌在桂西大地。澄碧湖被誉为“大海的女儿”，桂西一颗璀璨明珠。我们坐着游船去一个遥远的湖中小岛，那个小岛被称作“民族村”，我们去领略那里的民族风情。

随着人群登上游船，投入了澄碧湖的怀抱，仿佛依偎在母亲柔情的怀抱，心中流荡着幸福的喜悦。蓝天白云下，幽碧的湖水与湖边两岸茂密葱郁的绿树相映衬，碧水绿树蓝天。湖水因山而清澈，山因水的充盈而清秀，穿梭于青山绿水间的人们亦因得澄碧湖的灵气而阳光。离开坝首越来越远，澄碧湖豁然开朗，辽远广阔，远处，一座座幽山沉睡湖中，墨绿墨绿，给澄碧湖添加了诗情画意。

船在水中行，人在画中游。同船的少男少女被澄碧湖迷人的景致所倾倒，纷纷站到船台纵情嬉戏。60多岁的老太婆按捺不住心中的喜悦，扶着船舷一边看景一边傻乎乎地偷着乐；一对恋人一会儿深情对视，一会儿相互嘻哈打趣，丝毫不顾及旁人的感受。此时，游船的马达声、歌声、嬉戏声、欢笑声充斥于耳，笑语声喧。我将手击挡飞溅的水珠，清清凉凉，那高高跃起的水花在阳光的映照下晶莹剔透，偶有几滴送入我的怀抱，倏地穿了进去，再也寻不着了。享受自然，平日里在闹市郁结下的烦躁、怨倦和忧郁被凉爽的湖风吹得一干二净，感觉舒心、愉悦。

经过将近40分钟的行程，船缓缓驶进一座小岛。小岛四面环水，沙滩像一条黄色的彩带环绕着小岛。远远望去，沙滩上一家子人正忙得不亦乐乎。父亲和儿子将裤脚挽至大腿，赤着脚提着鞋子行走在沙滩上，父子俩边走边捡着湖边的石子，儿子不时将石子向湖中抛甩，父亲捡起扁平的石子做水上飞镖；母亲则一边帮父子俩提鞋子一边玩弄手机拍照。一家人融入自然，享受阳光、湖水和沙滩，和谐美满，其乐融融。

走上小岛，这里林木茂密葱茏，美其名曰“民族村”。踱步于裸石铺成的羊肠小道，动听的民声乐曲自远而近。原来，松树下平台间，“民族村”的少男少女给远道而来的客人表演丰富多彩的文艺节目。游客们边畅谈边闲聊边欣赏节目，有说有笑，闲适自在，怡然自得。伴随着优美动听的曲调，身着壮、侗、瑶、苗、仫佬等民族服装的少男少女迈着轻盈的舞步，向客人们款款走来。此时，我才感悟出“民族村”的由来。据介绍，瑶妹穿的服饰均是手工制作，珠光宝气，雍容华贵，精美至极，令人赞叹不已。曲罢歌停，少男少女们一字站立亮相，主持人就民族服饰让游客们竞猜，给猜中者赠送纪念品，一时间，台上台下喊声阵阵，热闹非凡。其中，猜中的一个小伙子跑到台上领取奖品，还做着鬼脸饶有兴趣地同瑶妹拍照。竞猜结束，少男少女们跳起了竹竿舞，意犹未尽的游客加入跳舞的行列，此时的“民族村”如同欢乐的海洋，游客们的脸上洋溢着幸福和欢乐。

小岛因游客们欢乐其中，除去许多遗世独处的孤单；游客们因步入这宾至如归的小岛，享受山水合一的美景，就多少有了从从容容做人的情怀和轻轻松松游玩的情趣；人与自然融为一体，小岛多了些豪气。

天色渐晚，我们踏歌而归。途中，一群白鹭在空中呈现“人”字形翱翔，渐飞渐远。此时的澄碧湖又多了一样色彩，多了一个旋律。

泰山行

泰山是座文化名山。“泰山压顶不弯腰”“有眼不识泰山”……这些涉及泰山的名言时常在我脑际闪现，我对泰山仰慕已久，小时候就有登顶泰山的梦想。2009年夏，我随考察团到山东考察学习，有幸登顶泰山，了却了一桩夙愿。

在泰山脚下眺望泰山，只见群峰起伏，绵绵延延，感觉山顶遥不可及，自己也显得那么渺小。汽车在曲折的盘山公路上穿梭，直入云霄的参天大树在我们的视线中掠过，从树缝间洒落的日影明示着天气晴好。看着山光树影，想着登临的泰山，兴奋、激动、快慰涌上心头，车上的每个人都流露出少见的惊喜。

很快就到中天门，眼前豁然开朗，几排廊道带着它的古朴和典雅跃入眼帘，琳琅满目的商品又让游客看到山市的繁荣。我还没有站稳，一股山风向我袭来，让我领略了泰山野风给我带来的快感。然而，这份快感很快荡然无存，登顶泰山，体悟旷世名山的文化底蕴才是收获人生最大的快乐。

从中天门到十八盘，登上多少级石阶我不得而知，我只知道拄着拐杖的登山者一个个走在我前面，也一个个被我甩在后头。举目四望，泰山的巍峨、雄奇、峻峭和旷达挤压得我喘不过气，惊喜之余感叹泰山的浩瀚。山的厚重有水的充盈，溪水在石崖间穿梭，在卵石间徜徉，开阔处，平铺的溪水从石崖上飞流直下，从远处望去，疑是银河落九天。树上，两只硕大的喜鹊上蹿下跳，嬉戏调情，喜鹊叽叽喳喳的声音添加了山谷的幽静。此时，我很自然地想到王籍的诗句：“蝉噪林愈静，鸟鸣山更幽。”尽管鸟叫声和游客踩踏石阶发出的响声不绝于耳，但还是被泰山这个庞大的消声器化解了。

从十八盘到南天门，高阜之上，双崖夹道。仰视南天门，仿佛在望云看雾，盘山路陡绝，恰似云梯倒挂，自然，登山的人是在登攀云梯了。石壁谷两侧，“天门长啸”“层崖空谷”“天门云梯”等摩崖石刻赫然入目，看着这些摩崖石刻，让人有如登上天际的自豪，又催促人们勇往直前。看来，石刻文化不仅仅具有观赏和珍藏价值。

踏入南天门，带着古朴气息的建筑韵风扑面而来。天门分上下两层，下层为拱形门洞，条石垒砌，券石起拱，顶峰条石，四周冰盘式出檐，古朴固实中透出几分庄重。走进院落庭深，正殿内设东岳大帝铜像，东西配殿设女神铜像，院内香客云集，烟雾缭绕，深受濡染的我也敬献一炷香，感悟朝拜山神的温情与乐趣。而走进天街又是另一番况味，脚踏青板石道，目阅古老天街，这里殿宇毗连，古色古香，天街饭店、天街旅店、文物商店等，令人目不暇接，天上街市融合着古老和现代的浓郁气息，让人百感交集。如果说南天门和天街是泰山建筑的标志，那么，碧霞祠便是泰山建筑文化的载体。碧霞祠位于岱顶，是泰山女神碧霞元君祠宇，建于宋大中祥符二年（1009年），这里，宫苑式的建筑巍峨壮观，气势恢宏，金碧辉煌。从远处瞭望，白云缭绕，暗香浮动，宛若天上宫阙。置身其中，如在空中楼阁，人便是天堂仙客，那份怡然和快慰不言而喻。

碧霞祠内供碧霞元君贴金铜像，悬有乾隆皇帝御书“赞化东皇”巨匾，传说碧霞元君是泰山女山主奉的女神。每年阴历三月十五是泰山女神的生日，前往泰山朝拜的善男信女，络绎不绝，香火旺盛，碧霞祠为全国道教重点开放的宫观之一。

登顶泰山，沿途众多的摩崖石刻令人眼花缭乱，或托物咏志，或题景留名，或赞泰山拔地通天之气势，或颂幽奥旖旎之秀丽，将自然之美融合在石刻艺术中，让人领略古代书法的精华。其中，最具代表性的是大观峰崖刻，高13.3米，宽5.5米的摩崖有唐代刘仁愿、宋代赵明诚、元代徐世隆、明代朱衡、清代阮元等历代书法名家题刻，历历在目。“天日苍茫”“青碧丹霞”“呼吸宇宙”“严严”等大字与《纪泰山铭》交相辉映，全文约1000字，字体遒劲飘逸，文辞清丽典雅。明代文学家王世贞评价此处时说：“穹崖造天铭书，若鸾飞舞于烟云之表，为之色飞。”阅览大观峰摩崖石刻，饱读历代诗书，让人感叹泰山文化的惊世骇俗。

登上玉皇顶就等于登顶泰山，这里有“极顶石”，标志此地是泰山最高点。走进玉皇庙，只见碧瓦飞檐，翘角凌云，两座巨大的居安铜鼎被游人挂满红丝带和铜锁，石栏怀抱着泰山最高峰。踱步于庙宇廊道，东可眺望冉冉初升的太阳，泰山观日出，此处是绝佳地；西可饱览翔凤岭全景，领略翔凤岭与玉皇顶遥相呼应的胜美；南可回望泰山全貌，回味登攀泰山的苦乐；北可一览辽阔的齐鲁大地，品读孔夫子故乡浑厚的文化内涵。登顶泰山乃人生一大幸事乐事。

泰山行，揽拥泰山美景，饱读泰山的石刻文化、建筑文化、宗教文化和封禅文化，领悟泰山文化的博大精深，收获颇丰，不虚此行。

我和红树林的约会

我看到“红树林”这个名称，觉得别致而好奇，以为红树林都是红色。在百度上搜寻红树林的图片，映入眼帘的却是葱绿一片，名不副实，有一种被概念所欺的感觉。可就是在百度上的那一次邂逅，红树林却像粘贴在我的心里一样，让我有种一睹红树林真容的冲动。2012年初冬，我随团赴防城港培训学习，约会了红树林，了却了一桩心愿。

我和红树林约会的牵线人是我防城港的朋友。在去海边的路上，我迫不及待地要解开心中的疑团。我问朋友红树林为什么不是红色。朋友告诉我，红树林本身并不是红色，因海水的潮涨潮落，红树会受到海水周期性浸淹，其体内会积累大量的单宁酸，被砍伐后经过氧化就会变成红色，故称“红树”，“红树林”由此而来。

朋友接着说，红树林是沿海湿地林木，属于灌木类，是地球上最重要的生态系统之一，具有抵御风浪、保护海岸、降解污染、调节气候等作用，被誉为“地球之肾”和“海岸卫士”。朋友说，目前，我国拥有红树林面积2.26万公顷，其中重点分布区之一的北部湾海岸有8500公顷，而防城港市就拥有近2000公顷，是全国最大的海湾红树林。一直以来，具有长远目光的防城港人提出“红树林一棵都不能少”的口号，大力保护和发展红树林，使防城港成为全国最大的“红树林城市”。

听了朋友的一番讲解，我大致了解红树林的概况。疑团解开了，可我并没有心息气静，我只想尽快和红树林约会，体悟与心中爱物初恋般的情境与心跳。

很快我们到达了海边，因时间不对没能让我看到海水退潮的情景。站在高处俯视红树林，它像一条绿色的彩带镶嵌在辽远的海边，彩带以我的脚下为原点向左右延伸，它更像身着绿色长裙的少女等待着与我相约。它绿得耀眼、绿得舒坦，绿把我紧紧包裹着，让我几近窒息。虽然时下微冷，可这冬之绿却让我呼吸到春的气息，沐浴到春的温暖，仿佛体味初恋情人那灼热的体温和醉人的芬芳，感觉温馨和甜蜜。

沿着貌似泥泞的沙滩走进红树林，沙泥恰似厚实的地毯，软而不陷，舒舒适适。树下，地面散落着凋谢的枯叶，动物爬行留下的踪迹像胡乱的涂画，又像地图上不规则的经纬线。据朋友介绍，红树林树荫下繁衍着大量的贝螺和鱼蟹，它们快快乐乐地在这里觅食嬉戏，繁衍后代。现在在广西防城市市场上出售的贝类、螺类和浅海鱼类有50%生产在红树林湿地。红树林更是候鸟的家园，这里的鸟多属水鸟类，也有一部分陆栖鸟出没于红树林里。在密集繁茂的红树林里还偶有野猪、狸类及鼠类等小型哺乳动物出没。同时红树林还招来了马蜂、苍蝇和蚂蚁等，它们对红树的授粉做出了贡献。

红树个头不高，主干短粗，健壮结实，满身长满疙瘩，活像风霜老人手掌的茧。主干牢牢地深扎在泥滩中，我手抓主干猛力摇曳，纹丝不动。红树长得牢固是因其众多发达的根，部分根系形似龙爪，盘根错节，直扎泥中；为了防止海浪冲击，红树的主干一般不无限增长，而从枝干上长出很多支柱根，扎入泥滩里以保持植株的稳定。与其他树种不同的是红树根部长出许多气生根。气生根露出海滩地面，在潮水淹没时用以通气，故称“呼吸根”。这些错综复杂的根多而不乱、杂而有序，各尽职责地供养着红树，红树以其稳固和繁茂报答根的恩情。

红树枝干发达，盘踞交织，水平舒展，坐上低矮弯曲的枝干，稳当而舒适。我试图穿越林中，去体悟丛林深处的奥秘，却被密集的枝干挡住了去路，无奈只好识趣而退。不料回头间与单株红树不期而遇，权当她是婀娜女子而与之比量身高，傻笑中收获满心的惬意。

红树的叶子就像出嫁新娘的红盖头，不同的是叶子带着它的碧绿走过一年的春夏秋冬，循环往复，以至无穷。红树叶坚硬厚实，且一律向上，令人称奇的是叶肉内有泌盐细胞，能把叶内的含盐水液排出叶面，干燥后现出白色的盐晶体。红树叶被海水浸泡而不枯，出淤泥而不染，它既能反射阳光，减少水分蒸发，抗击干旱，又能将摄入的多余盐分排出体外，确保红树正常生长发育。红树与自然抗争的精神令我折服。

天色渐晚，我与红树林的约会暂告一段落。朋友见我那般依恋红树林，便邀我到他家里，说晚餐用红树果做道菜招待我。红树果当地人叫“榄钱”，去皮后可食用，或清炒，或做汤，其味甘、微苦、性凉，具有清热、利尿、凉血败火的功效。算我有口福，能吃上用榄钱做成的菜肴，我迫不及待地品尝一口，苦在嘴里，甜在心里。

离开朋友家，离开了红树林，可我和红树林的约会并没有结束。

妩媚千岛湖

千岛湖就像我心中的维纳斯，千妩百媚，妖娆婀娜，天生丽质。

中巴车在安徽至浙江淳安县千岛湖镇的二级路上行驶，我惊艳于沿途那远远近近大大小小高高低低，或朦朦胧胧或清清楚楚的湖光山色，山被树裹成青幽幽，树被绿抹得浓郁郁，水则被阳光映得碧幽幽。沿途同一种山水，景色造型却各具特色，而掩映在树丛中的一栋栋别墅民宅，让人赞叹江南水乡的美艳与富足。殊不知，来到千岛镇，原先复制在眼球中的景致顷刻被删除，取而代之的是千岛湖那迷人的景观。

千岛湖距杭州129公里，位居淳安县千岛湖镇。是我国1959年建设的第一座自行设计、自制设备的大型水力发电站——新安江水力发电站筑坝拦江蓄水而形成的人工湖，是国务院首批公布的44处风景名胜区之一，也是目前国内较大的国家森林公园。巍巍大坝将新安江上游拦截成一个烟波浩渺的巨大湖泊，连绵的崇山峻岭淹入湖中成为大小岛屿，共1078个，故名“千岛湖”。千岛湖水域面积575平方公里，蓄水量178亿立方米，相当于3184个西湖。湖内以千岛、秀水、金腰带为主要特色景观，是“杭州—千岛湖—黄山”名山名水名城黄金旅游线上的一颗璀璨明珠。千岛湖碧水呈奇，风情百媚，风光旖旎，湖底还保存着两座1800多年历史的古城，期待世人去揭开它神秘的面纱。

7月天，刺眼的阳光驱散了残留在天空中唯一的一片乌云。举目瞭望，千岛湖如人间仙境，从水中冒出的一座座山如画家的点睛之笔，或圆浑黝黑，或狭长深绿，浓淡相间，若实若虚，妩媚妖娆，美不胜收。整个画面让人几疑踏入蓬莱仙境，置身人间天堂。而来回穿梭的大大小小形态各异的游船让瞬间的梦幻化为乌有，回过神来的我高声赞叹大自然的神来之笔、天造之作，不露神色地收获着大自然赐予我的美景，庆幸此行的福耀与荣光。

踏上开往湖中岛屿的轮船，我无心坐在舱内的舒适座椅，只身一人站在舱外走廊，扶着船舷栏杆，只想让眼前的美丽净化和熏陶着那颗孤寂的心灵。浩渺的湖面如银镜般映照着天的蓝、云的白、山的青、树的绿，以及散落在山林丛中那含羞裸露出来的楼台亭阁的挺拔与俊美。船在碧波万顷的湖面上犁出层层白浪，翻腾的白浪恰似偌大的银条，在阳光的反照下闪着刺目的白光；高高跃起的水滴纷纷扬扬，恍若灵动的白色钢花。远处，碰撞的水扬起的画面仿佛一个个小孩童真的笑脸，那张稚雅的笑脸与我相迎的瞬间，让我有说不尽的愉悦和惬意。我美美地沉浸在千岛湖那妖娆的湖水，静静享受美艳千岛湖对我的伺候。

水的充盈与柔媚自然与岛山的阳刚与温存相协调。轮船在锁岛边缓缓停下，沿着狭长的通道走进岛屿，周身被树的绿包裹着，但更多的是闻到锁的金属锈味。导游介绍，锁岛是锁的世界，现有16万把各式心锁挂满全岛，建有开心锁、智慧锁和十二生肖挂锁广场供游客参与开锁和挂锁许愿。我国第一座锁具博物馆——中华锁展馆和获世界吉尼斯之最的平安锁也在此安家，展示了我国博大精深的锁文化。穿梭在五彩缤纷的由锁装饰成的奇妙通道，参观博物馆展出的千年古锁，惊叹于我国深厚的锁文化底蕴。来到人工制成的偌大金色开心锁，我特意让同伴拍下一张人锁照，旨在把美好的心愿定格在锁岛，锁定在漫漫人生的记忆篇章。

从锁岛下来要经过鱼乐桥。乍看，鱼乐桥很普通，走在平铺在湖面上的踏板，轻便而踏实，迎面吹来的湖风夹带着7月天的热气。殊不知，这里是集观鱼、戏鱼和水上交通于一体的水上浮桥，是千岛湖淡水鱼观赏基地。这里有重达100余斤的青鱼，也有号称“白娘子”的大白鳙鱼，其中群鱼争食是鱼乐桥的一大奇观。走近鱼池，闻到人气味的金色鱼、黑色鱼等聚拢到我面前，众多张开着的鱼嘴巴忽开忽闭，等待我喂食。好善乐施的我把鱼粮喂给它们，高高跃起的金鱼差点和我对吻，展示了群鱼争食的奇妙景观。另一个鱼池，100多斤重的青鱼在慢条斯理地游动，游过我面前的时候礼貌性地瞅我一眼，颇具王者风度。

来到龙山岛已是下午时光，吸引我们的不是岛的奇妙景象，而是这里有纪念海瑞的祠堂。琉璃瓷瓦飞檐翘角古色古香的海瑞祠深深吸引着我，正气浩然清廉正直的海瑞塑像感化着我，正能量的海瑞精神光耀龙山岛。从海瑞祠拾级而上，约行五百级石阶小径到达宁古钟楼。楼内置一宋代铁钟，我乘兴撞钟寻觅孩童真趣，找回久违的童心。眺望湖光山色，千岛湖镇的雄姿尽收眼底，湖山景观纳入心间。

告别龙山岛惜别千岛湖的时刻，我依依不舍，只想把灵魂永远驻留在千岛湖。

夏色赋

电闪雷鸣，洋洋洒洒的一场大雨揭开了夏的序幕，放眼自然，绿树、红花、秀水依然，让人怀疑仍是昨天的春，殊不知，夏不仅占有春的娇颜，还拥有秋的荣华。

或许，是春迷恋于夏的灿烂。阳台上的三角梅其叶葱茏，翠色欲滴，其花鲜红，争奇斗艳；带刺的仙人掌绿倒众生；在丛叶的簇拥下，一顶红一枝独秀，笑傲众景，拥抱夏天……我爱夏，因为夏缤纷。

夏，不仅保持了春的葱郁、苍翠和妩媚，更铺垫秋的成熟和收获。

故乡的那一片荔枝树，树不大，却一棵连着一棵，一簇连着一簇。远眺，活像一座座黝黑墨绿的小山，此起彼伏。墨绿的叶子丝毫不因夏的酷热而褪色，依然那么茂盛，那么青春，那么积极向上。仲夏，枝杆端，绿叶间，悬挂着一串串沉甸甸的果子，荔枝杆被果实累累的荔枝果吊坠得弯下了腰，仿佛一个老人肩负重担，不堪重负。看得出，今年又是一个丰收年。未成熟的荔枝果呈鲜红色，鲜嫩鲜嫩，熟透了呈深红色，暗红暗红，绿叶随着果实的成熟而显得黯淡、憔悴。红绿相衬的荔枝林是夏日一道迷人的景观，微风过处，荔枝树摇曳着的树枝，伴随着和弦纵情欢歌，发出的声音宛若动人的乐曲，使静谧的荔枝林变得活跃、欢畅。远处，几只彩色的蝴蝶翩然而至，融入这欢乐的氛围，使本来就生动的夏景图愈发鲜活、热烈。置身其中，几疑身在诗里梦里。

如果说红色点缀了夏，那么黄色则把夏装扮得绚丽多姿。

原先那几座山，3年前种下的杧果树经村民的精心培育，如今已把荒山裹得严严实实。纵目杧果林，村庄与青山做伴，绿树与白云厮守，让人分不清是春天的景色还是夏日的风采。步入杧果林，青黄色的杧果挂满枝头，略带弯曲的象牙杧，椭圆形的农院3号杧，鹅蛋形的本地杧……杧种不同，形状各异。徜徉于杧果林，头撞上突如其来的杧果，让你既惊喜又激动。步入成熟期，杧果色彩纷呈，绚丽缤纷，尽显风流。象牙杧青黄中略施胭脂，恰似羞涩的姑娘；农院3号杧浅黄中轻涂蛋青，略显几抹青涩；田阳本地杧则是嫩黄可爱，仿佛初生孩童圆碌碌的小脑袋瓜。熟透了的杧果或是在树叶间裸露，或是“犹抱琵琶半遮面”，或是隐秘叶间，形态万千，应接不暇，无论何种姿态都在绿叶的衬托下黄得耀眼，黄得醉人。穿梭于杧果树间，还误以为已是隆重的秋收季节呢。杧果散发出的芬芳引来多情的蜜蜂，使夏日的杧果林愈发动感迷人。

其实，相较于稻谷的金黄色，杧果那浅黄色就逊色多了。

收获的夏天，田里的稻谷因受夏日强烈的光合作用而黄得纯真，黄得夸张。连片的稻田给地球披上了黄衣裳。稻谷的金黄与曜日争辉，使夏日变得灿烂而热烈。微风吹过，稻浪滔天，给夏日的景观增添了动人的风采。伫立田边，稻穗频频向人致意，彬彬有礼。独步其间，仿佛检阅列队的士兵，感觉得意和自豪。如果说春天的繁花缺少秋的实惠，那么夏日的稻景便是春与秋的完美结合体。

娇丽而不掩饰，荣华而不虚浮，这便是夏的本色，也是我钟情于夏的原因。

雪域哈尔滨

离开哈尔滨已有很长时间，而哈尔滨的雪始终在我的记忆中浮现、飘摇。它如一首动听的民谣不时在我耳边萦绕。它是我记忆长河中一道亮丽的风景线。

火车驶入东北大地，跃入眼帘的是满目的苍凉和萧条，荒野枯黄的草，褪尽树叶的树，低矮的房屋，冒着白烟的烟囱，散飞的乌鸦……而堆积或覆盖在大地、操场、屋顶上的雪显示着北国冬天的到来。火车上的朋友纷纷穿上了棉大衣和棉靴，俨然东北人的打扮，火车内那暖烘烘的暖气让人忘记了车外的寒冷，我们每个人都从车窗瞭望外面的世界，只想尽快踏上这片神奇的北国，去体悟雪与冰的韵味。

来到哈尔滨，天黑压压的一片，导游说，哈尔滨要下大雪了。赶上了哈尔滨的大雪，对于我们这些初次踏上北方大地的南方人来说，无异于荒漠中遇到了绿洲，拾荒者寻到了宝物，好奇、兴奋、激动，我默默地静候着这场大雪的到来。

大雪来临前的天气并非像暴雨那样山雨欲来风满楼，而刺骨的寒风让我们领略北国冬天的冰冷。冬天的哈尔滨，寒风像是一把寒刀，不停地刺痛你裸露的肌肤。天空乌云密布，裹住这座城市和城市里的人和物，不知什么时候，那云幻化成了白茫茫的雾，雾越来越浓重，天越来越阴沉。随着树上那枯黄叶子的飘落，簌簌的声响随之而来，大雪就在这样的前奏曲中纷至沓来。

开始时，雪花依稀可数，隐约难觅，仿佛天上有位神人漫不经心地撒落细碎的花瓣。渐渐地，雪越来越大，一团团、一簇簇的雪片飞落下来，仿佛无数扯碎了的棉花球从天空中翻滚而下。洋洋洒洒的大雪向哈尔滨袭来，覆盖着这座城市。漫天的雪花酷似天女散花，纷飞的雪片有大有小，有圆形也有棱角，千姿百态的雪片挤满了空蒙的天空，演绎着它们的落姿。大雪片不眷恋苍天，一股脑儿直插大地和房屋；小雪片则不然，它们在空中做片刻舞动后降落在树上、草垛上、人的头上。我喜欢小雪片，喜欢它们那优美的舞姿，喜欢它们那浪漫的情怀。细碎的雪花则伴随着雪片纷纷扬扬、漫天飞舞，飞舞着的雪花让天空变成了灰蒙蒙的一片。无论是大雪片、小雪片或是细碎的雪花，它们都不约而同地白化着这座城市。一时间，街道上洒满了雪，房屋上落满了雪，树枝上挂满了雪。

大地承载着世间万物，承载着哈尔滨的这场大雪。刚开始，雪花掷地有声，随着雪片越来越多，积雪越来越厚，这种抚慰大地的声波也就销声匿迹。投入大地怀抱的雪花犹如母亲怀中的婴儿，恬静而安详，它们知道，大地是它们的归宿。抽一袋烟的工夫，这场大雪让大地变成了白色，这座城市的每个角落，无论原来是黄色还是黑色，是洁净还是污浊，都变成了晶莹剔透的银白色。哈尔滨变成了粉妆玉砌的世界。这些银白色有深有浅有浓有淡，而雪地的白却是自然界最恰到好处的一种渲染，一种本色的白，不深不浅不浓不淡。大地上的雪越来越厚重，厚重的积雪可以做雪人，打雪仗，世代沿袭下来的雪中游戏演绎了哈尔滨不老的传说。

大雪刷新了大地，也装扮了树木，街上的大树小树被厚重的白雪包裹着，每棵树都挂满了雪，像是一朵朵白云，远眺，每棵树又像是一个个戴着白帽的老人，不由让人想到唐朝元稹的诗句："才见岭头云似盖，已惊岩下雪如尘。千峰笋石千株玉，万树松萝万朵云。"光秃秃的枝丫沾满了白雪，恰似一只只银色的毛虫；带着树叶的树枝被下雪压弯了腰，超过承载负荷的树枝被折断，一坨子一坨子的白雪从折断的树枝散落而下，扬起一团团雪雾。

巍峨壮美的圣索菲亚教堂是哈尔滨的标志性建筑之一，我们和教堂一起经历了这场大雪，风雪中的教堂挺拔、刚毅。这所教堂也是鸟的乐园，雪中的鸽子忽而在风雪中飞翔，忽而在雪地上寻找游人丢撒的食物。我眼前的一只鸽子，吃完食物后带着身上滞留的白雪飞向空中，上演了搏击风雪的英姿。麻雀也不惧怕风雪，风雪中的麻雀依然昂首挺立，藐视苍天，它摇身甩头，甩掉身上的积雪，然后吱的一声飞向高空，大雪中留下它那矫健的身影。凌霜傲雪的鸟演绎了它们的顽强和不屈，我由衷地敬畏和尊重在逆境中奋力拼搏的生命。

深受鸟的濡染和感化，我脚踏雪地，头顶雪天，立身于风雪飘摇中，张开双臂接受雪的洗礼。簌簌的大雪落在了我的头上、身上和脸上，酥酥麻麻的感觉，尽管冰冷刺骨，但大雪中玩味刺激，寒风中磨砺无畏颇有一番况味，感觉不虚此行。在风雪中前行，没有人注意自己，自己也不用去注意别人，只需在这样寂静的世界里聆听脚下咯吱咯吱的声音，然后将这些声音珍藏在自己的记忆里。

延安的窑洞

延安的窑洞——我的精神家园。

到了陕西，我最渴望见到的是延安的窑洞。从小时候起，我一直觉得窑洞遥不可见。我去陕西之前所看到的窑洞或是报刊的图片，或是电视画面。

从西安去延安的那天，天气格外晴朗，虽然寒气逼人，却掩盖不住我急切而激动的心情，在人声鼎沸的旅行车内，我独自哼着刚刚学会的陕北小调。中巴车驶过铜川的时候，导游说已经进入陕北高原，刚才还是车水马龙的人流和车辆逐渐变得人烟稀少。透过车窗瞭望陕北大地，辽阔豪迈，沟壑纵横，梁峁连绵，这就是黄土高原。白色挺直的白桦树始终是我眼中一道亮丽的风景，冬季的白桦树虽然褪去了树叶，留下光秃秃的枝干，却掩盖不住它的生机、坚挺和不屈，这不正象征着英勇顽强的陕北人民吗？

我一路苦苦追寻的窑洞终于跃入了我的眼帘，在遥远的山坡土塬沟崖，一个、两个、一排的窑洞依山靠崖而居，原来只是在图片资料或电视上看到的变为现实，说不出的好奇和激动。遗憾的是我所看到的窑洞其实很朴素，在山崖地带挖一口窑，外加圆拱形的扇窗和大门，仅此而已。有些窑洞已经被弃用，外面长满了杂草；有些窑洞被当作牛棚，几头黄牛在窑洞前悠闲地吃着草，朴实而简陋是窑洞给我的最初印象。

到了延安，走进了杨家坪和枣园革命旧居，真正走进了窑洞，那是一代伟人居住过的窑洞。朴实依然是窑洞的代名词，木椅、木桌、土炕是窑洞里的全部家当。然而，老一辈无产阶级革命家就是在这么简陋的窑洞里创立了伟业，创建了自力更生、艰苦朴素、为人民服务的伟大精神，它是中国人民的精神财富，这笔财富取之不尽用之不竭。窑洞是简陋的，却也是最殷实的。

延安的窑洞孕育了宝贵的精神财富，窑洞是中国革命的摇篮，在窑洞，一代伟人叱咤风云，指点江山，主宰着中国革命的前途和命运。吸引了无数的有志青年，甚至吸引着世界的目光。

延安的窑洞很朴素，朴素的如同黄土高原的黄土。然而，窑洞又是那么的富足和殷实，它是世代中国人民的精神家园，每天都接纳着成千上万的仰慕者。

田阳城的蜕变

县城是一个县政治、经济和文化的中心，它是一个县的名片，田阳县城是田阳县的名片，在这里，我姑且把它称为田阳城。因为读书和工作的关系，我已经在这座小城生活和工作了37个春秋。37年来，田阳城就像我眼中的婴孩，我看着它成长，目睹着它的蜕变。

20世纪70年代，我就来到县城读书，成为众多山区学生中的幸运儿。学校坐落在县城中心，东临灯光球场，西靠县城广场，四排低矮砖瓦房合围成四合院式的校园，校园内，三个大池塘比邻而居，几条用焦煤灰渣铺成的小路把池塘一分为三。两个池塘之间，一栋陈旧的砖瓦房单门独居，显得孤零和别样，那便是我们的宿舍和教室。学校引人注目的是校园西边那棵苍老的榕树，它像一位历尽沧桑的老人，注视着在这里生活和学习的莘莘学子；学校北边的食堂，袅袅升空的炊烟多少让我们感受到家的温馨。

学校西边的广场十分宽阔，参差不齐的草丛中裸露着一片片夹带沙石的黄土，一阵风吹来，灰尘带着细沙腾空而起，漫天飞舞的灰尘过后留下的是草叶上的尘迹斑斑。广场北边有个露天舞台，那是我们的舞台，是我们练习跳舞的地方，我们在那条长长的横木上压腿，也在那长长的横木上留下泪水。

学校房屋是砖瓦平房，县城的民居也是砖瓦平房。屋檐下的商铺，房柱或方或圆，历经摩擦，显得光滑油亮；檐瓦下的水泥地板被长年滴落的雨水击打成洞，感悟水滴石穿的同时，旧城的古朴和恬淡扑面而来；

每到春天，屋檐下的燕窝让瓦屋变得鲜亮，漫天飞舞的燕子和叽叽喳喳的叫声让宁静的旧城变得热闹和喜庆。解放街、中山街、桑园街……绿树掩映中的田州街道飘飞着米粉的气味、馒头的蒸汽，仅有的两三家国营饭店还从未见过人满为患的状况，吃一碗粉买一个馒头在当时是一种奢侈。

准确地说，用陈旧、落寞、萧条、冷清这些惨淡的词语形容37年前的田阳县城实不为过。

十一届三中全会后，党的惠民政策如一股春风吹绿了大江南北，也吹绿了田阳县城。我的母校像换了新装的新娘，昔日的砖瓦房早已销声匿迹，取而代之的是崭新的教学楼、综合楼、办公楼和教师公寓楼；塑胶跑道环绕着校园，塑胶操场、篮球场立体而规整，人工草皮覆盖校园；学校绿树成荫，四季如春，花园式学校是读书学习的好地方。

旧广场变成了布洛陀文化广场，旧舞台变成了布洛陀文化礼堂，富丽堂皇的装饰，现代化服务设施融入壮民族文化元素，使这座水上皇宫流光溢彩、魅力四射。大理石地板取代昔日凹凸不平的地面，华灯初上，高耸的长明灯灯火辉煌，两排对齐的灯柱银光流泻，巨石上，“布洛陀文化广场”7个飘逸的草体字演绎着它不老的神话。

城镇规划建设让田阳城迅猛蜕变，荣鑫家苑房地产拉开了房地产商开发田阳城的序幕，荣鑫家苑商住居一、二、三期工程竣工使用后，阳光家园、合源美地、茂业小区、天盛小区、中央公园、地王国际……房地产商住区如雨后春笋般拔地而起，覆盖阳城的楼房鳞次栉比。林立的高楼下是星罗棋布的街道，环城大道、隆平大道、花园大道、将军路、玉兰路、木棉路……蜘蛛网般的街道让初次踏上田阳城的人时常迷路。田阳城位居水、陆、空交通枢纽。右江河流经县城，上通百色，下通南宁，直至广州、深圳、香港出海；公路、铁路是广西西部和西南出海通道的枢纽；百色机场离县城7公里，2003年首飞成功后开通广州、桂林、昆明航线。

“十一五”规划以来，田阳县委、县政府提出的“工业兴县，农业强县，文化名县，和谐田阳”的发展战略，城镇化建设合理规划，布洛陀文化广场、欧艺广场、三雷绿地广场三足鼎立，将田阳城建设与山水资源有机结合起来，在开发建设上“护山保水”，道路规划上“迎山接水”，建筑布局上“显山露水”，景观设计上“借山用水”，打造“蓝天碧水，青山绿树，白墙红瓦”的壮民族特色田园生态宜居城市。随着建设步伐的加快，城域不断扩大，县城面积由2005年的6.63平方公里扩大到2010年的8.7平方公里，县城人口由5.2万增至8.5万。随着右江—田阳一体化建设规划，面积25平方公里的新山工业园区的建成，田阳县城面积将在原来的基础上成倍扩大，一个初具规模的现代化大都市将屹立于革命老区。

昔日的田阳城已成为历史，发展中的田阳城迅猛蜕变，变得这般崭新，这般夺目耀眼。

走笔棋盘滩

汽车在通往田东那拔镇的路上飞驰，将车窗玻璃拉开一条缝隙，冰冷的寒风随即刺痛脸上的每个毛孔，今年的冬季特别寒冷。而寒天冻地并没有削弱我们郊游的兴趣，透过车窗玻璃瞭望苍野，山间草芥的枯萎并没有泯灭冬树的盎然，南国四季的树木总是那么绿意葱葱。

通往那拔镇的公路在山道间沿着灵岐河蜿蜒盘旋，视线不由自主地转移到了那条涓涓细流的灵岐河，同伴说，棋盘滩就在灵岐河的上游。从车窗俯视灵岐河，河道里裸露着大小不一的圆浑裸石，这些裸石一堆一堆地聚集在一起，立在水中的大河石半身露出水面，像光着膀子在水中亮相的光头老者，冬季的灵岐河正展示着水落石出的天然景观。其实，稍微留心观察，少水时节的灵岐河床不乏让人心动的风景，那些在河岸旁生斜出的小灌木一簇簇一丛丛，这些树常年吮吸着灵岐河的天然养分，尽管寒冬腊月，却依然青衣罩体，不由让人想起了杨万里的诗句："岸头树子直如�，谁遣相招住水滨。不合镜中贪照影，照来照去总斜身。"

当我还沉浸在灵岐河绵长的幽思时，汽车已经把我们带到了棋盘滩。纵目自然，灵岐河两岸的远山近树绵绵长长、幽幽深深，远处，绿树掩映的村落楼房一幢幢、一排排，错落有致，彰显出这方山民的富足与兴旺。棋盘滩就像一位美丽的仙女下凡在平凡的灵岐河，有了棋盘滩，使原本平淡低调的灵岐河顿然光鲜亮丽、引人注目。

站在河堤俯视棋盘滩，裸露的成群的河石黑黝黝的一大片，稍不留神，还误以为是电视动物画面里在河中群居的非洲河马。这些裸露的石块排而成行，纵而成列，规整有序，错落有致，恰似一盘摆好的棋。这面巨大的天然棋盘摊展在我的面前，一块块石头是一颗颗棋子，一条条水沟构成棋盘里的界线，惟妙惟肖。据资料记载，棋盘滩面积约1800平方米，形成于2亿多年前，是地壳运动过程中的产物，这种地质结构方式许多地方都有，但像棋盘滩这样以平行纵列的形态出现只此一滩，堪称一绝。

步入棋盘滩，行走在裸露的天然石块，兴奋和好奇油然而生，一心想踏遍所有的石块，又禁不住俯下身子仔细端详着每一块石头，触摸着它的容颜，探究它的纹理。这些石块大小为1～2平方米，石块黝黑沉淀，厚实沉稳，表面光鲜滑亮，它们有像犀牛卧水，黝黑中不乏通亮；有像巨龟饮水，表面布满纹理。一石一形态，一块一造型，千姿百态，气象万千，而无论是何种造型，它们都有序地排列着，实属天造地设，令人叹为观止。

石块的规整有水的充盈，准确地说，离开水棋盘滩就不成为棋盘了。自成一物的石块四周都被深、宽都在约30厘米的水沟间隔，这些水沟排而不乱，列而不杂，界线分明，纵横交错，相互贯通。石块四周常年清水环绕，涓涓而流，石的坚贞充盈着水的柔情，刚柔并济在棋盘滩演绎得淋漓尽致。由于石块长年被水浸泡，石块下半部长满了青苔，青绿的苔藓由于水的清澈而愈发清晰明朗；水沟散居的小卵石被水冲刷的洁白纯净，娇小玲珑，令人满生怜爱。我置手水中，试图搅浑这天然的景致，不料搅浑的水瞬间被清水冲走，留下的只有我被漂白的双手和冰冷的切肤记忆。

尽管眼前的景致让我依恋，但偌大的棋盘促使我迈开双脚，去寻找每一块石头的异样，去感触棋盘滩的神韵。踏着棋盘上纵横交错的石块，形成人在石上走水在脚下流的美妙瞬间，心境旷达而神怡。而人在石块上行走时，又仿佛是一个在棋盘上移动的棋子，棋盘滩正是一个长约210米，宽约120米的天然“围棋棋盘”。棋盘的来历出自一个传说。传说古时候八仙登莲花山品尝仙果，在此小憩而留下的棋盘形成。今冬天缘得便，有幸在古八仙留下的棋盘上充当一回棋子，随意走动，洒脱自如。惬意的同时让人望棋生义，浮想联翩。睹物思人，其实人生如棋，正因为如此，才有了“闲敲棋子落灯花”的闲适，有了“常人只消一盘棋”的洒脱；人生如棋，开局是青少年，中局是中年，终局是晚年，走好人生的每一步，一步一个脚印，踏踏实实做事，堂堂正正做人。那样，即便不能功成名就、经天纬地，也会走出光彩的人生。畅游棋盘滩得之彻悟，实在不虚此行。

恍惚间已到了离开棋盘滩的时候，我捧回一颗被灵岐河水冲洗的洁净的小裸石，我把这颗小裸石珍藏在我的书柜里。每当看到这颗小石头，我就会想起天下奇观——棋盘滩。

走进阿里山

“高山青/涧水蓝/阿里山的姑娘美如水呀/阿里山的少年壮如山……”一曲《阿里山的姑歌》伴我走过大半个人生，而每当我哼着这首人们耳熟能详的歌曲时，阿里山仿佛天上宫阙、梦中神山，让人可望而不可即。去年的夏天天缘得便，有幸赴宝岛台湾参观，有幸走进那令人神往的阿里山。

阿里山的来由缘于一段美丽的传说，相传250多年前，达邦有位酋长叫阿巴里，他英勇善猎，只身翻山越岭来此打猎，满载而归，后来常带族人来此打猎，收获颇丰，人们十分敬仰他，便以其名命名此山。中巴车在蜿蜒盘旋的丛林间穿梭，透过车窗举目远眺，阿里山苍茫、空旷、浩瀚，烟雾朦胧中阿里山朦朦胧胧。远处，阶梯式的茶树一层层一排排，绿意盎然，绿树掩映中的茶庄旁山而居，古朴中透出几分雅趣，飘香的阿里山高山茶让我们乐不思蜀。只见蛋黄色的热雾袅袅升空，宛若婀娜仙女在眼前跳着舞着，眼前，美丽的阿里山姑娘舞弄着身姿给我们介绍阿里山茶，品着阿里山茶，消解了一路劳顿。

中巴车继续在S形的山道间穿梭，过了一个小时，车窗缝隙渗入凉风，寒意渐渐袭来，海拔2663米的阿里山应验了人们常说的一句话：一山有四季，十里不同天。一路攀爬更让我们领略到了阿里山的浩瀚和博大。下了车，灿烂的野花映入了眼帘，樱花、野玫瑰、山茶花、石楠花……各式山花争奇斗艳，娇妍妩媚，此时，听到的是相机的咔嚓声和游人的啧啧声。这种声音一直延续到了姊妹潭。花树相衬的阿里山有一大一小相邻的高山湖泊，相传有两位山地女孩在此双双殉情，后人附会而称为姊妹潭。姊潭呈长方形，占地160坪（约合528平方米），妹潭呈圆形，占地20坪（约合66平方米）。山的雄峻和水的充盈自然让阿里山更为神奇。我无暇顾及，只惊喜于姊潭旁的野山樱那迷人的樱花。野山樱苍老黝黑的枝丫点缀着一朵朵娇小的樱花，乳白色的花瓣如倒挂的小灯笼，黄中带红的花蕊星星点点，惺惺相惜，煞是美丽动人。导游说，每年3月至4月中旬是阿里山的花季，千岛樱、山樱、吉野樱将次第绽放，最美的是洁白似雪、灿烂耀眼的花季主角——吉野樱，它的绽放把阿里山装扮成美丽缤纷的花海，我欲伸手抚摸眼前的樱花，又怕玷污樱花的纯洁。

如果说花的艳丽让阿里山美不胜收，那么古老的原始森林却让我们大开眼界。森林是阿里山五大奇景之一，毫不夸张地说，游人是冲着阿里山的原始森林来的。史料记载，阿里山林相丰富，从亚热带的阔叶林到寒带的针叶林，林种随着海拔的升高而不同。从平地的龙眼、相思树、桂竹林等热带树种到暖带林的樟树、楠木、柳杉林，再到温带林的铁杉、台湾扁柏、华山松、台湾杉、红桧等，琳琅满目的林木在这里汇合，花样繁多的树种在这里聚集，齐刷刷密乎乎地把阿里山裹得严严实实。

行走在阿里山，首先引人注目的是那一墩墩偌大的树桩，一墩墩树桩仿佛一个个历尽岁月沧桑的老人，从树桩我想到了陈放在博物馆供人观赏的恐龙骨架，从偌大的骨架看出几个世纪前的活恐龙有多庞大。同样，从脱了皮白刷刷的外表和占地几十平方米的树桩看，阿里山被砍伐的树木都是千年以上树龄的古树。而滥伐这些树的又是什么人，我带着好奇问了导游。导游说，砍伐阿里山古树的是日本侵略者。1895年4月17日，甲午战争后，腐败无能的清政府被迫与日本签订了不平等的《马关条约》，割让台湾岛及附属岛屿给日本，直至1945年抗日战争胜利后才归还，日本占领台湾50年。占领台湾的日本人对宝岛资源大肆掠夺，其中就包括砍伐运走阿里山的古树，现今，日本寺庙、皇宫等众多高档建筑木料都来自阿里山。导游的解说让我们表情凝重，残留在阿里山的一墩墩古老树桩，便是日本侵略者的一个个罪证。

令人欣慰的是第一代树的前身虽然遭伐而枯老横颓，从原树桩长出的第二、第三代树秉承了树辈的基因，依然欣欣向荣，高大挺拔。一棵棵上十人才抱得住主干的冷杉、红桧等藐视苍穹，直插云霄，枝叶密如落网，地根深不可测，与树擦肩而过，仿佛邂逅一个个有着丰功伟绩的历史伟人。古树吸取天地间的日月精华，无言无语，不由让人心生敬畏。阿里山有“三兄弟”“四姊妹”等三代木，游人在同三代木合影留念，三代木同一根株，能枯而后荣，重复长出祖孙三代树木，实乃造化的神奇安排。不远处，一株红桧一柱擎天，这株红桧号称阿里山“千年神树”，树围12.3米，12个人才能合抱，树高45米，树龄2300年。经历2300年的春花秋月和风霜雨雪，这株“千年神树”让来到这里的游客顶礼膜拜。

“高山青/涧水蓝……”下山时，我边走边唱着台湾这首古老的歌谣，边走边回望着美丽神奇的阿里山。

乡土情怀

敢壮山的古壮文化

走进敢壮山，阅历古图腾、铜鼓、《布洛陀诗经》、姆娘岩、祖公祠……仿佛穿越空蒙的时光隧道，置身原始领地，周身被浓郁的远古气息所熏陶。古朴浓郁的远古壮民族文化彻底地把我荡涤了一番，遗世独处，返璞归真，感觉自己活脱脱地当了一回古壮人。

敢壮山大门，偌大的门柱黝黑黝黑，柱壁雕刻飞禽走兽，有爬行有飞翔，活灵活现，惟妙惟肖，凸显壮民族远古地域风貌及民俗特征；门梁制作成四只逼真的仿古“扁舟”，门梁正中，壮汉文书写的黑底铜色字“敢壮山”古香古色，恬淡雅致。“扁舟”雕刻壮古人的稻作图腾，据考古资料记载：早在人类从渔猎和采集为生过渡到以农为生的新石器时代（约1万至4000年前），生息繁衍在壮族地区的壮族先民已开始将野生稻改良为栽培稻。“田”字，壮语叫“那”，故此，壮族村屯的称谓多以“那”字开头，敢壮山下的村屯叫“那贯”“那了”等。

壮族先民有自己的图腾信仰，其中最典型的是对青蛙（壮语为蚂拐）的图腾信仰，有广泛流传在壮族地区的歌谣：“……找到我神祖，找到我神婆，布洛陀就讲，姆六甲就说，蚂拐是天女，雷婆是她妈……”从敢壮山大门往里，用灰白石头雕刻成的12尊雕像，每边六尊一线立在道路两旁。12尊雕像分别是蛙、虎、黄牛、犀牛、大象、蛇、公鸡、狗、猴、山羊、熊、鳄鱼，雕刻的雕像形象逼真。青蛙仰天抿嘴，憨态可掬；老虎口露虎牙，不怒而威……每尊雕像底座都刻有该种动物与壮族先民关系的文字说明。靠近雕像，阅读雕像下的史料记载，了解这些信仰是刀耕火种时代先人的精神动力，是壮族先民抗争自然、战胜自然的力量源泉。

铜鼓是喧闹的，而敢壮山石制的大铜鼓却默不作声地蹲在不远处，与游人无关却吸引众人的眼光。铜鼓外形是一件精美的造型艺术，腰曲胸鼓，给人以稳重饱满之感。鼓面为重点装饰部分，中心配以太阳纹，外围则以晕圈装饰，与鼓边接近的圈带上铸着精美的圆雕装饰物，最多的是青蛙，其次有骑士、牛橇、龟、鸟等，造型夸张、雄强、有力，庄重耐看。铜鼓被神化而具有宗教属性，成为天地神灵的集合体和人神沟通的宝器，故史籍载："夷僚……击铜鼓、沙锣以祀鬼神。"铜鼓是壮族传统文化的活化石，反映右江河流域使用铜鼓民族的经济状况、文化面貌和心理素质，以及在漫长的历史进程中为适应自然环境而产生的独特创造力。

敢壮山遗迹有姆娘岩、将军洞、祖公祠等，壮实黝黑，露膀子满脸胡须，目光炯炯有神的布洛陀神像安详而霸气地端坐在敢壮山的祖公祠里。相传布洛陀与姆六甲一同住在敢壮山上的岩洞里繁衍人类。每年农历二月十九是布洛陀的生日，分布在各地的儿孙们都要回来给始祖拜寿，由于子孙太多，还在山脚下的人就地引火烧香，形成香火长龙，拜寿活动一直延续到三月初九。子孙们见祖公很健康，就相约对唱山歌，此后，每年的农历三月初七到初九，前来拜寿的子孙后代都要唱山歌，一唱就是三天三夜，久而久之，就形成了敢壮山歌圩。

布洛陀是壮族先民口头文学中的神话人物，是创世神、始祖神和道德神。他的精神体现在敢于创造、为民除害、为民造福，以及教人向善、教人尊老爱幼的美好情操。壮族先民在创造物质财富的同时，也创造了宝贵的精神财富，布洛陀文化就是壮族宝贵的精神财富。其中体现在诗经文化、摩教文化、山歌文化等，广泛受到壮族民众的信仰，它是民众的需求和时代的特点。敢壮山歌圩是民众自发的民间性传统活动，每年，布洛陀祭祀大典都在敢壮山朝拜广场举行，参加祭祀活动的群众穿上节日盛装，带着灯、香、酒、糖、果、纸扎的牛和马等供品参加朝拜。参加朝拜的人有来自泰国、越南、老挝、缅甸等东南亚国家，以及中国香港、台湾地区和云南、广东、贵州、广西、湖南、海南等地的壮、侗语族同根同源的布依族、水族、黎族、侗族、傣族、仫佬族、仡佬族、壮族等民族，形成了广西规模最大、历史最古老的敢壮山歌圩。

登顶敢壮山，瞭望楼房鳞次栉比的现代新农村，我方从古壮人浓郁的文化熏陶中抽离出来，感悟壮民族文化的博大精深，增强了民族自豪感。

古庙的年味

在我很小的时候，古庙就在村头的大榕树下存在，那时候的古庙残垣破壁，满目荒凉。两面用生土砌成的残墙光秃秃，千疮百孔，由于年久失修，残墙几近坍倒。古庙内满生高大的杂树，村里人潜意识里，古庙神圣而不可冒犯，也就没人敢砍伐庙里的树。很多年前，富裕后的村里人把古庙重新修整了一番，如今的古庙焕然一新，青砖红瓦，瓷砖琉璃，水泥铺成的地板平滑光亮。庙里设有灵堂，灵堂里供奉着村里的祖公祖母，石膏制成的祖公祖母金色镶嵌，熠熠生辉。祖公目视前方，神情威严，祖母貌若天仙，姿态安详。灵像前设有香炉，供朝拜人烧香，古庙左右两边修建宽阔的平台，平台可摆置酒席。

逢年过节，村里人自发到古庙焚香烧纸，祭拜村祖。每隔三年，村里人在古庙举行庙会，敬奉祖先。村组干部利用庙会契机宣传党的政策，总结几年来村里生产生活情况，商讨谋求未来的发展规划。第一届庙会，有人建议成立基金会，后来通过村组干部筹建，基金会得以成立。几年来，基金会将筹集到的资金用于村里基础设施建设、帮扶孤寡老人以及村里的困难大学生，发挥了基金会的作用，得到村里人的高度赞誉。

年关，古庙弥漫着浓郁的年味气氛。小年过后，村里人自发到古庙搞清洁卫生，清扫蜘蛛网、打扫垃圾、擦拭祖公祖母像和神台、清洗墙面和地板、张贴新对联，古庙像换上新装，洋溢着过年的喜庆。

近几年，村里人时兴杀猪过年，小年过后，村里人家开始陆陆续续杀猪。准备吃晚饭的时候，杀猪的人家便端着祭品到古庙祭拜，古庙开始香火不断。大年三十，家家户户的人窝在家里忙着准备大年饭，说一年到头忙着就是为大年三十能吃上丰盛的菜肴。土养的猪、鸡、鸭、鱼挑选肥壮的，自家种的青菜采摘最好的，还有的杀羊过年。下午还是太阳高挂，大姨大婶们便带着自家小孩，拿着用长方形大木盘装着煮熟的鸡鸭猪肉和酒、碗筷调羹、鞭炮、香烛、纸钱等到古庙祭拜。古庙里，点燃的红香烛在慢慢缩短，香火连天；古庙外，燃放的红鞭炮瞬间化为烟花，漫天飞舞。祭拜的人越来越多，古庙人头攒动，人声鼎沸，老人说晚拜的人家来年生产生活会落后。

大年初一，每户人家派一个代表端着自家饭菜到古庙聚餐，邀请村里有名望的长老参加。香火从古庙袅袅升起，饭桌上的火锅冒着沸腾的热气，聚拢着的人们一边吃着酒菜一边相互寒暄，久未相见的有说不尽的话，古庙流溢着浓浓的年味。人们谈论的话题大多围绕挣钱谋生。老黄带着一家三口到福建搞瓷砖装修，由于手艺好讲信誉，一年下来挣到10多万元；小刘、小李两家去广东帮人家种植花草，吃苦耐劳，各家赚得七八万元；小梁夫妻买辆货车到外地做水果生意，丈夫负责拉果，妻子负责卖果，年挣6万多元；老李一家承包村里的闲田搞养殖，艰苦奋斗，一年挣得四五万元；小文买了辆大货车外出帮人家拉货物，问到收入他笑而不答。挣了钱的人们说起话来底气十足，谈笑风生，场面异常活跃。当然，人们谈论的不只是发家致富，大到国内外大事，小到村里的日常琐事都是人们议论的话题。面对村里一些挣钱无方经济困难的家庭，人们帮助分析原因，出谋划策。古庙里，酒过三巡的人们畅所欲言，其乐融融。

大年初二，鞭炮又在古庙里响起，人们一大早就到古庙里祭拜，原来人们赶吃午饭然后纷纷外出探亲访友。一拨儿一拨儿人从古庙经过走向别的村屯，别村屯的人也一拨儿一拨儿从古庙经过走进村里。村头的古庙在迎来送往中独享着节日的欢乐。

古榕·古庙

古榕和古庙是故乡的一道景观。

古榕是大叶榕，巨大的树桩有五六个成年男子张开双臂才能抱得住，众多的树枝横七竖八，纵横交错，这些树枝纷纷向外延伸、扩展、张扬，天长日久，榕树树冠华盖几十平方米，远看活脱脱一座小山。在我很小的时候，古榕就这样像一位饱经风霜的老人端坐在村头，听村里的老人说，古榕已有几百年的历史。

岁月悄然地流逝着，古榕在岁月沧桑中演绎着它不老的容颜，古榕的叶子见证了四季的更替，也再现了古榕的风貌。阳春三月，新发的榕叶圆润柔嫩，光鲜亮丽，古榕青春向上；夏秋时节，榕叶密密匝匝，古榕青衣罩体，绿意葱茏；深秋过后，榕叶飘飘零零，让人怀思几缕愁绪，而榕叶周而复始地归土，多少让人彻悟出自然的定律。不知什么时候，古榕的根部生长着两棵海南参树，这两棵参树越长越大，也不知什么时候，古榕冒出一树枝把这两棵参树“抱住”，俨然古榕的两个孙子，令人连连称奇。

每天清晨，迎接第一缕阳光的是古榕，傍晚，目送夕阳落下山坡的是古榕，夜色首先侵袭的也是古榕。风雨来临时，古榕树枝不停地摇曳，像是老人在招呼外出劳作的人归家；烈日暴晒时，古榕密集的树叶遮挡着阳光，是纳凉休憩的好去处。清晨，古榕送走一拨儿拨儿外出劳作的村民；傍晚，古榕迎接一批批晚归的村里人。世代以来，古榕承载着它的沧桑，照化一方山民。

村里人视古榕为迎宾树，无论谁家来了客人，主人家都到村头的古榕下迎接；客人离别的时候，主人家将客人送到古榕下，一番寒暄后依依惜别。村里还有个习俗，谁家有婚事，村里人拿着红缎子和竹编到古榕下打桩，其蕴含的意味我们不得而知。丧事又是另一番情形，出丧那天，抬棺的人在古榕下将棺材倒转了几圈，老人说这样做死者的灵魂才找不着回家的路，死者才不会回来闹鬼。婚丧的这些做法毫无科学依据，但古榕在村民心中的位置可见一斑。

在我很小的时候，古庙就在古榕下存在，那时候的古庙只剩下两面光秃秃的残墙，残墙用土砖砌成，容易破碎，由于年久失修，风腐残墙，几近坍倒；古庙内长满高大的杂树，村里也没人乱砍伐庙里的树。改革开放后，富裕后的村里人把古庙重新翻修了一番，如今的古庙焕然一新，钢筋水泥，青砖红瓦，庙里设有灵堂，灵堂里供奉着村里的祖公祖母，石膏制成的祖公祖母金色镶嵌，熠熠生辉。祖公目视前方，神情威严，祖母貌若天仙，姿态安详。灵像前设有香炉，供朝拜人烧香，古庙左右两边修建宽阔的平台，平台可放置几十台酒桌，修建后的古庙成为村里人的精神家园，逢年过节，村里人自发到古庙焚香祭祖，古庙香火鼎盛。

这几年，村里举行庙会，并成为当地的习俗。庙会期间，家家捐资，户户赶庙，还请来唢呐手、锣鼓手捧场，鸣乐齐奏，好不热闹。这天，村里男女老少做饭做菜，忙得不亦乐乎，太阳下山，一桌桌丰盛的酒菜在古庙旁摆开。庙会开始，村队长上台说话，他总结上次庙会以来村里所解决的问题和发展变化，提出未来的发展规划，大家达成共识。随后开始用餐，一时间，谈话声笑声猜码声声声入耳，此起彼伏，庙会沉浸在欢乐的氛围中。

说到庙会的好处，村里人个个点头称赞，他们认为，一是祭奠先祖，培养村民爱村爱家的精神；二是庙会期间邻里相互沟通相互通融，团结友爱；三是更重要的通过庙会解决生产生活中遇到的问题，商议本村的发展规划，谋求共同发展，实施新农村建设。每次庙会后都收到实质性效果，村里都有新的变化。

每次回故乡，我都久久地凝视着古榕和古榕下的古庙。在我看来，古榕不单是一处风景，古庙也不单是烧香拜祖的地方。

故乡的春

故乡坐落在田阳南部石山区，应该说，在大石山区里，故乡的自然条件是最好的。村庄背靠绵延的群山，村前是广袤的田野，田野中央静卧着一条长流不息的小河，小河流向遥远的兴达水库。改革开放前，村里的房屋都是木瓦结构，一个大石梯直通木板铺设的木房。木房一层住牲畜，二层住人，三层存放粮食，有人分别戏称为一层畜牧局、二层人事局、三层粮食局，住房条件、生活条件差，户户家境贫寒。

故乡虽不富裕，但故乡人世代对树情有独钟，注重发展植树业，禁止滥砍滥伐，所以，故乡村旁村后生长着茂密的树林。村头的小叶榕树、大叶榕树、木棉树，村里的桃树、梨树、柚子树、橘子树……点缀了自然，点缀了故乡的山水。一直以来，故乡的春很美，美在苍翠的绿，美在红艳的花，美在归燕的歌，美在蜜蜂的飞，美在蝴蝶的舞。

在我的视野中，故乡是跟绿维系在一起的，绿就是故乡的代名词，而绿源自故乡的树。故乡的树古老、高大、密集、苍翠，村头两棵小叶榕和一棵大叶榕有几百年的树龄。两棵小叶榕长在池塘边，常年得到池塘的润泽，树冠华盖百米，树桩要五六个成年人张开双臂才能围得住；春天一到，小叶榕萌发了众多的新叶，新长出的叶子娇嫩、鲜绿、鲜活，叶纹依稀可见，旧叶子则是苍翠、深绿、丰盈，无论是新叶还是旧叶，都争相向故乡展示它们的绿。

用一座小山来形容大叶榕实不为过，自古至今，故乡人视大叶榕为老者、圣者、尊者，如今，古老的大叶榕怀抱着两棵海南参树，那两棵海南参树就像是它的两个孙子。立春过后，大叶榕换上了鲜绿的春装，向故乡炫耀着它的丰姿。

春天里，故乡的花不算丰盛，但却很耀人。村头那两棵木棉树高大粗壮，气势磅礴。两棵树一样高且相距不足10米，村里老人说那是夫妻树。春节过后，木棉树就开始萌生花蕾，不久，它就褪掉树上所有的树叶，然后红彤彤地开出一树灿烂无比的花朵。在故乡人的心中，木棉花是英雄花，故乡人喜欢木棉花的血性、热烈、奔放，更喜欢木棉花勇于舍取，集中所有能量然后突然绽放，把毕生最美的姿态奉献给人类的气概和壮举。

把灿烂留给故乡的木棉花在人们的啧啧声中悄然谢幕，这时，木棉树又长出鲜嫩的叶子，献给世人的又是一树葱郁。从红色到绿色，木棉树天然嬗变，把清新带给故乡，而导演这出戏的是春。一袭青绿的木棉树飘洒棉絮，恰似雪花的棉絮纷纷扬扬，天女散花，有的棉絮安然着陆，散落在草坪，在树干，在房屋；有的棉絮随风游离，降落在孩子们的身上、头上、脸上。春天的木棉树给故乡带来多姿，带来美丽，带来希望。

看到桃树，我就想起诗人于谦的《村舍桃花》：“野水萦纡石径斜，荜门蓬户两三家。短墙不解遮春意，露出绯桃半树花。”诗中，诗人对桃花的喜爱跃然纸上。我也特别喜欢桃花，村里的桃树是散居在各家各户的房前屋后或菜园里，我老屋门前菜园里的桃树，母亲特意用篱笆围着，春一到，桃树相继开了花，这时，最高兴的事是走到树下看正在花蕊忙碌的蜜蜂、纷飞的蝴蝶，聆听故乡春的脉动。触摸粉红色的花骨朵儿，仔细辨认花的颜色。这时，你会看到由深红到浅红的桃花是那么娇柔、清新、妩媚；贴近花朵，一股清香沁入心脾，让人心旷神怡。遗憾的是，自家破旧的房屋跟桃花很不相称，不免心生几分怅然。

故乡的春是离不开燕子的。开春，成群结队的燕子从南方聚拢来，加入故乡这个春的闹市。田埂、屋脊、屋檐、树干、树枝……站立着一排排一队队整齐划一的燕子，像是列队等待检阅的士兵，又像是五线谱上的点点音符，其实，每个燕子就是一个音符，它们时而独唱时而合唱，共同演奏春的歌谣。燕子在屋檐下做窝，繁衍后代，老人说，燕子入户表明这户人家人丁兴旺，家庭和睦。为养育后代，燕子捕捉昆虫，辛勤劳作，据资料记载，一只燕子一天捕捉昆虫不下100只，燕子是害虫的天敌、人类的朋友，若是谁家的孩子捣鸟窝捕捉燕子便会受到大人的咒骂。小时候，我最喜欢看燕子飞舞，它们时而跃上高空留下道道弧线，时而掠过水面掀起阵阵涟漪，像是杂技演员在故乡这个舞台上展示它们的英姿，而导演这个动人场景的便是春姑娘。

改革开放后，党的惠民政策惠及故乡，村容村貌发生了翻天覆地的变化。昔日的木瓦房销声匿迹，取而代之的是整齐干净的楼房，水泥硬化的村道，宽敞明亮的灯光球场，干净清洁的自来水，近两年，电冰箱、液晶电视、小车逐渐进入村户。富裕的村民注重美化环境，绿化故乡，在小叶榕、大叶榕下放置石凳石桌，形成休闲娱乐的地方；原来零星分散的桃树、梨树统一规划移植；将各类树标牌立文，加强护理。

今春的故乡树更绿，花更艳。

红薯飘香

我家的阳台不知什么时候爬进一株红薯藤蔓，藤蔓带着几片叶子一路爬行一路探头探脑，娇柔鲜绿的叶子把单调的阳台渲染得有了几缕生气。百无聊赖的时候，我呆呆地盯着红薯藤，让属于自己的时光倒流到20世纪70年代。那个遥远的年代遥远的乡村，憨实肥嘟嘟的红薯成了乡间日子的主题。

深秋时节，地里的红薯藤无论枯荣，藤下的土地纷纷开裂，红薯遮掩着多半是一小截的裸露着。不知什么时候，母亲割掉红薯藤，丰收的红薯等待着收获。父亲牵着牛拉着犁铧，顺着沟垄一路吆喝一路犁过去。在他那厚实的身后，一嘟噜一嘟噜的红薯从犁铧下浪花般涌上来，我们挎着竹篮跟在父亲身后捡拾泥土上的红薯。不一会儿，红薯堆成了小山似的，父亲不时回过头来观望，脸上充满了笑容。

经济困难的年代，红薯充当着粮食的角色，也是解馋的最佳点心。红薯要么水煮要么烘烤，漆黑的老屋里，一锅煮熟的红薯热气腾腾，散发出新鲜的香味。一家人手抓红薯津津有味地吃着，边吃边瞅着对方，脸上荡漾着笑容。红薯简单单调，生活也是简单单调，而简单的生活往往能营造出温馨的氛围。在经济拮据食物匮乏的岁月里，红薯不仅是增加营养的食物，更能抚慰失落的心灵。

红薯一直陪伴着我在乡村读书的日子，每天天刚蒙蒙亮，早起的母亲一边煮着猪食一边烘烤着红薯。火炉前，母亲苍老而满生老茧的双手熟练地翻动着炉子里的红薯，炉火映红了母亲的脸，木炭灰飘落到母亲脸上、衣服上，每天母亲都重复着同样的家务活。烤熟的红薯散发出诱人的香味，简陋的老屋也因这香味而变得温暖。我背着书包上学的时候，母亲把烤熟的红薯塞到我口袋，我边走路边吃着作为早餐的烤红薯。

红薯是食物亦是儿时的伙伴，我们玩红薯玩出花样，玩得留有余香，代表作是烧红薯窑。

我们在已犁翻过并且土块干燥的地里垒红薯窑。红薯窑按圆形来建，打好基础后一层一层地垒，逐渐向内收缩，越向上越缩小，越往上用的土块越小，最后把它垒成一个圆形的塔尖。窑垒好后接着烧火，深秋时节玉米秆干燥，地里一堆堆干燥的玉米秆为烧红薯窑提供了便利。玉米秆易燃酥脆，是烧红薯窑的最佳燃料。浓烟透过红薯窑缝隙腾空而起，旺盛的火苗把红薯窑烧得嗤嗤作响，看见漏火就用干硬的小泥块小心翼翼地添补上。经过几十分钟的烘烧，红薯窑被烧得通红，人的脸也被映得红彤彤的。

这时，挑选好一块与窑门一样大小的干硬土块将窑门封住，用小木棍轻轻地将窑顶三分之一烫热土块挑落窑内垫底，接着通过顶部开好的缺口将红薯小心地放入窑内，然后把土块往中间推倒，让烧得通红的烫土覆盖住红薯。约莫过了一个钟头，热土接近常温时，里面的红薯就烤熟了。烤熟的红薯一个个丰润光亮，皮色金黄，质地酥软，香气扑鼻。被泥土高温烘烤的红薯外皮变成了一层薄薄的有韧性的外衣，用手一剥外衣自然脱落，各种花样的红薯展现在你面前。轻轻一咬，香甜酥软可口，疏松清脆，满嘴生香。

当下，随着人们生活水平的日益提高，餐桌上的菜肴日趋丰盛。而人们在享受美味佳肴的同时，高血压、高血脂、高血糖等林林总总的“时代病”也纷至沓来，危害人们的健康。这时人们自然惦念起曾经肩负过人们糊口果腹使命的红薯。史料记载，红薯具有抗癌、保护心脏、抗糖尿病、减肥美容等功效，是人体必需的营养物质；中医认为红薯具有补虚乏、益体力、健脾胃、强肾阴的功效。红薯被冷落多年以后，时下变成人们热捧的健康食品，城市各大超市都有用红薯制成的各类食品。烤红薯是当下人们津津乐道的街道美食，红薯飘香在城市的大街小巷，茶余饭后买个烤红薯作为点心是一种时尚，也是一种生活习惯。

微风吹拂中，阳台上胖乎乎的红薯藤蔓舞延伸着，一直延伸到我心里。

家乡的冬竹

回到家乡，看到家乡那一片苍翠的竹林，让我感到寒冬里绿的存在，让我领悟到冬天里那浓浓的春意。

家乡那一片竹林尽生长在贫瘠的荒岭上。荒岭石头间只要有一小块黄土，竹便会在此“安家落户”，竹的根也便会紧紧地裹住每一寸土，众多的根争相贪婪地吮吸着泥土的天然养分，供养着一根根、一簇簇竹。竹不辜负根的厚望，以葱郁的绿叶、旺盛的生命力报答根的恩情。竹叶之所以四季常青，是因为它有辛勤耕耘着的根。家乡的竹，竹竿苍劲而挺拔，竹叶纤细而娇绿，二者自然成趣、相得益彰，使竹通身焕发出青春的活力。竹林与碧山汇成的绿使家乡的山生机盎然，四季如春。竹能涵养水源、保持水土和净化空气，给家乡创造优美的生活环境，备受家乡人的青睐。

小时候，对竹情有独钟。冬天，喜欢跑到山后那一片竹林嬉戏打趣。山风吹来，竹低着头，像含羞的少女，摇摆着优美的身段，翩翩起舞，欢迎我们的到来。竹叶发出的沙沙声和竹竿摩擦声奏出和谐的乐章，使静谧的山村变得活跃而欢快。冬天，我们喜欢用嫩竹筒盛上糯米、水、盐巴和食油，到野外烧烤各种美味可口的竹筒饭，还喜欢用小竹筒做成水枪、气枪、筒炮……竹让我们享受欢乐的童年，编织美丽的童谣。

竹全身是宝。在中国人的日常生活中，竹密切联系着人们的衣、食、住、行、用。竹服饰是中国竹文化景观之一。从服饰方面看，秦汉时期就出现用竹制布，取竹制冠、做防雨的竹鞋、竹斗笠，并沿用至今。古代人使用的竹簪、竹篦箕、竹篦等，都是用竹制成的容饰器。震惊中外的马王堆出土文物，发髻上就插有竹笄、角笄、玳瑁各一件，体现了他们对美的追求。竹饮食是中国竹文化景观之二。从饮食方面看，根据《诗经》《禹贡》等文献记载，竹笋在西周时期已成为餐上佳肴，此后相沿不衰，直至今日竹笋仍不失为中华民族的桌上名菜。竹不仅可以充饥果腹，满足口舌之好，而且被赋予浓厚的文化内涵，倾注了生长于农耕文化的中华民族对于植物格外厚爱的感情。竹建筑是中国竹文化景观之三。从住宅方面看，竹被中华民族用作房屋各个部分的建筑材料，甚至到了“不瓦而盖，盖以竹；不砖而墙，墙以竹；不板而门，门以竹。其余若椽、若楞、若窗牖、若承壁，莫非竹者”的地步。中国竹建筑体现了中华民族以农立国的生活观念、尚俭归朴的生活情趣、优美和谐和空灵飘逸的审美理想。竹交通工具是中国竹文化景观之四。从交通运输方面看，竹是一种重要的营造材料，人们用竹来开路架桥、制舟做车。在需要与条件制约之下发明创造的交通设施和运输工具，在特定的环境之中代代传承，成为一个突出的文化质点。竹制交通设施和运输工具一方面显示出中华民族坚忍不拔的生活意志和极富想象力的创造精神；另一方面也表现了中国传统文化森严的等级观念和追求平等的文化心态。竹生产生活用具是中国竹文化景观之五。竹制生活器物。竹材被人们大量用来制作成各种各样的日常生活器物，如炊饮器具、消暑用具、家具等。竹制日常生活器物的制作工艺、形制、大小及使用制度，构成一幅别致的中华民族生活风俗图和中华文化景观，显示出中华文化的强烈理性特征，体现了中华民族生活艺术化的情趣。

竹还是民族乐器的重要制作材料。被列为中国古代的音乐分类“八音”之一，甚至常用“竹”代表管乐，用“丝竹”代称音乐。竹制乐器体现了中华民族对待自然的“天人合一”或“天人协调”的态度，亦显示了中国传统音乐简明、灵活的特征。

竹的功德换来人们对它的宠爱。成语“竹报平安”“竹马交好”“百尺竿头，更进一步”等是代表和平、友好和进步。画家特别喜欢画竹，那一气呵成、惟妙惟肖的构图表达了画家对绿的追求和对美好大自然的向往。竹林更是文人墨客休闲的好去处。唐代诗人王维在《竹里馆》里写道：“独坐幽篁里，弹琴又长啸。”诗人怡然自得的神情可见一斑。

家乡的竹林在万物萧条的冬日依然翠色欲滴，竞相向上。河水因竹而清澈，山因竹而充满生机，家乡也因竹而满含新意。置身于冬天的竹林，我融入了春的氛围，忘记了季节。平日里在闹市郁结下的厌倦、压抑和烦躁被凉爽的山风吹得一干二净。陶醉于回归自然的惬意，置身于冬竹，我更被竹林那种不畏严寒、进取向上的品质所折服。

家乡的荒岭

我家乡地处田阳南部石山区，翠绿的田野，清澈的小河，古老的青板石墙，古朴、沧桑、典雅，村前村后那几棵久远而茂密的大榕树常年郁郁葱葱，绿意盎然，使村庄充满诗情画意，而最令我难忘的是村旁那座贫瘠的荒岭。

荒岭不高，石头不多，土地贫瘠，但自然形成的每一块石头都自成怪状，像马鞍、像骆驼、像石凳、像飞鹰……一石一造型，一物一幅画，浑然天成，形态各异，万种风情。荒岭还有一个天然溶洞，可供人遮风挡雨，山上很少有树木，一簇簇杂草和一丛丛荆棘遮盖了荒岭的贫瘠，荒岭也因此而得名了。

这座并不秀丽的荒岭像一块巨大的磁铁吸引着童年时代的我和我的小伙伴，它是我们儿时的天然乐园。小时候，我们通常在荒岭上放牛、割草、挖雷公根、拾野果……在有月亮的晚上，荒岭如城里的闹市，笑语声喧。吃罢晚饭，我们便自发到山上尽情地玩捉迷藏游戏，我们在石洞中穿梭、奔跑、嬉戏打趣，村里的大人见我们玩得开心，也跟着我们凑热闹。一时间，笑声、喧闹声、喊叫声声声入耳，我们乐此不疲，荒山成了闹市，成为孩子们欢乐的海洋。天长日久，石洞口被我们磨得光亮。初秋时节，玩累了笑够了的顽皮同伴常常跑到山下偷吃黄瓜、凉薯、西红柿……为此，常遭大人的打骂和追逐。

每逢假日或礼拜天，我们一帮同伴换上补丁的衣服，带上农家糯米、猪油和盐巴，把牛往荒岭上一赶，便煮起了竹筒饭。我们找来竹筒盛上糯米，放入水、猪油和盐巴封好竹筒口，那边，另一些人用石头围成了简易锅炉，伙伴们忙着在锅炉烧火，浓烟弥漫了整个荒山。我们将装好米的竹筒放入火中蒸煮，过了大约半个钟头，火堆里横七竖八的竹筒便弥漫着诱人的芬芳，熏得小伙伴们直流口水。在那个饥荒的年代，这样的香味这样的宴餐对我们来讲是奢侈。耐不住性子的同伴迫不及待地破开竹筒，张开大嘴冒着热气狼吞虎咽起来。看着同伴津津有味地吃着，其他人也争相享受竹筒饭的美味，有站着吃的，有坐着吃的，有蹲着吃的，有个调皮的独自爬到树上享用。吃饱了，我们聚集在宽敞的石洞里做起了儿时的梦，有的说长大了能天天吃上大米饭就好了，有的说长大了能住上楼房就好了……怀着对美好未来的憧憬，伙伴们天真无邪的脸上都露出了灿烂的微笑。此情此景，我也沉浸在无限的遐想之中。

小学毕业，我便到外地读书直至大学毕业，到后来参加工作，转眼间离开家乡已有20多年。20多年来，我无时无刻不牵挂着儿时的伙伴，牵挂着家乡的一草一木，注视着家乡的变化。独坐静思时，一个焕然一新的村庄仿佛浮现在我的眼前。

今年清明节，趁着回家扫墓，我又回到那座久违的荒岭，去寻找童年留下的足迹，追忆儿时那童真无邪的梦。然而，家乡的一切变得那样的陌生，让我几度质疑自己的眼睛。

村里那堵古老的石墙早已销声匿迹，展现在我眼前的是一排排整齐的农家楼房。楼房前的通道铺上了水泥，宽敞明亮，道旁的小树和不知名的花草迎风飘扬，频频向我这久违的朋友致意。更令我惊喜的是从前的荒岭已被葱葱郁郁的竹林裹得严严实实，荒岭变成了绿洲，远眺，仿佛一个绿色的大蘑菇镶嵌在青山绿水间。一打听才知道，8年前儿时的一位朋友承包了荒岭，种上了竹子，办起了竹器加工厂，前年，他盖起了一幢崭新的楼房。

母亲说："村里的楼房都是竹器楼、运输楼、养殖楼、务工楼……你从前的小伙伴有的办起竹器加工厂，当上了厂长；有的经营运输，当上了经理；有的养牛养羊，成了养殖专业户；还有的外出务工，发了！"

听了母亲的话，惊讶之余我感到很欣慰，我为家乡的巨变而感到自豪。

别了，昔日那座贫瘠的荒岭！

圆了，儿时那个遥远而美好的梦！

老村·老屋

偶然间看到青板石，便让我忆起了家乡的老村、老屋。

随着社会主义新农村建设步伐的加快，村里楼房的崛起，老村老屋已寿终正寝，安然地在人们的视线中消失，而老村、老屋的容颜，它的人文情调，它的人情世俗，它的文化品位却永远定格在我的记忆中。

老村坐落在山清水秀、自然条件优越的田阳南部石山区，村后是雄峻的大山，村前是广袤的田地，一条长流不息的清澈的小河贯穿南北。老村择高而居，坐东向西，视野开阔，村前那棵古老的榕树伴随老村历经沧桑，风雨同舟，见证了老村的福祸、喜忧和兴衰。

老村有着几百年的历史，它坐拥了当地60%的良田沃地。应该说，老村是富庶的。这从老村的建设规模，老屋的建筑格局和建筑档次可见一斑。走进老村，一排排阶梯式的木制房屋古朴、整齐，每户的房前屋后都铺设着宽敞齐整的青板石道。由于历史悠久，青板石表面被磨得光亮，踩在石板上人影依稀可见。老村的建筑统一规划，修建了下水道和排水沟，排水系统科学、考究，无论下多大的雨，老村都不积水，保持干净整洁。

老村最吸引人的是那道用石头砌成的防盗围墙。

新中国成立前土匪猖獗，老村常遭劫匪的侵袭。劫匪烧杀掠夺，无恶不作，弄得村民惶惶不可终日。因此，祖辈们建起了这道防盗围墙。

围墙高约5米，宽约半米，蜿蜒曲折，错落有致。围墙棱角分明，边角垂直，随意从上墙抛一细线测量，分毫不差；墙面平整、规则、条理，砌墙用的青板石都是经过能工巧匠的精心雕砌，石块间并非用泥浆黏合，而是凿沟削齿衔接，缝隙间针插不入，密不透风，工匠们高超的砌石技术令后辈们望尘莫及，叹为观止。围墙每隔50米就有一个正方形的天井，天井开了枪眼作射击用；围墙开了前门和后门两扇大墙门，墙门用硕大的石头砌成，坚固无比，墙门的上下对开着6个大洞口。临夜，墙门插上大木闩，扣上机关，外人只能望而却步，逍遥墙外。围墙的建成，劫匪再也不敢侵扰老村，村里人从此过上了安逸、祥和的日子。

墙门里面的左右角分别放置了两个常年盛着水的大石缸，那是供晚归的牛喝水；围墙外，安置了一排排大小不一的石凳，那时供村妇们捶打土布用的。每年农闲时节，老村的妇女们便忙着制作土布。土布制作历经扎花、搓花节、纺线、染色、牵经、浆线、织布、软化、拼接等工序，全过程纯手工制作，不用任何化学产品进行处理。经反复多次捶打后的土布光鲜亮丽，经久耐用。制作土布沿袭了前辈的传统工艺，秉承了前人精细的制作技术，是活生生的具有壮民族特色的纺织文化，是人们研究壮民族历史，探究壮民族风俗的活化石。虽然，老村至今还保存着制作土布的工具，但后辈再也没人使用了。

老屋在围墙内随同老村历经沧桑，同喜同悲。记忆中，老屋木瓦结构，以木为主，坚实而淳朴，修建老屋用的梁、柱、木板都是用当地上等的优质木料，耐腐而坚固。老屋秉承了祖上的建筑方式，第一层到第三层分别是牲畜、人、粮食，后人依次美其名曰“畜牧局”“人事局”和“粮食局”。

老屋的建筑格外考究，屋内垫板、屋内廊道、屋檐、屋外墙壁的装修全部用木板，木料都是经过工匠们精心挑选的。木板间雕沟削齿相衔接，衔接处密、实、固、精，除非用上放大镜，否则你无法辨认衔接处的缝隙。较富有的人家还在装饰的木板上雕刻上龙凤、麒麟，再给涂上色彩，使这些动物惟妙惟肖，活灵活现。远方来的客人看到这些老屋，无不驻足观赏，饱赏这些五花八门的静美图案。从他们惊讶的神情和不断发出啧啧的赞叹声中，足见这些图案的静美。这些图案更昭示着祖辈们超时代的手工技术和智慧。不知是老村人的厚道、淳朴抑或老村迷人的见者情调所吸引，每年春天，远方燕子都会赶集似的成群结队回归老村，安居老屋。

老屋一般几户相连，邻居间为方便来往，特意在廊道中放置几块简易的木板。茶余饭后，住户的老人喜欢聚集在廊道上溜达，讲述他们不老的传说；小孩子则在一起嬉戏打趣，虽然不时传出哭闹声，倒也相安无事；逢年过节，各家把好吃的分送给隔壁邻居，让邻居品尝自家的美味，在村里人看来是一桩乐事。平日里，各家的门都是敞开着，人与人之间心扉也都是敞开着，彼此间没有猜忌，没有戒心，没有算计，坦诚相待，和睦共处，演绎了那个时代农家人的朴实、真诚和善良。

我不是行家，我无法确认老村老屋是不是有研究价值的文化遗产，但我认为，它至少是一个时代的缩影，是历史的产物，准确地说是一部壮族文化的史诗。老村老屋就像是一部古典史，留给后人去品读，去挖掘，去探究，而老村人的纯朴、坦诚和厚道更是后辈人的楷模。

那盏煤油灯

我的家什中，始终珍藏着一盏陈旧的煤油灯。

煤油灯对于在昼夜通明的城市或在城市长大的人来说是个陌生的概念，因为现代社会的快速发展，灯火通明，夜如白昼已映射和定格在现代人的脑海中。而对于在20世纪中后期成长的一代人来说，煤油灯会在记忆深处灵光闪现，并不时勾起令人耐人寻味的回忆，我就是其中的一个，因为小时候，煤油灯已复制并粘贴到我的脑海、我的心灵。

小时候，我生活在一个自然条件较好的山村，村后是清秀的山，村前是广袤的田野，田野中流淌着一条清澈的小河，山清水秀让生活在这里的人觉得骄傲和自豪。但美好的山光水色并没有遮掩村境的贫寒，我生活的老屋无论从哪个方位观望，都摆脱不了它的陈旧和破败。老屋的右面是用未经过火烧的土砖砌到一半，另一半是用几张漏洞百出的旧竹簟遮挡；老屋的左侧是借用隔壁另一户的一面土墙遮挡。昏暗、阴沉、简陋是老屋的个性，同样也是村里其他住户的共性。在那样的环境下，我们小时候很少待在家里，白天，村里的晒谷场、山里的草地、小河边、榕树下是我们经常光顾的地方，我们在这些地方憧憬未来，沐浴灿烂的阳光。到了夜晚，整个村庄漆黑黑的一片，伸手不见五指，老屋的光线是从煤油灯发出的微弱的亮光，虽然它光线暗淡，但它照亮漆黑的老屋，让我们在黑暗中看到一丝光明，煤油灯陪伴我们度过了灰色的童年。

每当夜幕降临，老屋里的4盏煤油灯便相继点燃，煤油灯发出微弱的亮光，借助这些亮光，老屋里的人各尽其责，忙得不亦乐乎。母亲就着煤油灯切打猪菜，父亲借着煤油灯烧煮晚饭，祖母提着煤油灯清点晚归的家禽，还有一盏煤油灯是放在圆桌上。这时，我们几兄妹围坐在圆桌旁玩起了各自的花样，有的拿着白天捕抓到的飞虫放在桌子上玩耍；有的伏在桌子上用手指涂涂画画；有的用手遮住煤油灯，指头晃动着变幻各种造型；有的在屋里走来走去，然后看着自己的影子在墙壁上晃动。有时，为了争抢飞虫相互打闹，不时发出阵阵哭声。这时，小孩的哭声，父亲的责骂声，母亲切猪菜发出的声音，祖母叫家禽的声音一齐充斥着老屋，老屋像锅里烧开的水，沸沸扬扬。待大人忙完后，一家人围在圆桌旁吃晚饭，煤油灯那微弱的亮光照亮了每个人的脸庞，老屋恢复了宁静。

父亲是个严厉而慈祥的人，他对我们几兄妹要求很严，每天晚饭后，父亲都要叫几兄妹围坐在煤油灯旁，对当天表现好的表扬一番，对做错事的给予批评教育，日久天长，我们接受父亲的教育模式。

母亲是乡村教师，忙完了家务，还要在一盏煤油灯下备课、批改学生作业。小时候，我依着母亲扶在她的办公桌上，一会儿看看母亲憔悴的脸和她疲惫的身躯，一会儿又翻看她用红笔圈圈点点的课本和详细批注的学生作业。不知什么时候，我睡着了，在静夜里，陪伴着母亲的只有那盏煤油灯和那微弱的亮光，母亲就这样周而复始地重复着相同的劳动，多少个这样的夜晚，我记不得，母亲也记不得，我只知道母亲教过的学生一拨儿又一拨儿。或许，母亲的学生只看见母亲的课上得好，而看不见静夜里在那微弱的亮光下辛勤劳作的母亲。

随着岁月的流逝，我们兄妹已到了进学校读书的学龄。还是在那个圆桌，还是在煤油灯那微弱的亮光下，母亲召集我们围坐在圆桌旁，她给我们讲述了“凿壁借光”“卧薪尝胆”“头悬梁，锥刺股”的典故；给我们讲了名人学习励志的故事；给我们讲了做人的道理，激励我们好好学习，天天向上。我们一边倾听母亲的教诲，一边注视着眼前的那盏煤油灯，注视那微弱的亮光，觉得母亲的话就像那抹亮光，照亮我们幼小的心灵，正如《星星点灯》里面的歌词：“星星点灯，照亮我的家门，让迷失的孩子，找到来时的路；星星点灯，照亮我的前程，用一点光，温暖孩子的心。”

在我们家，那圆桌既是餐桌又是书桌，用餐时，那圆桌是餐桌，用餐后，那圆桌就成了我的书桌，那盏煤油灯成了我的台灯。每天晚上，母亲都要走到圆桌旁一边看我写作业，一边用一根小铁线挑着灯芯，让微弱的亮光亮到最大限度。日复一日，年复一年，那盏煤油灯微弱的亮光陪伴我读完小学，小学毕业后我到外地读书、工作。

改革开放后，党的富民政策如一股春风吹遍了大江南北，吹绿了穷乡僻壤。昔日的老村旧貌变新颜，楼房代替了旧瓦房，现代化家用电器代替了盆盆罐罐，万家灯火代替了暗淡的亮光。煤油灯作为一个时代的产物早已在人们的视野中销声匿迹，但煤油灯和煤油灯的精神永远封存在我的记忆深处。当我人生遭遇挫折、坎坷、磨难的时候，那微弱的亮光便在我心里点亮，成为我心中不灭的灯火。

青瓦的记忆

一片青瓦便是一部史书，一部书写乡村历史的史诗。

身居城市，脚下踩着硬化水泥道，头上顶着灼热的烈日，周身被森严的钢筋混凝土所包裹所挤压。内心很自然地回归小时候乡村老家的物景：蓝天白云旷野，青瓦木屋篱笆。那连接老家村落的青瓦，像鱼鳞似的，黑压压，一片片，一排排，高高低低，错落有致。一片青瓦便是一首歌谣，这歌谣缭缭绕绕，悠悠长长。

青瓦是晴天中灵动的舞台。灿烂的阳光泼洒在青瓦上，锃亮锃亮，原本暗淡的青瓦多了几分艳丽，添加几许灵光。不知从哪吹来一阵风，把瓦屋旁的柚子树吹得东倒西歪，随之，一片片枯黄的树叶飘落在青瓦上，这些树叶有的像顽皮的小男孩满地打滚，有的像羞涩的小女孩带着刺眼的阳光躲藏到青瓦片下，舞动着的树叶使静默的青瓦变成跳跃和灵动。屋脊上，用青瓦做成的五角星是鸟的乐园，在晴好的时日，鸟儿在五角星的缝隙间翻飞起舞，追逐嬉戏，好不热闹。有一只追逐着一片翻飞的树叶，时而用爪子踩踏，时而用嘴啄来之食，演绎了乡村自然中精彩的一幕；另一只带着湿漉漉的羽毛在屋脊的另一端翘首独立，一边抖动着身上的羽毛，一边斜视着刺眼的阳光，沐浴着上天赐予的美景。一户青瓦便是一个舞台，乡村的青瓦让乡村变成诗情画意。

青瓦是夏天雨中最美妙的乐器。电闪雷鸣过后便是雨落青瓦，便是琴弦奏曲，一排排的青瓦是扬琴的一根根弦，一片片青瓦是琴弦的一个个音节，那落雨便是琴女的玉手，跳跃的玉手在这个硕大的扬琴上弹奏着美妙的音符，奏响夏日里乡村的动人乐章。听，这琴弦声时缓时急，时轻时重，忽沉忽脆，忽高忽低，舒缓之时似《高山流水》，欢快之时如《春江花月夜》，低回婉转之时也似《二泉映月》，慷慨激昂之时更胜《黄河大合唱》。小时候，每到夏雨之时，我们把家里的大盘小盘搬到瓦檐之下，青瓦的雨滴开始是大珠小珠落玉盘，继而是条条水线注入盘。演奏着一场击鼓乐，那节奏由缓而急，那声律由低而高，与青瓦上的雨声遥相呼应，屋瓦下的人在夏雨中领略了一场大自然的音乐盛宴。

青瓦上，雨在低语，奏乐声进入了尾声，而那制作青瓦的场景穿过空蒙的时光隧道在我眼前映现。青瓦是泥的传奇，更是火的神话。

离开村庄不远的黄土地上，有一口硕大的泥潭，瓦匠拉着一头健壮的水牛在泥潭里反复踩踏着水拌的泥土，周而复始，反反复复，被搅拌的泥土变成了黏黏糊糊的混凝土，瓦匠们把黏糊的泥土堆砌在泥潭的一角。瓦匠的道具就像电视里制陶的工具，一根粗壮结实的木柄深插土里，中间一块圆圆的木板，木板上固定着一个水桶似的圆木桶。制作瓦坯的工匠将泥巴环绕木桶厚实地涂上一层，迅速转动木桶，用一个弓似的器具将多余的泥割去，再用弓弦把圆形的瓦坯平均分成几块，然后从泥坯中取走圆桶，一张泥制的瓦坯便成形了。瓦匠们把制成的瓦坯拿到干燥处晾晒，过了若干时日，再把晒干的瓦坯放置瓦窑加火烧制，数日后，打开窑子，一片片铮亮的青瓦便呈现在世人面前，青瓦是劳动人民勤劳和智慧的结晶。

那柔软的黄泥，在瓦匠的巧手里，在火的炙烤和锻炼中，瞬间变成了坚硬的盾，为人类遮风挡雨，抗击日晒和雨淋，抵御严寒和酷暑。我敬畏青瓦，更为瓦匠的辛劳付出感到由衷的敬意。

青瓦，它加入古老的习俗。家人死后，入殓前需要穿好寿衣，死人躺在一块门板上，做枕头的不是其他任何东西，而是几片青瓦，死者的头搁放在青瓦上。进棺时，道公迅速踩破那几片青瓦，踢掉门板，意味死者从此就不顶家中这一块天了。古老的习俗沿袭至今，青瓦担当了为人类送终的角色。

社会的发展，无论是城市还是农村老家，青瓦木屋被钢筋混凝土楼房所替代。而我还是留恋那青瓦红墙和篱笆，流连在青瓦间缭绕的炊烟。无论是暖日高照还是烟雨迷蒙，或是软雪闲卧，青瓦颠连的乡野村落都是一幅画，一幅诗意盎然的国画。

秋色赋

南方的秋色在我心里荡漾着。

在南方，初秋的天是仲夏的天，初秋的景是仲夏的景，只有那略带寒意的露珠方显秋的淡意。举目远眺，远山近树皆是满眼的绿意，不由想到了谢朓的诗句："寒城一以眺，平楚正苍然。"或许是地域不同景观不一样，南方的秋色五彩缤纷。

绿永远是南国秋天的主色调。这不，秋意已深，目之所及，树木仍是这般盎然。榕树总是那么葱郁，深绿的叶和淡绿的叶交相辉映，让南方的秋色保持青春的容颜。

桂花树自古闻名遐迩，昨天，到一所学校检查工作，被一棵桂花树吸引住了。这棵桂花树风姿飘逸，碧枝绿叶，青春永驻。尽管这棵树已有上百年历史，但没有留下丝毫苍老的印记。目睹桂花树，悲秋情怀顷刻间消失殆尽，换来的只有无尽的兴味和诗意。秋天，正是桂花树开花的时节。那黄花开在枝叶间，娇小、细碎、纤弱，从远处看，桂花被绿叶遮盖着，见不到一丝踪影，只闻到那怡人的芳香，因其开花时芬芳扑鼻，因而又称"七里香""九里香"。自古以来，文人骚客们陶醉于桂花的馨香，吟诗颂文，留下很多脍炙人口的诗句，宋代韩子苍诗："月中有客曾分种，世上无花敢斗香。"李清照称桂花树"自是花中第一流"。今秋天缘得便，有幸目睹桂花树的尊容，欣闻桂花的芳香，令人永生难忘。

秋天的南国绿意盎然，然而，当露珠的寒意越来越浓重，树叶泛黄飘零的时候，秋意已深，秋色也别有一番韵味。

小溪在山间流淌着，流向何方，无人去追寻，只知道它在山的深处婉转而来。激流的水吟唱秋的曲调一路欢歌，扬长而去，于无声处，便是一汪秋水，秋水拭去春的污面，滤走夏的浑浊，换来秋的容颜，澄清、鲜亮、光泽。水中的浮萍恰似漂浮在洁净画面里的铜钱，泛黄而不呆滞，木然而不失生机，那植入水中的根一目了然，它随水的平静而安然，随水的波动而摇晃。溪边树木那飘落的树叶有的沉入水里，有的轻轻地落于水面，无论它们以何种姿势落水，都安然地躺在水面上，为这汪山水添加了秋景。见到落叶，尽管有几分怅然，但我还是惊喜于这幅秋色：清清的水，亭亭的浮萍，淡黄的秋叶。

小溪养育了蒲公英，说实话，蒲公英那黄色的花并不吸引我，感觉那只是为附和季节而开放，但我喜欢秋天的蒲公英，喜欢蒲公英那白色的冠毛。那毛茸茸的白色的冠毛酷似一位穿着绒毛白帽的少女，那绿色的叶便是少女的裙，白绿相配那倒是绝佳的色调组合，亭亭玉立的蒲公英当然是惹人眼目讨人怜爱了。摘下一朵冠毛用双手捧着，如果把十个手指当作星星的话，那此刻便是众星捧月了。秋风一吹，那细碎的绒毛便如天女散花，飘飘洒洒，漫天飞舞。这飞舞的绒毛随着风吹而飞，随着风停而落，这般景致让我想起了一位诗人的诗：“我是一株蒲公英 / 借风的力量 / 在天空自由飞翔 / 风起的时候开始 / 风停的时候扎根……”看来，蒲公英不仅为秋天增色，还为秋天赋予新的诗意，使秋色充满诗情画意。

秋天，人们自然想到了枫树，一叶红枫使秋色绚丽多姿。在我的印象中，枫树就像舞台上变着脸谱的演员，枫叶的颜色随着季节的变化而天然嬗变，春的粉红嫩绿，夏的深绿，秋的红色和黄色。其中，秋的红枫让多少古代诗人如痴如醉，并为之留下多少传承千古的诗篇，最具代表性的是晚唐著名诗人杜牧的《山行》：“远上寒山石径斜，白云生处有人家。停车坐爱枫林晚，霜叶红于二月花。”我对红枫远未如诗人这般痴迷，但枫树那惹人的红叶恰似婚礼上的新娘，婀娜娇丽，着实让人迷恋。

秋深时节，我喜欢走在枫叶飘落满地的林间，踏在枫叶铺就的小道，注视着与我擦肩而过的枫树，脚下沙沙作响，这声响使山野平添了几分寂静，泛黄凋谢的枫叶不时飘落在我的头上，散落在旷无人烟的山野，不由让我生发几分悲秋。而树上灿烂的红叶燃起了我的激情，悲秋瞬间幻成了喜秋，我顺手摘下一叶红枫，摘走满眼的秋色。

如果说金黄象征秋色，那么成熟的稻田就拥有了秋天。秋收季节走进田垄，去看看那绿中泛黄的稻叶，去看看那金灿灿的稻穗，猛然间，心头充满了浓浓的秋意。漫步田间，稻穗纷纷向我点头致意，低着头的稻穗频频触摸我的手，像是久未谋面的父子，这般亲昵，这般温馨。我喜欢秋风掀起稻浪的情景，此时，成片的稻浪随着秋风高低起伏，稻穗像千军万马向我奔驰而来，我闭上眼睛，独自享用秋风带着稻穗的馨香扑面而来的惬意，梦幻乘一叶扁舟游荡在波澜起伏的稻海，漂游在溢满金黄的稻浪间。突然，一声鸣叫搅乱了我的思绪，循声望去，一只田鸟衔着稻虫凌空而起，喧声而去，这画面给秋色平添了动人的色彩。

春华秋实，我迷恋春的灿烂，更喜欢秋的多姿。

石春·石磨

石春、石磨，这些一一滤去的旧物是一个时代的产物。随着社会的发展，农村电器化的普及，石春、石磨已成为历史，可它们演绎的那段历史却不时萦绕在我的记忆中。

在那个没有电和生产设备落后的年代，石春是老家不可或缺的工具，它是春米用具。用现代人的话来说是粮食粉碎机，但它不是电器，它是用石头和木头做成的工具。

选择一坨坚硬平整的大青石深埋土中，石匠把大青石的面上磨得平滑，然后在石头的中心凿一个上宽下窄的光滑的窝，可以装二三十斤粮食。选一根两尺左右大腿粗的铁木，一头镶嵌坚硬而圆浑的石头，石嘴凿开嘴齿，另一头连接在一根长约七尺的粗大木头，隔大木一头两尺多点的地方穿一根梁，再把两块石头打两个“凹”，把梁架在“凹”上，便做成了石春。利用杠杆原理和重力，踩下一端把脚立即放开，另一端镶衔坚硬圆浑的石嘴便砸进春窝，连续不断的起落把粮食粉碎，去掉糙米的皮。为便于操作，特意在踩踏处的上空悬挂一条绳子，人抓住绳子后能保持身体平衡。

石春安置在老屋的一角，为了有足够的光线，父亲特意在屋顶放置几块玻璃瓦，使春米的地方亮堂了许多。用石春春米需要力气，也需要有安全意识，一般是母亲的活儿。每当听到咕隆咕隆的响声，小时候的我们便欢呼雀跃，围着石春看热闹，更高兴的是能吃上了大米饭。随着母亲汗水的流淌，碓窝里的谷子被砸得粉碎。这时，母亲把石杵架起，小心翼翼地舀起碓窝里的大米，然后放到筛子里筛。只见母亲两只手平稳地抓住筛子，顺时针方向轻轻地摇动，那米就像水的漩涡一样在筛子上转来转去，而米中的谷子和米糙会很听话的集中到筛子的中间，母亲利索地拿出谷子和米糙，白花花的大米便留下了。小时候，我们吃的大米饭都饱含着母亲的汗水。

更多的时间石舂是闲着，石嘴埋进了碓窝，像一匹被驯服的烈马，而驯服这匹烈马的是母亲那瘦弱的身躯。安静的石舂引来小鸡和胆大的麻雀，它们争食着石舂周围散落的谷子和米粒，不时发出叽叽喳喳的声音。这一静一动给老屋添加了几抹风致。

同石舂一样，石磨是农家不可或缺的生产工具。一般，石磨与石舂放置在同一地方。石磨是用坚硬的石头打制而成，由磨盘、磨槽、磨桩、磨杆等部分组成。我家有大、小两个石磨，大石磨是把玉米、小麦、高粱等农作物磨成粉；小石磨是把浸泡后的大米、黄豆加工成浆，用于制作糍粑、豆腐等食品，一般多在逢年过节时使用。

听老人说，石磨直径大小数据是偶数而不是奇数，究其原因我们不得而知。在我的记忆中，石磨的形状、磨齿的大小、磨槽的深浅我是最熟悉不过了，是石磨陪伴着我成长的。上小学的时候，家里不通电，晚饭过后，母亲点亮了煤油灯，大石磨上堆满了玉米，我和母亲分别用身体推着磨杆沿着磨盘行走，一圈、两圈、三圈……刚开始不时阵阵眩晕，久而久之，习惯了这种农活。母亲边走边用手均匀地把玉米颗粒推入了磨洞，随着石磨那轰隆轰隆的响动声，被磨得细碎的玉米粉流进了磨槽，一个晚上的劳动解决了一家人几天的饭食。相同的时间，村子里有石磨的住户都不约而同地发出同样的声音，这声音在山间回响，是那个年代特有的。

用久了的石磨磨牙自然磨钝。这时候，父亲就选择吉日，远赴他乡请来剁磨师傅修整磨牙，这也是我们所期盼的事情，因为利用这个机会得以改变膳食。老家有个习俗，不管哪家磨主请来剁磨师傅，都要用上好的酒菜招待他，这样，剁磨师傅就会用心把磨剁好，剁出来的石磨便用得长久；否则，剁出来的石磨用不了几天。父亲纯朴憨厚，为人热情，家境不佳，但每次剁磨都舍得用农村最高规格的酒菜招待剁磨师傅，我们自然也沾光了。

石舂、石臼、大石磨和小石磨这套组合的加工工具演绎了那个时代的辛酸和快乐。逢年过节或是村里有婚嫁喜事的时候，村里的妇女们便到我家分工动用石舂、石臼、大石磨和小石磨，我家成了“新闻发布会”现场。聚集在一起的村妇们唠唠叨叨，有说不完的话，什么张三家二小子相亲了，李四家姑娘找到城里的对象了，罗老五家有孙子了，都是些东家长西家短的村里小事，也有些把生活生产中碰到的难题和困惑跟大伙一一道来，寻求帮助。村妇们边干活边议论边乐呵，好不热闹。那个年代没有广播电视，信息闭塞，就是外村的新鲜事也要好几天才能传过来，大多的新闻传着传着就由原版变成了翻版，聚在一起的村妇们听到哪怕是针头大的新鲜事也是作为话头津津乐道，自得其乐。我们这些小孩不关心大人的那些传闻，只顾看着大人用杵一上一下砸在碓窝里那煮熟的糯米，糯米越来越黏糊，大人的动作越来越吃力越来越缓慢，我们学着大人举起那根杵，任由我们使多大的力气，被糯米黏着的杵仍是纹丝不动，可我们还是不停地摇，摇出了我们的快乐，摇出了我们童年那五彩的梦……

改革开放后，村里通电通水通柏油路，碾米机、磨米机、粉碎机、榨油机等电器纷纷走进了农家，现代化的加工设备使村民感受到党的富民政策给农村带来的实惠。我家的石舂、石臼、大石磨、小石磨已寿终正寝，闲置了起来。前几年修建楼房的时候，有人建议将之当废弃物一掷了之，遭到父亲断然反对，父亲特意腾出地方将石舂等一一安置。至今，石舂、石臼、大石磨、小石磨还完整地保存在老家里。

田州老街

城镇化的发展让田州这座古城变得日新月异，东西城区的开发和建设，宽敞的大道、林立的高楼、繁华的商贸城、流光溢彩的霓虹灯，田州城充溢着浓郁的现代都市气息。然而，有着几百年历史的田州老街却沉淀着过往的岁月，梳理着往昔的沧桑，在新潮的声浪中坚守着恬淡和老派。身处其中，像是面对着一条缓缓流动的历史河流，那些繁杂心绪也会像绿茶一样慢慢沉静下来，独享着一份优雅。

田州老街的房屋多是鳞次栉比的现代小楼，也有青砖瓦屋颠连其中。瓦屋门面留置廊道，粗大圆浑的房柱记录着赶街的顾客，每天迎来送往；房屋狭长幽深，中间建制庭院，庭院中的石舂、石磨是一个时代的生活工具，也折射出瓦屋的久远与古朴；庭院中一枝不知名的藤蔓爬上邻家的高楼，娇小的黄花掩映其中，演绎一处别致的景观。瓦屋年代久远，与钢筋水泥楼房相映成趣，彰显现代与古朴，别有一番情趣。站在高处俯瞰田州老街，是万家楼台一片莽苍，大街小街长街短街，街街相通，纵横交错。老房庭院的古槐和石榴树夹杂着丁香，在瘦弱的枝藤上抽出几朵生动，斜斜漫漫地从这家延伸到那家房坡上，聊作天然的往来关系。

麻雀和不知名的小鸟在庭院的石板上、屋檐、树上或是邻家高楼墙上翘着尾巴上蹿下跳，追逐嬉戏，小鸟一边追逐一边发出啾唧啾唧的声音，让田州老街添加几许灵动的音符。骄阳抹过田州老街，涂在不荣不枯的苔藓上，泛出可餐的秀色，把老街这幅画调成雅俗共赏的底色。

老街两旁的瓦屋，大门被时光侵蚀，裸出坚硬凸出的木纹，像老人手上鼓起的青筋。每隔几米就有墙垛笔直向上，逐级向外挑起的屋顶侧墙，像是舒展的鸟翼。从和小街等宽的天空洒下缕缕的阳光，像母亲体温一样温暖。老街的店铺一家挨着一家，规模不大，分门别类。卖廉价服饰、针线饰品等小件物品的商铺与金银典当、加工商铺对街而立；理发店、钟表修理店、修鞋店、小五金店一字排开；米粉店、快餐店、馄饨拉面店、糍粑汤圆店、蛋糕点心店一家挨一家。这些店铺规模不大，小型经营，门面没有像新城区商铺那般奢华气派，但商品品类齐全实用，价格相对便宜。在这里做买卖的有本地人也有外地人，有城里人也有农村人。平日里，老街人来人往，络绎不绝。老百姓喜欢来这里买东西，喜欢来这里溜达，享受老街久远的雅致与古朴。

老街老字号米粉店名声在外，汤粉、炒粉博采众长，各具特色；卷筒粉油滑光亮，质地筋道，木耳馅料精到适中，味道鲜美，让人百吃不厌，吸引众多顾客。我是粉店的常客，隔三岔五我都会光顾老字号粉店，吃上我喜欢的卷筒粉。老街的理发店没有像城里美容美发店那样新潮和时髦，但它历史悠久，技术精到，价格便宜，人们都喜欢来这里理发，生意自然是红红火火。

街日，田州老街挤满了摆地摊的商贩，卖竹器、卖瓷器、卖山歌唱碟、卖中草药材、卖野菜、卖鸡鸭狗猫……摊主人拿着话筒歇斯底里地推介自己的商品，有的干脆放置录音机播放自己的录音。地摊前挤满一拨拨顾客，一位上了年纪的中年人撩起袖子让江湖郎中擦拭药酒；一位乡下妇女边听山歌边挑选唱碟；一个小男孩挑选自己喜欢的小狗……买卖人讨价还价，看热闹的人评头论足，叫卖声、吆喝声、山歌声充斥着老街，热闹非凡。逢年过节，我喜欢跻身老街，来这里闻粽叶、枫叶、紫蓝草、红草和黄花的香味；来这里吃美味可口的糍粑、粽粑、汤圆和爆米花；来这里和淳朴的乡里人搭讪。在这里能感悟到老街悠缓的时光和古朴的风韵，能感受到浓郁的街日氛围。

夕阳西下，田州老街拂去白日的喧嚣，恢复它本真的淡雅和宁静。夜幕降临的时候，老街人三三两两坐在家门前，或边摇扇子边调侃，或在昏黄的灯光下对弈。庭院里，粤剧爱好者摆起了龙门阵，弹琴、拉板胡、打梆子、主唱等各得其乐，各司其职。《百里奚会妻》《辨才释妖》《六郎罪子》《弃楚归汉》是他们的拿手曲子。他们唱得有板有眼，清流一样淌过老街，冲刷白日的急促和喧闹，让浮躁的心灵得以平静。

每个人的生命中都有一座老房子抑或一条老街，它们是心灵深处无法抹去的梦。或许老街早已随着老去的岁月褪色成一幅黑白的记忆，但是，那些在繁华街道里匆匆行程中遗失的本应珍视的东西，在老街能轻而易举地找到。田州老街便是如此。

甜蜜的记忆

每当看到红糖，我就想起小时候所经历的榨糖往事。那一锅锅深黄色的糖水如一首首美丽的歌谣，时常勾起我甜蜜的记忆。

故乡坐落在田阳南部石山区，青山秀水，村后是葱郁的大山，村前是广阔的田野，一条长流不息的小河盘桓在沃野间。这里，土地肥沃，稻蔗飘香。甘蔗是故乡的主要农作物，种植历史悠久。记得小时候，甘蔗收获的季节便是一年一度的榨糖时节，这季节酿造了甜蜜的生活，营造了故乡甜蜜的欢歌。

蔗林地旁，一个宽阔的圆场，圆场中央，大人们忙乎着安装压榨机。一块铁木木质、长165厘米、宽80厘米、厚36厘米的厚重木板被牢牢地固定在圆场中央，木板下是一个宽圆的托盘。木板上凿开两个洞口，洞口并排插入两个铁木木质，直径约50厘米、长约90厘米的铁木质雌雄圆柱，两个圆柱的上小半截凿齿衔接，环环相扣。圆柱顶端，厚重木板与地上木板对应凿洞，把雌雄两个巨型圆柱牢牢固定。雄圆柱顶端被一根铁木木质，长约30米的圆木死死套住，推着贴近地面的圆木的另一端，雄圆柱便带着雌圆柱缓缓转动，传统的压榨机就这样安装而成了。

圆场旁堆满砍来的甘蔗，压榨开始了。此时的圆场，除了压榨机、成堆的甘蔗，还有可供干活的几头水牛，水牛专门挑选村里强壮的公水牛，它是压榨的主要劳动力。公水牛拉着贴近地面的圆木，压榨机的两个圆柱便缓缓地转动着。圆柱的一边，一个人往两个圆柱的中间缝隙输送甘蔗，随着圆柱叽叽喳喳的声响，圆柱的另一边，榨干的蔗渣纷纷吐出，糖水流入垫在圆轮下的托盘，通过过滤流入水桶。圆场上，人赶牛的吆喝声，压榨机叽叽喳喳转动声，糖水流入水桶的汩汩声凑合成一首三声部曲子。这优美的旋律在山间回荡，在故乡的上空飘荡，听着旋律，村里的大人小孩的脸都成了笑开的花。

一年一度的榨糖营造了村里的快乐。在压榨的圆场，老人背着小孩看热闹，大人有的赶着公水牛走圆场，有的将甘蔗送入压榨机，有的接住压榨机送出的蔗渣。人们闻着糖水的蔗香，品尝着清凉新鲜的甘甜，脸上流露出甜蜜的笑容。

压榨只是榨糖的第一步，接下来，制糖师傅要做的是熬糖。在离压榨地方不远的地方择一高地平台，平台上架起了简易的架棚。将地面挖成7个炉灶，炉灶大小一致，相连相通。炉灶分别放下7口大铁锅，把压榨出的糖水放入铁锅，然后烧火煮着糖水。炉灶前，制糖师傅手拿着一根长木棍，一会儿将干燥的柴火送入炉灶，一会儿挑着冒烟的火堆。刚开始的时候，火力很猛，旺盛的火势中，7口大锅里的糖水翻滚着，舞动着，冒着气。一会儿，锅里的糖水表面浮现出一层层泡沫，制糖师傅捞起这些泡沫放到瓦罐里。这些泡沫糖水可用来酿酒，酿出的酒甘醇清冽，酒味醇正飘香，村里上了岁数的人都喜欢喝这种酒。

随着时间的推移，制糖师傅观察锅里的糖水控制火势，火势由大变小，糖水由原来的滚动换成了跳跃，锅面冒出一个个黄色的泡沫，不时发出叭叭叭的沉闷响声。7口大锅里的糖水也由稀水变成了浓稠的糖浆，糖浆飘升缕缕白色的雾气，散发出浓重的蔗香，这蔗香弥漫在故乡辽阔的天空。蔗香也酿造了我们童年的甜蜜，我们把在河里抓到的小虾小鱼用竹木串着放置糖锅里，随着一股热气白雾升空，一串串沾满糖浆的小虾小鱼闪着糖的金黄，成为我们的美食小吃。品着糖虾糖鱼，嚼咀生活的甜蜜。最后，制糖师傅把一瓢瓢金黄色的浓稠的糖浆倒进用报纸垫好的大小一样的大碗里，一会儿，碗里的糖浆冷却，一块块金黄色的蔗糖展现在人们面前，人们品尝着蔗糖，品味着生活的甜蜜。

如今，制糖工业飞快发展，我们看到的是糖厂冒烟的烟囱，林立的厂房和现代化的制糖工序。而故乡那传统的榨糖工艺和它演绎的那段历史永远封存在我的记忆中。这段记忆悠悠远远，甜甜蜜蜜。

乡村篱笆

偶读艾青《献给乡村的诗》：“外面围着石砌的围墙或竹编的篱笆，墙上和篱笆上爬满了茑萝和纺车花……”想起了乡村篱笆。我是围着篱笆长大的人，自然对篱笆有种特殊的情感，那些青瓦木屋间毗邻的篱笆是乡村一道别致的景色。

建造篱笆是一桩功夫活，村里人到山上砍来木皮刺、竹竿、篾和藤蔓。建造时先打溜木桩，再用竹竿和篾固定几根横木，把几大捆鲜活的木皮刺顺着木桩上的横木一排溜地扦插下去，编成的篱笆不规整却富有独创性，一扇用竹片编织成的柴门把菜园和外面世界截然断开。篱笆围成的菜园大小不一，有圆有方，有的是几个毗邻而居，大多是单门独园，绿树掩映中的篱笆和青瓦连接的木屋使老村充满诗情画意。

用篱笆围成的菜园子是村里人的希望，那一两棵果树一两簇粽叶永远定格在菜园子里。春天一到，村里人便在自家菜园里忙乎着，铁锹、钉耙、锄头不约而同地随主人下地。翻地、除草、做垄，播种、施肥、盖土，发芽、长成、护理，主人布满老茧的双手在菜园子里舞动，滑落的汗水浸透了衣服，篱笆见证了这一切。慢慢地，菜园子绿满枝头，南方气候温润，冬天不冷，一年四季，乡下菜园里都种植着各种各样的蔬菜。

春夏时节，篱笆是一道美丽的花墙。丝瓜不满足于主人给它们搭起的搭架，粗壮的茎带着青绿的叶子爬上了篱笆，细长的茎须如章鱼的触角四处张扬，纯黄色的五瓣花绽放在篱笆上，不久，绚丽的黄花慢慢凋谢，篱笆上留下一个个又粗又长的丝瓜。豆角茎和篱笆缠绵得像一对恋人，豆角花有紫中带粉红，有紫中带粉白，也有纯白色的，给篱笆墙换上一套五颜六色的衣裳。然而，豆角茎并非华而不实，转眼间，一串串饱满的豆角纷纷挂在篱笆墙上，村里人见了笑逐颜开。野生喇叭藤蔓也凑着热闹，几根细长的藤蔓一路附和着篱笆一路撒欢儿，让老村变成了“苍石红泉少隐家，牵牛延蔓绕篱笆”的娇颜景色。

秋天，菜园里的柚子挂满枝头，柚子有的挂在篱笆内，有的垂吊在篱笆外；秋天的包豆茎蔓枯萎，篱笆上留下一串串淡黄色的丰满包豆；篱笆上几个圆溜溜的成熟南瓜吊在邻家的菜园里，邻家主人见了忍不住夸上几句，小心翼翼地扶着南瓜物归原主，承载果实的篱笆显得丰盛而实惠。

冬天，当绿叶落尽、繁华凋败的时候，篱笆墙只留下枯枝败叶，冬天的篱笆显露出它的粗细纵横、卑微坚硬的本质。然而，菜园里却是另一番景象，硕大的青白菜挤满了菜园，厚大的菜叶不因冬天的寒冷而褪色，菜园里一年四季都是春天。

平日里，村里人喜欢到自家的菜园子劳作，锄草浇水施肥什么的，有事没事也要到菜园里走走看看。在乡里人看来，菜园子是他们休闲溜达的地方。碰到隔壁菜园有人，便隔着篱笆谈天论地，说长道短地聊着，如果是几个女人家凑在一起更是喋喋不休，聊个没完。在她们看来，每天隔着篱笆聊天是一种乐趣，心情也舒畅了许多。赶上自家菜园子有好菜，他们会多摘一把送给邻居，以此增进友谊。

乡村篱笆不是一幅发黄的老照片，篱笆里的菜园随着四季的嬗变而不断地加以丰富和更新。透过篱笆，看到了乡村民风的淳朴，路不拾遗、夜不闭户的古风依然代代相传。身居城里，我却时常拿乡下篱笆比着城里的围墙，高高长长光溜溜的围墙显得苍白、呆板、木讷，它没有乡村篱笆的温润、灵动、慧颖，更缺乏篱笆的妩媚和柔情。乡村篱笆没有高山大川的雄奇，却有馥郁醇厚的温暖和亲切，它以诗意的笔调和散文的形式凸显了乡村劳作者的本真和淳朴，淡然超然，极富人生智慧和审美智慧的生命存在。无论清晨抑或黄昏，炊烟中的乡村篱笆和绿树掩映中的青瓦木屋永远是我心中的一道风景。

乡间四月艾香飘

艾草那馥郁的芳香永远飘荡在我的记忆中。

在我的故乡，随处可见到艾草的身影，路边、田埂、墙角、荒地……只要有一撮土，而不论这撮土是贫瘠还是肥沃，是干燥还是润泽，艾草都贪婪地吮吸着泥土的养分，沐浴着上天赐予的阳光，生不择地，安贫乐道，世代繁衍，眷恋着故乡这片热土。

我时常惦记着艾草，每次回故乡，我都会走到艾草地，端详着艾草的容颜，呼吸着艾草的芳香。艾草是一种普通的草，直立的茎，椭圆而有锯齿的叶片，蓄满碧玉般凝重的绿，叶面恍若布满蝉翼般白白的霜，极似深秋漫山遍野怒放的野菊，蓬蓬勃勃，蓊蓊郁郁。春天，那细碎的黄花暗藏在绿叶间，娇小玲珑，花蕊则是披着淡红的服饰，羞羞答答。怎么看怎么揣摩，艾草都极其普通，丝毫看不出它别致的地方。它们连片生长，摩肩接踵。绿是它们的主色调，那些枯竭的叶子落叶归根，演绎了生物界新陈代谢的自然规律。

艾草是一种家喻户晓的草，故乡人喜欢艾草，源自艾草那熏人的香味，用艾草制成的各类食品流溢着迷人的芳香。逢年过节，故乡人用面粉和艾草制成面酱，称“古眉酱”，自古以来，古眉酱以其色泽光鲜亮丽，口感飘香四溢，味道鲜美可口而闻名遐迩；农历四月初八，故乡人用艾草和其他植物制作的黑色糍粑，不仅香气逼人，还具有解毒消炎等药用价值；用艾草做馅的豆腐包菜是新开发的特色菜，这道菜清香浮动，清脆爽口，酥软柔顺，令人百吃不厌，是接待远方来客的上好食谱。

艾草奇特的香味具有极高的药用价值。《荆楚岁时记》就有“采艾以为人，悬门户上，以禳毒气”的记载，端午节前后，气候日益潮湿闷热，蚊虫肆虐，于是，家家户户采撷新鲜水灵的艾叶回家悬于门庭，当作看家护院的“门神”，叫作“艾虎”。还有的人家将艾叶置于小孩的床头枕前，用于驱蚊除虫，避瘟驱邪。艾草独特的香味还能医治家禽的各种疾病，使家禽健康成长。哺养的小鸭子，鸭笼垫上一层厚厚的艾叶，在艾叶的熏香中长大的小鸭子不仅不会患上疾病，身体强健，鸭毛还特别光鲜亮丽，小鸭子精神抖擞，活力十足，艾草的功效可见一斑。《本草纲目》记载：“艾叶能灸百病。”小时候肚子痛，母亲把晾干的艾草点燃后烘熏疼痛处，一会儿，病痛自然消失，换来一身的轻松和舒适。近年来，用艾草制成的中药畅销市场，深受消费者的青睐。

艾草是一种极其普通的草，然而，艾草又是一种不平凡的草。它与山坡上绿水畔的杂草是一样的绿色，枝叶里却深藏着神奇的能量；它不像一些植物，把自身的价值投注在一次美丽的绽放，一次骄傲的展示，它的一叶一茎一根都有其价值，它带给人类的是惠泽，是福祉。

昨夜，我梦见自己变成一株艾草，一株扎根山野、朴实无华的艾草。这株艾草亭亭玉立，飘香久远。

乡 路

乡路是一条泥巴路，从家乡延伸到镇上13公里，乡路是通往外面世界的唯一通道。

乡路弯弯曲曲，活像一条蠕动的蟒蛇；乡路坑坑洼洼，人走在上面一高一低，还让人经常崴脚；乡路很窄，窄到路边疯长的杂草可以伸头相吻。乡路通过一片原野，每年闹洪水，乡路被大水淹没，人无法蹚过。洪水退去，路面留下一层厚厚的泥巴，人走在上面滑倒是常事；乡路通过一座山冈，从山下走到山坳会气喘吁吁，人们大都会在山坳临时垒砌的石头上歇一会儿，让山风吹走一身的臭汗。

乡路承载着我悠长的记忆。20世纪70年代初，母亲通过考试从民办教师转为公办教师，7月的一天，得到公社教育组的通知，要求第二天在县人民医院体检。那时弟弟1岁多，母亲让我随她到县城带弟弟。接到通知后，父亲送我们母子三人到离家3公里的路边等候过往的客车，在交通工具匮乏的年代，搭一趟客车不容易，等了几个钟头不见客车的踪影，我们只好步行到镇上（时称公社）等车，因为途径镇上到县城的客车多些。记得那天下着倾盆大雨，天空灰蒙蒙一片，路上水花四溅，父亲穿着雨衣背着弟弟，3个人在泥泞的乡路上一步三滑地行走，视野被雨水遮住，记不清我摔倒多少次，只看见裤子的膝盖部位沾满厚厚的泥巴。到了镇上，裤子变成泥巴裤，鞋子变成泥巴鞋，衣服变成了“迷彩服”，乡路也随即烙印在我幼小的记忆里。

随着年龄的增长，自行车是我行走乡路的代步工具。一天，镇上圩日，我骑着自行车到镇上买东西，回家路上，自行车撞到路面的石头，车后轮内胎爆了，我只好推着自行车行走在乡路。上那座山冈的时候，不知名的鸟儿在路边树林里有节律地鸣叫着，以平常心听之，那是自然界的天籁之音，而窝着一肚子气的我却视之为噪音而置若罔闻。从家乡到镇上只有13公里，而在当时，乡路是那么漫长。

党的惠农政策如一股春风吹绿了大江南北，农村公路大会战的号角响彻了家乡空阔的山谷。10多年前，那条泥泞的泥巴路销声匿迹，乡路变成了柏油路。柏油路修建后，通往镇里的车辆多了，村里人纷纷到镇上赶圩做买卖。蔬菜、水果、土特产产销两旺，柏油路的修成拉动了第三产业，增加了村里人的收入。

前几年，柏油路又变成了平直宽敞的二级路，改道加宽的二级路缩短了到镇上和县城的距离，从家乡到县城只需1个钟头的时间。开往镇上和县城的客车络绎不绝，无论何时何地，你随手一招，客车便会把你送到目的地。现今，村里人小到日用品大到钢材、电器均到县城购买，买卖做到镇上，做到县城，由于交通便利，村里和外地老板签订合同，产销本地农产品。2005年，杨老汉一家产销“圣女”西红柿3万多斤，收入2万多元。交通便利吸引了众多游客，周末抑或节假日，城里人开车到家乡河道游泳、钓鱼；游客对家乡的美景乐此不疲，七八月，山上的野果让来到这里的人成为食客。

发达的乡村公路是年轻人姻缘的纽带。公路就像一根红线把年轻人那颗火热的心紧紧地连在一起，村里小伙与外地女子喜结连理的事例比比皆是，小蓟是位湖南姑娘，南下打工的时候与村里小韦相知相爱，最后步入婚姻殿堂，如今，小蓟嫁到村里已有9个年头，儿子6岁大。平日里，小蓟在县城商场租菜摊卖菜，小韦开着自家车为小蓟提供家乡菜源，生意做得红红火火。小韦说，是家乡的公路让他们致富。

随着社会的发展，发达的公路已覆盖城乡各地。家乡捷报频传，正在修建的百色到靖西的高速公路途经家乡，高速公路修好后，家乡通往各地将更加便利和快捷，也加快了家乡脱贫致富的步伐。

乡路已经被柏油路、二级路、高速路所取代。乡路也已经不是通往外面世界的唯一通道，那条泥泞的乡路已在我的记忆中消失殆尽。

心中的圣山

不知什么时候，位于田阳百育镇六联村的敢壮山成了我心中的圣山。

我去过敢壮山，且有过试图把在敢壮山的所见所闻形成文字的欲望和冲动，但每次提起笔，脑海都被一种莫名的空白所困扰。

前不久，陪同外地来的朋友再次登顶敢壮山，那天天气晴朗，微风拂面，阳光温柔地触摸着敢壮山的一草一木，透过树叶的缝隙落在青板石块的阳光恰似舞台上的束束光照，风一吹，这些光闪烁飘忽，游离不定，让人扑朔迷离；一只蝴蝶扇动着翅膀在客人面前翩翩起舞，像是欢迎远方客人的到来。或许是第一次登临敢壮山，朋友显得异常的好奇和兴奋，他们一边登山一边向我打听有关敢壮山的传说，对他们的问话，我根据我对敢壮山粗略的了解做了简单回答，有些是敷衍搪塞而过，当时，我心里生发一丝愧疚。

在山顶，我让一位朋友说说登山的感受，朋友不假思索地说："敢壮山是一座普通的山。"但在我心中它跟别的山不一样。朋友一句话点拨了我，使我茅塞顿开，并为我先前的粗心和浅学深感羞愧。我随即梳理我的思路，纠正我的思维，用心拜读敢壮山，细心品味被世人广为传颂的敢壮山。

其实，细心的人不难发现，敢壮山跟周围的山迥然不同，周围的山全是低矮的土山，这些土山草木萧条，树木稀疏，还不时裸露片片黄土，在苍茫岁月中，土山经受不住风雨的腐蚀，留下道道鸿沟。

敢壮山却不然，在连绵的群山中，敢壮山如俯卧的巨兽，一枝独秀。

远眺，敢壮山仿佛被一张巨大的绿毯覆盖着包裹着，山上树木葱葱郁郁，翠色欲滴，树种跟土山也不一样，以榕树和杂树居多。走到树下依偎巨石，山风如倒灌的冰水透过衣服的缝隙渗进你的身心。顷刻间，在山外郁结下的惆怅、厌倦、烦躁和忧郁被山风冲洗得一干二净，让人心旷神怡；无须留意，你随处都会看见山上纵横交错的藤蔓，这些藤蔓有的缠着树干直通苍穹，有的绕着巨石顾盼山野。顺着藤蔓翻飞起舞的山鸟发出声声问讯，我听不懂问讯的内涵，只感觉鸟的鸣叫使敢壮山平添了几分寂静。

令人称奇的是，在方圆几十里的群山中，唯有敢壮山是石山，山上怪石嶙峋。这些石头有的一柱擎天，直插云霄；有的像匍匐的大象，静卧山巅；有的如威严的长老，傲视苍天；有的被树根包裹着，如网袋里的大皮球。南端一刀削的峭壁上刻着“敢壮山”3个醒目的大字，字体雄壮飘逸，令人叹为观止。山上奇洞异穴，有姆娘岩、将军洞、通天岩、红军洞等，置身姆娘岩，到姆勒甲神像前敬上一炷香，随后走进漆黑的深洞，一股凉气扑面而来，接着几只蝙蝠打着扑哧在洞内来回飞动，不禁让人倒吸丝丝凉气。再往里走却是豁然开朗，那是与姆娘岩相通的通天岩，几根树根直插到岩洞里，使大树根深叶茂。

2007年三月初八，空前盛大的布洛陀朝拜盛会在敢壮山举行。我走进敢壮山，伫立在敢壮山前，在茫茫人潮中给布洛陀烧上一炷香，敬献一片情。此刻，敢壮山仿佛变成一尊巨大的布洛陀神像，这尊神像从我的眼球移植到我的心灵，融入我的灵魂，敢壮山也变成了我心中的圣山。

一个古老而美丽的地方

古美，古老而美丽的地方。

古美地处田阳县坡洪镇，它是田阳南部石山区的小平原。从坡洪镇政府驱车约15分钟便爬上一座山坳，下了山坳便可统揽古美的全貌。古美是个宽阔的盆地，辽阔平坦的田野，田野中央静卧着一条长流不息的小河，小河河水清澈透明，鱼翔浅底；河面水波涟漪，白鹅嬉戏，这方景致灵动鲜活，美不胜收。古美周边的山峦绵延起伏，错落有致，这些山绿树掩映，翠色欲滴，仿佛是一条绿色的彩带镶嵌在盆地边沿。不过，我还是喜欢烟雨朦胧的冬日，此时的古美，山峦烟雾缭绕，缥缥缈缈，盆地的河流河面冒着青烟，这些青烟与远处的山雾遥相呼应，缭绕缠绵，袅袅地升上天空，站在盆地中央极目远眺，远山空空蒙蒙，云卷云舒，让人扑朔迷离，又不时为她的美而惊叹。

古美历史悠久，古美老街已有200多年的历史。这从老街的建筑可见一斑，标志性的建筑首推古美学堂的大门。大门其实不大，但设计精巧，做工精细，用料考究，墙面雕刻飞禽走兽和花鸟草虫，雕塑物形象逼真，惟妙惟肖，栩栩如生，令人叹为观止。更让人惊奇的是中国联通的图标早在数百年前已雕刻在古美学堂的大门上。大门见证了这所学堂的历史，阅历了这所学堂的兴衰。

古美的古老还体现在古美老街的民居住房，在那个久远的年代，古美老街富有人家的房子大都是青砖红瓦，砖头是上等的火烧砖，砖块青紫相间，大小均衡，坚硬耐腐。砌砖工匠匠心独运，技艺高超。在那个没有水泥的年代，所砌的每一面墙墙面平滑、齐整，砖头间精雕细刻，妙笔生花，缝隙间像是用白色铅笔勾勒出的条条细线。墙沿笔直细腻，棱角分明，随意用细线沿墙沿一拉，毫厘不差。一面墙就是一幅艺术品，若是谁往墙面涂上石灰浆，那是扼杀了一幅精美绝伦的作品。走在古美老街，随处见到被人踩磨得光亮的青板石块，这些青板石块跟古老的民房阅历了古美的古老和沧桑。

古美的古老和美丽孕育了古美的膳食美、山歌美和歌圩美。

古美的膳食当数古美特产古美酱。古美酱旧称古眉酱，历史悠久，闻名遐迩，曾远销港澳地区。古眉酱成为美食精品是源于制作它的泉水和制作工序。制作古眉酱所用的水是古美河水，河水是从布九潭流出的山泉水，古美人称为“龙涎水”。龙涎水的来历还有一段精美的故事，相传在遥远的从前，那龙泉的龙女来到古美田野观赏美景时遇到了布九龙子，两人相见恨晚，顿生爱慕之心，后遭敢文公子的忌妒和百般刁难，为不让龙女和龙子见面，敢文公子把布九龙子锁住手脚后关进了山岩洞里，并派大鹏鸟日夜看守。布九龙子思念龙女，日夜痛哭，泪水涌流不断，流出洞外成了山泉，人们便称为“龙涎水”。龙涎水是制作古眉酱的专用水。

古眉酱的制作过程繁杂而有序，技术含量高。先把当地产的麦粒碾碎，用龙涎水调和制成飞碟状的麦饼，将麦饼放锅加火煮熟后拿出晒干。晒干后用当地盛产的艾草包好置放，待麦饼发霉后取出洗净并在烈日下暴晒，暴晒一个多月后将麦饼打碎用盐搅和均匀，然后用石磨磨成粉，并加烧开的龙涎水放置大盆里再晾晒，晾晒期间常搅和酱面，整个制作过程大约需要两个多月的时间，制作出的古眉酱色泽红润光鲜，清香四溢，味道鲜美可口，是餐桌上的最佳作料。

踏上古美老街的青板石道，品尝古眉酱的醉人风味，人们自然想到盛传此地的古美山歌。

古美人喜欢唱山歌由来已久。古美山歌源于古美，流行于坡洪、五村、雷圩、琴华、洞靖等田阳南部石山区以及百色的大楞、德保的陇桑等地，是田阳民间三大山歌歌种之一。古美山歌句式结构和韵律多为五言体，兼有多言体，分段时基本为双句，押韵时，衬词按下句的尾韵来押。山歌曲调为宫调式，对歌时男女各二人对唱，是自然的二部和声。古美山歌讲究二人配合，曲调一高一低，旋律优美、委婉、动听。

20世纪50年代，古美山歌《右江水清清》上北京展示了它的风采。“右江水清清，两岸金鸡鸣，蔗林如海洋，风来绿茵茵。”山歌上乘之歌词，天籁般的音符给北京观众留下深刻的印象。从那时起，古美山歌名声在外，红遍大江南北。沿袭至今，古美山歌如陈年醇酒，愈久弥香，它是田阳的非物质文化遗产。

古美的山歌唱出了古美的歌圩，古美歌圩节又促成了古美山歌的源远流长。每年正月初九，古美举办一年一度的歌圩节。歌圩节形式多样，内容丰富多彩，有山歌比赛、抢花炮、篮球比赛、斗牛比赛、斗鸡比赛……歌圩节期间，附近乡镇、周边县市的山歌爱好者涌向古美。古美人以歌交流，以歌传情，以歌会友，古美成了人的海洋、歌的海洋。

走进古美，走进这方圣地，品赏这方美食，聆听这方歌谣，感悟古美歌圩的神韵。古美仿佛一个睡美人，浑身散发诱人的芳香，这芳香令你陶醉，令你迷恋，令你乐不思蜀。

走出乡路　走进乡愁

乡间小路在我的记忆深处延伸。

乡路迂回绵长，弯弯曲曲，它像一条美丽的彩带舞动在故乡，镶嵌在那纵横的阡陌。它像村里老人的皱纹，清晰地刻在村里每个人的脸上，刻在每个人的心里。小时候，在乡间小路度过自己的童年和少年，乡间小路留给我太多的记忆。

乡路是村里人走出来的，它是村里人生产和生活的通途，也是村里人从贫穷走向富裕从荒蛮走向文明的纽带。漫长的岁月长河中，小路承载着村里祖祖辈辈的印迹。中年人扛着犁耙穿着的解放鞋踏过它的脊背嗒嗒嗒地走过，走向田野；小孩子拿着小蝈蝈光着脚丫蹦蹦跳跳地在小路上舞着欢着；老年人卷起裤腿慢慢腾腾地走向小路的深处。在这难忘的乡路上，脚印叠着脚印，由小到大，由轻到重，年复一年，日复一日，脚印把路面洗得白净，把石头磨得光滑。它阅历着四季的风景，春的娇艳野花，夏的浓绿植被，秋的枯黄草芥，冬的浓重雪霜。它看到村里人的哭和笑，悲和喜，它阅历了村里人太多的往事。

乡路记录了我童年的情趣。打草结是小时候的玩戏之一，小路为我们提供了这样的游戏。那是一个傍晚时分，小路被夜色笼罩得昏昏暗暗、朦朦胧胧，为了寻找刺激，我和一个小伙伴想出了一个恶作剧。我们分头用小路两边的长草打结，打完结后躲在远处观察，等候上当的“猎物”。不久，一位路过的老大爷被小路的草结绊脚，重重地摔了一跤，倒在小路上不停地呻吟。见到这般情景，躲在暗处的我们掩嘴而笑，沾沾自喜，流露出孩童时代的顽皮。长大后，每每忆起这件事，觉得幼稚可笑的同时更多的是自责和愧疚。

母爱在不经意间流露，在悄无声息的乡路上演绎。小时候，跟着母亲无数次地走过每一条乡路，记得露水浓重的季节，为了不让我的裤腿湿水，每次走过乡路，母亲总是走在前面，一边走一边手拿木棍打落草尖上的露水。露水唰唰而落，母亲的裤腿被露水湿透，尽管我的裤腿依然被露水沾湿，可母爱的情结却留在了乡路，刻印在我幼小的心灵里。

乡路上见证了父亲的严教。乡路由村庄通向小河，小时候喜欢游泳，炎热的夏天，放晚学后的我和小伙伴不是写作业，也不是帮家里人干家务活，而是泡在河里。结果作业不完成，家务活让家里人忙得团团转，吃晚饭的时候，父亲还要亲自跑到河边叫我们，惹得父亲很生气。一次，愤怒的父亲跑到河边收起我们的衣服，嘴上骂骂咧咧，我们在父亲的骂声中光着身子，沿着小路跟他回家。家离河边不远，可对我们而言，当时的乡路悠远而漫长。打那次后，我的玩瘾收敛了，养成自觉完成作业，自觉干家务活的习惯。

小路演绎着往事，演绎着让人惦念的美丽。一天，在上学的路上，两头公牛在路上打架，斗得很激烈，好奇的我站在路中央看得入神。突然，斗败的一头向我这边窜来，我猝不及防，惊慌失措，顺着乡路往回家的方向猛跑，谁料，一追一逃的两头公牛紧追于后，步步向我紧逼，回望时看到逃牛离我只有一步之遥，眼看我就要命丧牛蹄下，我脸色发青，冷汗直流。忽然，一位大妈冲向我，把我拉到路边的榕树下，两头公牛随即与我擦肩而过。望着尘土飞扬中两头公牛的背影，我直打哆嗦，双腿发抖，半天说不出一句话。大妈紧紧地抱着我，用她那粗糙的双手抚摸着我的脸，并不停地安慰我。此刻，我蒙眬地注视着给我第二次生命的大妈。大妈用她的行动诠释了母爱的真谛，乡路见证了这人世间的美丽瞬间，而这短暂的美丽使我获得了重生。

大妈已经去世很多年，每年清明节我回老家拜山的时候，我都要到大妈的坟前烧一炷香，敬一杯酒。

乡路有坦途但更多的是坑洼和泥泞，有平直但更多的是蜿蜒和曲折。

我踏上故乡那弯曲的小路，仿佛走过历史长长的隧道，往事历历在目。梳理人生缕缕情怀的同时，恍然发觉自己走出了乡路、走进了乡愁，那点滴的乡间情结化为人生的美好记忆。

写到这里，我忽然想起不知哪位哲人说的一句话：只会在水泥地上走路的人，永远不会留下深深的脚印。感谢乡间小路，它留下了我深深的脚印，因这脚印，我的人生才走得踏实，走得从容。

睹物思情

彩色的番茄

在田阳提到番茄，人们第一个想到田州镇兴城村。很久以前，就听说兴城村以种植番茄出名，对我而言，因为隔着右江河的缘故，兴城村近在咫尺却远在天边。兴城大桥的修建，一下子拉近了我和兴城村的距离，让我有机会走进兴城村，感悟彩色番茄给兴城人带来的多彩梦。

春末夏初，经过耕犁、碎土、培土，兴城村良田被菜农和农业机械修整成一块块大小一致的长方形地块，这些地块平和规整，大小均匀。从远处瞭望，活像一块块排好序的偌大豆腐放置在广阔的良田中，不失为一道别致的景观。每当这时候，一些摄影爱好者便会在有霞光的时候来这里抓拍田园、人和天鹅。眼球是我的摄像机，我把这景致摄入脑中，封存在我的记忆里。

田园是一幅画，一幅美丽的油画，农民是这幅油画的画家。整合后的地块覆盖上薄膜，大地变成条状的白色，仔细一看，白色的地块慢慢生长着柔弱的番茄苗。这些从种苗场买来的番茄苗就像襁褓中的婴儿，农民是这些“婴儿”的乳母。经过浇水、追肥、温度管理、整枝，渐渐地，番茄绿满枝头。农民用竹棍搭起一排排搭架，当番茄茎爬满搭架的时候，番茄地披上了绿袍，大地变成了绿洲。

番茄开出淡黄色的小花，小黄花没有牡丹花的雍容华贵，也没有玫瑰花的娇艳妩媚，它娇小、朴实、平淡，低调而不张扬。而当这些小黄花慢慢掉落的时候，它孕育的番茄便缀满枝头，一串串番茄在密叶间躲躲藏藏，若隐若现，像经过手工洗刷似的，油亮油亮的。近年来，兴城村番茄品种不断改良，大力推广新品种，由传统的亚蔬4号、亚蔬5号到桃太郎、福寿2号、圣女、娇女等，新近又推出“金币”番茄。品种不同，成熟后的番茄形状和颜色也不一样，桃太郎单个挂果，呈圆形，个大饱满，鲜红透亮；福寿2号成串挂果，个圆适中，淡红亮丽；圣女果成串挂果，小个椭圆形，颜色有红色、黄色和紫色；娇女、金币个形和圣女一样，颜色有红色和黑色。成熟的番茄掩映在绿叶丛中，犹抱琵琶半遮面，遮遮掩掩，羞羞答答。而单纯的叶绿色却掩盖不住彩色番茄的光芒，红黄紫黑，红的鲜艳，黄的荣华，紫的娇妍，黑的淡雅，各具特色，争奇斗艳，田园因披上这件彩色的衣裳而变得妩媚妖娆。我喜欢雨中的番茄，落雨清洗番茄的容颜，犹如母亲用毛巾擦拭完小孩那稚嫩的脸，洁白晶亮，光鲜照人。挂着水珠的番茄呢，水灵灵、亮晶晶，像小姑娘生气时噘起的小嘴，风姿绰约，顾盼生辉。这些艳丽的小灯笼如同婴孩般红扑扑的笑脸，散发出宝石般诱人的光泽，纯真、雅致、清新，让人忍不住想亲上一口。

成熟的番茄自然要“嫁人”，田阳农副产品综合批发市场是番茄的“媒人”，华中、华北、东北等全国各地蔬菜收售商是番茄的“婆家”。兴城大桥的建成缩短了兴城到蔬菜批发市场的距离，番茄销售旺季，菜农用摩托、三轮车等交通工具运输番茄。载着红黄紫黑的彩色番茄车一辆跟着一辆，像一条散发彩色光泽的长龙向城东缓缓驶去，浩浩荡荡。路有多长，“龙”就有多长。

田州镇兴城村是田阳县种植番茄起步最早、品种最新、产量最高、质量最好、效益最佳的“五最”番茄村，被誉为广西番茄第一村，农业部指定“一村一品”番茄示范村。兴城人个个成为种植番茄的能手，菜农老黄靠种植番茄每年给他带来约7万元的收入。经过多年摸索，兴城村菜农不仅掌握了高超的护理技能，还懂得利用优质品种、延迟挂果期、错开上市时间等提高单产效益。菜农小黄去年种植4亩“金币”番茄，一上市就遇到好行情，每斤卖到了3块多钱，仅番茄一项纯收入就近10万元。兴城村像老黄、小黄那样靠种植番茄带来丰厚效益的家庭不计其数。近年，依托田阳农副产品综合批发市场，生产蔬菜产品远销国内200多个大中城市以及东南亚、俄罗斯等国家和中国香港地区。去年全村仅番茄一项收入达4725万元，农民人均纯收入12860元，率先实现右江河谷人均纯收入超万元的增收目标。

番茄让兴城村发生了巨变，全村屯屯通水泥路，田间户户通水渠，有宽敞的机耕路。有钱的农民把自家楼房装饰一新，老刘家光用在新房装修将近30万元；全村几十户人家都开着小汽车，实现从“摩托时代”向“小汽车时代”迈进。老黄家农用车就有两辆，去年又新添一辆小轿车；有钱的农民时兴旅游，村里很多村民举家前往国内各大名胜古迹观光旅游。今年8月，小刘带着家人去北京旅游，登上了万里长城，小刘说他还要到世界各地去旅游，领略各地的风土人情，享受党的政策给农民带来的实惠。

彩色番茄让兴城村农民实现了彩色梦。

感悟冬雨

四季轮回，每个季节的雨都有它的落姿和情调，春雨缠绵悱恻，夏雨滂沱淋漓，秋雨萧索沧桑，冬雨则浑厚深沉。冬雨没有春雨的温暖，少了夏雨的热烈奔放，也没有秋雨的空灵，而冬雨却荡涤几多纷扬的尘埃，湮没几多都市的喧嚣，抑制多少人心的浮躁……我喜欢冬雨，喜欢在冬雨中细细品味季节的韵律。

跟夏雨相比，冬雨的到来低调而不张扬。白天，天空阴沉，凉意中带着一股闷气，仰望苍天，乌云在遥远的山那边聚集着，飘荡着，游离着，一袋烟工夫，眼前灰蒙蒙的一片，淡浓相间的雾气陪伴着冬雨纷至沓来。透着薄薄的笼着轻纱的雾看着雨的落姿，点点滴滴，零零碎碎。刚开始，像是谁从天空上撒下密密麻麻豆粒状的圆点，过了一会儿，雨点变成了无数晶莹珍珠编织而成的雨帘。这张偌大的雨帘啊，罩住了旷野，罩住了这座小城，城市的高层建筑把雨帘撕扯成七零八碎，扯不断的是我对冬雨的渴望。要知道，这是入冬以来的第一场雨，冬雨是甘露，润泽了万物；冬雨是催化剂，唤醒了昏昏欲睡的人们；冬雨是精灵，冷却的外表却蕴含着火热和激情。看来，雨帘是有一番况味的，一张张的雨帘一片片情，它是天空赐予人类的风景，它是自然界赋予季节的作品，我把这杰作粘贴到我的脑海。

雨越下越大，雨点变成了雨条，变成了雨丝，雨帘不再是雨帘了。细细的，长长的，一缕缕，一条条，丝丝缕缕的冬雨像少女披肩的秀发，自然地披散着，荡涤着，舞动着，透着少女独有的柔情，散发着冬季特有的韵味。如果说夏雨是一首激昂高亢的歌，那么冬雨便是一曲柔媚温存的爱情曲。聆听着丝丝缕缕的雨声，嗅着冬姑娘的芬芳，在这苍茫的雨雾中体味冬雨的韵律，别有一番喜庆在心头。

淅淅沥沥的冬雨抚着远山近树，抚着这座小城。城里的树接受冬雨的洗礼，显得欢畅和愉悦，立于叶片上的雨滴晶莹剔透，煞是惹人怜爱。如果说树上的叶子静待雨的敲打，那么，枯黄的叶子则带着它的雨点飘然落下，纷飞的落叶让这场冬雨充满诗情画意。

雨中人呢，个体的，三三两两的，他们都打着雨伞抑或穿着雨衣穿行在雨中，从人们缩着头打着喷嚏的情形知道外面有多冷。而我却以为雨中行是一种况味，但更多的是刺激。我喜欢撑着一把雨伞徜徉在纷纷扬扬的冬雨中，凛冽的寒风夹带着雨点扑面而来，顽皮的雨点划过耳际跃入我的脖子，肌肤刺骨的冰冷后便是融融的暖意，这雨点也融入了我的身心、我的灵魂。行走在纷飞的冬雨中，滴滴答答的雨点敲打在雨伞上，敲打在我的心坎上，忽然想起不知道是哪位诗人写的诗：“冬天的雨／是寂寞的言语／当寂寞的心在天空集聚／便下起了雨／冬天的雨／是幸福的诺许／当幸福最终折断了翅羽／就下起了雨／冬天的雨／直飘落我心底。”我不理解，面对冬雨，诗人为何如此伤感失落，或许，心境不一样，对冬雨的理解也不一样。而我却有另一番品味，聆听滴答的雨滴声，卸下郁结在心中的惆怅，心境变得空灵、透明、纯净，人变得富有情调了许多。我对冬雨是乐观的，此刻，喜欢的是苏轼的词：“莫听穿林打叶声，何妨吟啸且徐行。竹杖芒鞋轻胜马，谁怕？一蓑烟雨任平生。”最后一句道出了我对冬雨的彻悟，心胸亦为之清旷、舒阔。

雨中行是刺激，雨中静坐也是另一种滋味。滴滴答答的雨点敲打着房屋的玻璃窗，敲打在我的心坎上。我一边沏着浓茶，一边痴情地看着顺着窗玻璃往下淌的雨水，热气在屋内弥漫、升腾，柔柔丝丝。这时，我要做的是捧着一本自己喜欢的书慢慢品读，慢慢咀嚼，任由雨滴敲打玻璃，我则陶醉在书本波澜起伏的故事情节中，陶醉于自我吸取的知识养分，陶醉于自我的升华。滴滴答答的雨滴，怦然心动的欣喜和慰藉，是一种超然，准确地说是一种跃进。

冬雨中行，冬雨中静思，反复彻悟，悟出人生禅理。那就是人生应如冬雨这般温存充盈，这般淳朴厚重，让爱化作雨露润泽万物，让情幻成冬雨洒落人间。

感悟军训

2010年初，我参加单位举行的军训，体验其中的滋味，感悟其中蕴含的哲理。

年后的天气跟年前一样寒冷，打开窗户，一股刺骨的寒风扑面而来，令我直打哆嗦。凌晨，天还是黑乎乎一片，此时的人们还在梦乡，我们早已冒寒军训。马路上，路灯放射出微弱的灯光，一群来路不明的飞虫围着荧光灯飞舞着、相撞着、跌落着。穿过路灯下的大树，灯光透过树叶洒下斑驳稀疏的光影，这才让我感受到寒冬里的一丝温暖。

参加军训的同事如约而至，队伍中，年纪最大的50多岁，最小的20多岁。人们统一穿上军队迷彩服装，宽松肥大的裤头腰带一勒，裤脚拉紧一扣，军帽、手套一戴，从头到脚全副武装，俨然一副军人像。精神面貌焕然一新，乍一看还真认不出对方。最先到达操场的长者正绕着球场小跑。不知哪来的兴趣，我也乘兴跟随长者跑了起来，几圈下来气喘吁吁，汗流浃背。长者却依然精神抖擞，健步如飞，长者说晨跑是他的坚持。难怪花甲之年身体还这般硬朗，步伐还这般矫健。

部队的两位教官总是先我们一步到达军训地点，整齐的军服插上腰带，英姿飒爽，举手投足尽显现代军人的形象。军人的风度在两位教官身上体现得淋漓尽致，和他们并排站着，沾着军人的荣光，心中沾沾自喜。

军训每天都准时开始，整个队伍分为两组，我所在的那组共分三列，军训从最简单的站姿开始。立正、收腹、挺胸、抬头、两手中指对准裤子的边线。站立时要求纹丝不动，掌握这些动作要领后我们重复地练着，每次站立的时间为5分钟。5分钟，在常人看来只是瞬间，而对于我们却是很漫长。教官一个一个的审视，一个一个的讲解、说明、纠正。一会儿纠正这个没有挺胸；一会儿纠正那个眼睛低视，一次，两次，三次……我们不停地练着，教官不厌其烦地教着。简单的一个动作，要做到规范整齐并非易事，教官说，站军姿可以锻炼一个人的意志。

如果说站军姿把我们引入门，那么齐步走便让我们有点军人的模样了。

教官先给我们讲解齐步走的基本知识，左脚向正前方迈出约75厘米着地，身体重心前移，右脚照此法动作；上体正直，微向前倾；手指轻轻握拢，拇指贴于食指第二节；两臂前后自然摆动，拇指根部正对衣扣线，并与最下方衣扣同高……平时走路的姿势在军营里却是如此的考究、神圣。我们一边听教官讲解，一边私下练习。随着教官的一声口令，我们一列向前齐步走。“一二一！一二一！一二一！”教官富有节奏感的口令声在操场上不绝于耳，我们的队形却在口令声中愈发凌乱，等教官喊“立正”的时候，队形已不成型。教官一次次地叫停，一遍遍地示范，一个个地调教，几趟下来队列仍是参差不齐，貌似简单的动作却把我们折腾得无所适从。教官说我们走得不整齐是因为缺乏团队意识。

看来军训不但要有毅力，更要有团结协作的精神。

几天的军训让我联想到军队，联想到军人。如果说学校是传道授业解惑的园地，那么军队便是年轻人改造、锻炼、磨砺人生的熔炉。

《士兵突击》是收视率较高的电视连续剧。究其原因，是因为剧中的艰苦磨砺了士兵的坚毅和刚强。这些时下很多人缺乏的气质击中了观众的软肋，使众多的年轻人把这些士兵当成自己的偶像。剧中的主人公许三多入伍前是个农民，初中毕业后便在父亲封建家长式地教管下守着几亩地，养着几头猪，憨、傻、孬、木讷，天生一副熊样。在部队里，许三多的成长经历了从小孩到孬兵，从孬兵到好兵，从好兵成长为一个标兵的心路历程，是部队这个大熔炉塑造了许三多的人格，造就了许三多的人生。“不抛弃，不放弃”是这部剧中的名言，更是我们内心期盼的一种状态。

部队不但历练人生，更是培养现代复合型人才的基地，军人把在部队里学到的知识和技能带到社会，带到各行各业，叱咤风云，铸就辉煌，在历史的篇章中留下浓墨重彩的一笔。

成功商人崔明华用军人的素养经商。他时常以《巴顿将军》里的一个情节警醒自己：面对突发事件，一个果敢的军人要迅速出击，不能拖泥带水，在经商时也同时需要具备这样的风格和胆识，当断则断。

为期一周的军训结束了，我私下想，军训给我们带来什么，教官的一番话让我幡然醒悟。他说：“一个军人在军队中要做到令行禁止；要态度端正，精神振作；要迅速、准确、协调一致；要自觉遵守纪律。”

我想，在日常工作和生活中，何尝不需要军队的精神、军人的品质、军人的作风呢？

感悟漂流

从黑衣壮的故乡——那坡县回来数日，梦里依然萦绕着平孟古炮台的硝烟，萦绕着中越两国迥然不同的乡村景象，萦绕着黑衣壮别具一格的民族风情。而更令我难以忘怀的是在“老虎跳”大峡谷经历的漂流。

从平孟古炮台到“老虎跳”大峡谷有几十公里远，不清楚路是怎么走，只记得我们乘坐的中巴车像一只硕鼠在蜿蜒盘旋的山道间穿梭，更像一只矫健的雄鹰在巍峨的大山间翱翔。在车上便是在山之巅，往窗外 瞅，双眼触及的均是悬崖峭壁，幽山深谷，此时，我才领悟到这方山的险峻。其实，怀着一颗平常心瞭望窗外景致，一览众山小，起伏的大山绵绵延延，苍茫和雄峻不时跃入眼帘，这方景致着实让人感叹。当地朋友指着窗外说：“那边的山是越南，这边的山是我国。”此刻我才恍然，遥远的越南其实近在咫尺。

经过两个多小时的颠簸，汽车驶入了绵延幽深的大峡谷。从山巅到山谷，仿佛乘着飞机在平地着陆，悬着的心渐渐恢复平静，人释然了许多。往窗外一看，公路两旁是雄峻的大山，峰峦叠嶂，山被密林和植被覆盖着、掩映着、包裹着，很难见到一块裸露的石头。朋友说，这里就是“老虎跳”大峡谷，因是国家一级保护动物老虎的栖息地而得名。

大峡谷里，一条曲折的河流向前方延伸，仿佛是镶嵌在崇山峻岭间的彩带，这是百南河。百南河从百南乡境内流向越南，它是“老虎跳”大峡谷漂流的主河段。漂流从百南大桥头起始，顺水南下至中越边境589号界碑止，全程9公里。

我们统一穿上橙色救生服，两人共坐一条船，十几条橡皮船顺水缓缓前行，浩浩荡荡出发。烈日下，橙色服光鲜亮丽，耀眼夺目，在岸上观望，活像一条火蛇穿梭于崇山峻岭间，煞是壮观。两岸，山的高耸、碧绿、葱茏一齐向我袭来；河里，水的碧画、幽蓝、浮光争相跃入我的眼球，我仿佛置身仙境，乐呵呵，美滋滋，甜丝丝。岸边，一千年古榕华盖河道，从枝干延伸到地面的枝条落地生根，古榕形成了“森林”，让人一看就知道这方山林的古朴和久远；树上的天鹅一只、两只、三只……众多的天鹅使榕树白绿相间，不知是谁大喊一声，这些安分的天鹅便群起飞舞，喧声而去。

人们无暇顾及这美轮美奂的水光山色，置身河里，人和水便融为一体，那种与生俱来见水就乐的本能和天性也就自然而然地流露了出来。同行中有的将腿伸入水中，享受水的清凉和快感；有的手捧着水迎着阳光一路飘洒，透视水珠的轻盈和跃动；有的学着鸬鹚穿入水中，尽管救生服使其难以沉入水底，但能像旱鸭一样头部沉入水中看清水底的河藻和裸石也是一种享受；我则仰睡船身双手着水，体验山水的萌动和轮回，别有一番情趣。漂流，忘尽了时日的烦恼，漂出了全身心的放松，消除了昔日郁结下的惆怅、忧愁、消沉，感觉煞是快活。

如果说戏水是人的天性，那么打水仗便把这种天性推到了极致。

漂流船备有两个水瓢，用来打水仗。漂到水势缓的河段，船只聚拢在一起打起了水仗，顷刻间，水花四溅，激情飞扬。大伙用瓢泼水攻击对方，有女士的船只成为首要攻击目标，一瓢瓢水带着阳光的雪亮和剔透泼向对方，打湿对方，看到对方时而躲避时而直打哆嗦，心中感到一阵阵兴奋和惬意；而自己也迎着飞来的“巨浪”不停地闭气、闭眼、颤抖，引来对方的阵阵朗笑。误入中间的船只成为众矢之的，刹那间，排山倒海的飞水一齐向那只船泼去，船上的人无还手之力，只好趴在船舷上任由水的拍打和肆虐。一时间，河道笑语声喧，热闹非凡。每个人都成了落汤鸡；每个人都露出灿烂的笑容；每个人都洋溢着童年般的欢乐。这般场景，人自然找到童趣，体验激情，享受欢愉。

在水流缓的河道打水仗刺激，在河道急流处漂流更令人心动。每逢激流处，船只如离弦之箭，飞流直下，跃入一落差后船身旋转几圈。顿时，人恍如坠入深渊，随着船只俯冲、跃动、旋转，飞溅的水花向人袭来，送入我怀中的水珠聆听我的心跳，体察我的悲欢。我不停地体味惊险后的快感，享受漂流给人生带来的惊喜，感觉不虚此行。

不远处，乘着黑衣壮姑娘的船只慢慢地靠近我们，她们一袭黑衣壮服饰显得别具特色。朋友说："黑衣壮族以黑为美，黑色是她们的标志，她们是中华民族大观园里一朵永远的黑玫瑰。"黑玫瑰的到来使美丽的百南河充满诗情画意，姑娘娇美的脸上露出甜甜的笑，她们唱着山歌，嘹亮的歌声在山谷回响，在我们的心中荡漾。我们不忍心用水泼她们，只想让黑衣服饰永远美丽百南河，美丽黑衣壮。

转眼间，漂流的船只到达了终点，到达了中越边界。看到我们的国旗在上空迎风飘扬，每个人的心中都流露出了激动和自豪。看着河水流向越南，我想，我还会来"老虎跳"大峡谷漂流，不过那是跨国漂流。

感悟山泉

一个人独坐静思时，我常常卸去红尘琐事，顺着记忆的阶梯踏入故乡空旷的山谷，去聆听山泉的清曲，感悟山泉的神韵，尽量使心境不染尘埃。

故乡村后绵延着的山谷深幽、苍莽、豁达。尘封已久的山树密密匝匝，葱葱郁郁。峭壁间爱出风头的小树在山风的吹拂下舞着她的身姿，频频向我这久违的朋友致意，故乡的泉就在半山腰的青山绿草间。因为泉是从半山腰流出，跌落山崖的泉水形成了瀑布，因此，故乡人给这个泉安上了好听的名字，称为瀑泉。四季轮回，瀑泉在历史的变迁、岁月的轮回中弹凑它的曲调，重复它的生活。

从瀑泉流出的泉水作片刻休整后辞别大山的挽留，像一匹脱缰的野马顺着山道一路狂奔，时而涓涓细流，时而鱼贯而入，时而溅石激扬，飞溅着的水花在空中飘飘洒洒。远眺，飞泻的瀑泉活像一条彩带镶嵌在墨绿的山谷，岩上的泉水瀑布凌空迸发，一片云烟，像是晴天挂起一幅雨帘，瀑泉也因此而得名了。

走进瀑泉，泉边分布着大大小小的岩石，有似鹅蛋，圆润光滑；有似山鹰，跃跃欲飞；有似老人，写满沧桑。瀑泉边散居着老牛、大牛、小牛，它们一边吃草，一边聆听泉的清曲；牛背上的小鸟时而不停地跳跃，时而发出一声声问讯，我不是同类，读不懂问讯的内涵，但我已分明读懂了它们的愉悦。这场景使本来静谧的大山愈发动感，更使山谷充满诗情画意。

从大山深处涌出的泉水，鲜活、洁净、清澈。站在泉边，像是步入另外一个天地，温度降了许多；置手水间，凉意仿佛触电一般渗透我全身，身上的热气顷刻间消失得无影无踪，心情格外惬意；随手掬起泉水来喝，像是放到冰箱里冻过，凉透了你的五脏六腑，荡进了你的心底。这几年，村里人把泉水引到村里作为日常饮用水，泉水成为人们的天然饮料。自古名泉出佳酿，村里人用瀑泉酿出了美酒，营造了美好的生活。

除了沉溺于瀑泉给我带来的诗意，我更喜欢躺在泉边的大石头上，聆听山泉忽长忽短、忽响忽沉、忽高忽低、忽清忽浊、忽尖忽细的涌动声。那像小提琴演奏一样轻柔甜美的是泉水流淌在草丛中发出的声音；那像扬琴一样清脆悦耳的是在石缝间跌落的涧水的声音；那像钢琴一样抑扬顿挫的是无数道细流跌落山崖的声音；那像擂鼓齐鸣一样雄浑厚重的是飞瀑激流跌入空谷的声音。更多的泉水绕过树根，拍打着卵石，穿越草丛，流连山谷的烂漫……

千百年来，瀑泉日日夜夜吟唱着生命的旋律，无论是高亢清新的曲调，抑或是低沉流畅的音符，都是发自瀑泉内心深处的心声。这声音不携带任何私欲，不掺杂任何邪念，永远是那么自然、清新、明朗、亲切。这泉声和着山谷的鸟鸣、松涛，汇成大自然的交响乐，我的思绪跟着音乐飞扬，生命随着旋律涌动。

伫立泉边，我感悟到瀑泉生命的浪花，自然的伟大。泉水穿过了溶洞的缝隙和险阻，跨越溶洞久远的时空，历经坎坷，从古到今，不间断地奔流着。它阅尽了山谷生物的生死、枯荣、祸福、兴衰。无论山谷干旱枯竭抑或山洪暴发，瀑泉总能藐视一切自然灾害，永远那么鲜活、纯洁。这泉水是活生生的有灵魂的，虽历尽沧桑却不知疲倦，耗尽精力也依然勇往直前，永不停步。透过清澈的泉水，我触摸到了瀑泉的品质和精神，那就是生命不息，奋斗不止。更让我感悟到了自然界一种至高无上的境界，一种人类文明所推崇的境界。

感悟音乐

对我而言，音乐是我精神的调剂师。我常常煮曲疗神，让生活变得多姿多彩。音乐像一缕妩媚的阳光照亮黯淡的前程；音乐像一泓甘泉滋润枯燥的心灵；音乐像冬天里的一把火融化残留在灵魂深处的冷漠和黝黯。音乐世界里，时而激越，振奋人心；时而缠绵，道尽哀伤。我不停地去倾听、品味和感悟，让自己的精神境界获得升华。

舒曼说："对我来说，音乐是灵魂的完美表现。"我亦有同感。音乐承载着人类的灵魂和精神，从过去到现在，一直在影响，感染并教化着我们。他就像一个魔术师，用它神奇的魔力，带给我们惊喜和感动。侗族流传着这么一句话：饭养身，歌养心。音乐给人们带来一个全新的境界，激荡着人们内在修养和品质性情的塑造和教化。

音乐分古典音乐和流行音乐。我通常把古典音乐比喻成款款涓流的清泉，把流行音乐形容为激荡飞扬的瀑布。

古典音乐乐句、和声复杂多变，大多数作品都没有明确的主题，完全依靠各种乐器奏出的独特音场来激发听者的想象力和感知力。带着一颗快乐的心来聆听轻松的古典音乐，会发觉古典音乐精妙的乐趣，随着聆听范围的扩大，古典音乐的瑰丽世界将会呈现在你面前。比如莫扎特的音乐作品优美欢快，特别是他的钢琴协奏曲、小提琴协奏曲以及弦乐小夜曲等都是古典音乐的典型代表。用心倾听，触摸音乐的意境，感悟它的神韵，感受它独有的纯净、朴素、快乐和美丽，激荡我们的情怀。

听中国古典音乐，便是感悟一个民族的精髓。其中所透露出古人的人生观和价值观，对于今天的人们来说，无疑是有借鉴价值。听一曲《高山流水》，似乎如瀑布在飞溅，溪水在潺潺地流动。那自高山之顶一泻而下的银龙，落在谷底，随之水花四溅，把一切都笼罩在迷茫的水汽里，那是一种似有似无的梦幻般的境界。加之古琴那清脆的音符，更让人如痴如醉，人的性情也便在倾听中得以陶冶。感悟音乐从而感知古人，无疑是一条捷径。

与古典音乐不同，流行音乐节奏鲜明，轻松活泼或抒情优美，生活气息浓郁抒情风趣，手法通俗，曲调顺口，易于传唱。歌词多用生活语言，浅显易懂，让听者容易接受和传唱。唱流行歌曲的歌手大多不受声乐学派约束，自成风格，各有千秋。歌手歌唱时常感情重于声音技巧，自由不羁，自然亲切，容易引起听众的共鸣。

听《为了谁》，那情真意切的优美旋律让我们感受到高尚的精神和纯洁的爱心，使心灵因此得以净化和升华；听《真心英雄》，那激昂奋进的铿锵之音，让我们感受到呼唤奋斗进取的最强音，令心灵备受振奋和激昂。《真心英雄》不但旋律动听，歌词更是催人奋进，“不经历风雨，怎么见彩虹”成为磨砺人生的座右铭。

无论是古典音乐还是流行音乐，都能为听众展现一种意境美，让人们净化心灵，满足人们的精神需求。都说艺术是相通的，欣赏音乐不仅可以感受到旋律优美的表现形式，更能领悟到旋律内在的意蕴，领悟演唱者的思绪和心理活动，从而获得心心相通的艺术享受。古代名士俞伯牙为了一个樵夫而自碎爱琴，是感到樵夫钟子期不仅能从琴声中领悟到旋律委婉曲折的意蕴，而且还能用灵感触摸到自己心理变化的意境并猜出自己的心事，“知音难觅”，俞伯牙认为钟子期死后再也没有人能听懂自己的琴声，于是毅然摔碎了自己心爱的古琴。“俞伯牙碎琴谢知音”被人们流传为千古佳话。

贝多芬说：“音乐是比一切智慧、一切哲学更高的启示，谁能渗透我音乐的意义，便能超脱寻常人无法自拔的苦难。”我是音乐的倾听人，更致力于成为音乐的知心人，让音乐成为提升自身素养的精神食粮。

荷塘清韵

百无聊赖时，我常常梦回旧居所，情归那满叶的荷塘。

旧居所坐落于田阳南部石山区，依山傍水，屋后的山林密密匝匝，葱葱郁郁，房前是一片满叶的荷塘。在乡下工作的那些年，荷塘伴我度过如歌的岁月。

荷塘不大，呈椭圆形，面积约10亩。听村民说，池塘原先是一潭死水，周边的村民将垃圾、死鸡、死鸭、死猪、死狗等丢进池塘，臭气冲天；池塘边杂草丛生，几棵矮小的柳树因得不到护理也将濒临枯竭。

是村里的老刘拯救了池塘。改革开放后，老刘主动承包了池塘，他下决心整治这个被人废弃的池塘，把它改造成为集养殖和绿化美化于一体，既能产出效益又能观光休闲的乐园。说干就干，他雇请挖土机挖深池塘，雇人搬来石头砌垒塘堤坝，买来柳树、马尼拉草种在池塘四周。池塘开凿纳水，并修建排水沟。5年后，一个全新的池塘展现在人们的眼前。池塘水产产值3万多元，塘边青草连连，垂柳青青，蝴蝶翩翩，蜻蜓跹跹；塘中清水涟涟，碧叶盈盈，红花艳艳。老刘凭他聪明的头脑、勤劳的双手，用手中的五彩笔描绘出亮丽丰盈的荷塘。

荷塘点缀了这片山水，装饰了我在乡下的生活，池塘出现在恰当的地方，离我的住所后门两步便是池塘。

也许是经历了冬天太多的酸楚，初春的荷并不显眼。池塘中零星漂游的几片荷叶貌似浮萍，遇到烟雨朦胧的雨天，落雨打在叶面上，像要吞没塘中的残荷，奇怪的是叶片上的滴滴落雨一滑而过。原来，荷叶面有一层薄膜和茸毛可以疏水。尽管雨越下越大，荷叶依然傲然挺立，藐视苍天。我悬着的那颗心落地了，欣喜之余被荷叶无畏的精神所触动。

经历了风雨的荷沐浴着春的气息，吮吸着池塘的天然养分，荷叶慢慢变大变宽，颜色由原来的淡绿色变成了深绿色，荷叶上的叶纹也由原来的清晰可辨变成暗淡无光。随着时间的推移，荷濯污扬清，破水而出，长出水面的荷仿佛刚出浴的少女，清新素雅，娇艳柔美，亭亭玉立。宋代周敦颐将之形容为“出淤泥而不染，濯清涟而不妖”，不无道理。

夏天，满塘的荷绿意盎然，荷塘也便是迟来的春了。

阳光明媚的日子，我喜欢一个人徜徉在荷塘边的杨柳树下，长势旺盛的垂柳翠色欲滴，柔柔丝丝，像是被荷塘的荷花所迷住，纷纷向荷塘垂帘，微风一吹，柳条舞弄这身姿，飘飘洒洒，煞是美丽动人。远处，几只小鸟顺着柳条翻飞追逐，不时发出声声问讯，给宁静的荷塘平添了几分韵味，颇具诗意。几根柳条宛若仙女的玉手，轻轻触摸着我的脸，拂去我脸上的几滴汗珠，这般景致，丝毫让人感觉不到夏的炎热和沉闷，寻不着夏的乏味。沐浴着夏天的春，心情格外惬意。

荷叶大大小小，高高低低，错落有致地镶满了整个池塘，翠满人间。远眺，仿佛一张绿毛毯平铺在池塘里，寻不着塘中的水，心中油然而生几分遗憾。雨天，落雨滴在荷面上，形成大大小小的水珠，晶莹剔透，这些大小不一的水珠一溜一滑，擦肩而过，不停地演绎它的昙花一现。

深夏，是荷花开得最盛的时候，但也还有很多花含苞待放。这些荷花羞羞答答，欲展又止，虽然不像盛开的荷花那般灿烂、成熟、豪放，但我还是喜欢她们的绰约风姿，童心无邪。成熟的荷花虽然耐看，却是离凋谢的时日不远，所以，她们大多惺惺相惜，顾盼自怜。夏日里，是荷花最迷人的时候，她们在绿海中鲜红夺目，婀娜多姿，一应夏风的呼唤。伫立塘边，享受荷花送来的缕缕清香，让人神清气爽，心旷神怡，让人忘尽时日郁结下的烦躁、忧郁和厌倦。

远处，一群缤纷的蝴蝶在绿海和花潮中翩翩起舞。我想，这些蝴蝶跟我一样，除了羡慕荷的美景，更多的是尽情分享夏日的荷香。我随手想摘下一朵荷花，想不到的是，当我抓住花柄向上拔时，一股刺痛触及全身，惊讶之余，想到了周敦颐在《爱莲说》中言及莲“可远观而不可亵玩焉”。诚然，荷花固然美丽可人，人能驻足观赏，尽情领略也是一种幸福，而不一定要拥有她。

在有月亮的夜晚，银白色的月光透过杨柳树的缝隙静静地泻在荷叶上，柳树间投下斑驳稀疏的月影，恍恍惚惚，池塘里，青蛙正用唱腔寻觅梦中的情侣，荷花则恬静地吮吸着露的甘甜。晚风送清香，我携着爱人浪漫在塘边的柳树下，陶醉于月的温馨。

因工作需要，我离开荷塘已有10多年。10多年来，梦里总是萦绕着那满塘的荷叶、满塘的荷花，萦绕着老刘那音容笑貌。

回望狮子山

路过狮子山，我不由自主地回望狮子山。

跟高大的山峰相比，坐落在田阳县城城东的狮子山的确很矮小，这座山没有黄山的雄峻和逶迤，没有泰山的博大和渊深，将其放在普通山之间也很容易被人忽略，准确地说，它是一座小土山。这么一座毫不起眼的小山却要把它形成文字，在有些人看来那是贻笑大方，而我还是信奉刘禹锡的那句话："山不在高，有仙则名。"狮子山可不是一座普通的山。

据史料记载，田阳县城城东狮子山与其对面的葫芦岛像一对孪生兄弟，它们的来由同出于一个遥远而美丽的传说：相传从前很遥远的年代，田阳县田州镇一带是一片汪洋大海，不知何时开始，这里出现了一条凶恶残暴的水怪，它常常兴风作浪，把来往船只掀翻，然后把落水的人们拖到深潭里食用。有一天，八仙中的铁拐李独自云游路过此地，他看见水怪作恶多端，遇难的人们在深水中拼命挣扎，哭爹喊娘，便大声喝道："妖怪休得猖狂，俺来也。"急忙解下身上的酒葫芦往下一抛。顿时金光闪闪，在沉船的地方冒出一个小岛来，状似葫芦，并把落水的人们一起托上小岛来，人们得救了。为纪念铁拐李的救命之恩，就把这小岛起名葫芦岛，在岛上建起了一座神庙来供奉，并在岛上安居乐业，这葫芦岛就是现在的田阳县东江村。

自从铁拐李抛下酒葫芦化作葫芦岛后，水怪仍恶性不改，它暗使妖术，把沿岛而流的水搅浊，使人们无法饮用，生活更加清苦。人们备了三牲到神庙里烧香焚纸钱，祷告神仙铁拐李下凡惩治水怪，拯救岛上百姓。铁拐李闻知后即派雌雄双狮下界为民除害。双狮奉命下凡与水妖斗了七七四十九天，但见天昏地暗，日月无光，终于打败了水怪。双狮也累得筋疲力尽，又唯恐水妖再来残害岛上百姓，便双双伏在水妖出没的深潭边，监视水怪的动静，天长日久，双狮便化成了落踞在东江北岸的狮子山，狮子山由此而来。

为了不忘双狮为民除害的功绩，人们把当年双狮恶斗水妖的一招一式演化成“醒狮”“地狮”“狮子上高台”“双狮上金山”等精彩舞狮姿势向众人表演，舞狮表演在田阳民间广为盛传，田阳舞狮队名扬海内外。

改革开放后，县委、县政府高度重视古迹遗址的保护，修整和建设狮子山，狮子山旧貌变新颜，并被赋予了丰富的文化内涵。园林式的广场在狮子山下向西延伸，纵横交错的步行道把宽阔平整的马尼拉草坪划一规整；榕树、椿树、杨树、椰子树……在广场竞相扎根，几个人才能围得住的古榕其树皮黝黑苍老，明示着这方山林的久远和古朴，走在步行道，一股苍老的气息扑面而来，椿树那黏糊的叶子与你磨蹭又让你感悟青春的活力和美丽。树丛中，能工巧匠精心雕刻成的双狮戏绣球甩头扬尾，跃跃欲舞，活灵活现，惟妙惟肖，这头石狮子是狮子山的名片。

从广场仰视狮子山，看到的是密密匝匝的树丛。聚在一起的竹林跟随微风摇曳着它的枝叶，像是招呼过往的游客；合欢树细碎的密叶下隐藏着片片豆角；小叶女贞那尖刀似的叶子直刺苍穹，而那矮墩墩的树丛又让人满生怜爱，狮子山的层林随着季节逐坡渲染，人们对狮子山的保护可见一斑。我从很多个角度察看狮子山，觉得怎么看都不像头狮子，而当我站在葫芦岛隔河对视狮子山时，眼睛顿然一亮。其山势如一头雄狮俯卧水口要冲，直视对河的葫芦地，难怪世人誉之为“金狮镇水口，狮子戏葫芦”。

离开狮子山，我的灵魂却驻留在狮子山；回望狮子山，我久久不愿离去。

活旺河情思

活旺河绵延于田阳南部石山区洞靖镇的活旺村，是活旺村的母亲河。

活旺河滋润着活旺这一方沃土，美化着这一方山水，哺育着这一方山民。她流进了活旺人的心甜，也融入了我的灵魂，铸成了我记忆长河中一道亮丽的风景线。

初次走进活旺河是2002年初夏的一个朗天。路上，汽车不停地颠簸，放目自然，石山上零星撒播的小树故弄着她妖娆的风姿，荒芜的原野满目凋零，寻不着一泓水，不免让人油然而生几分愁绪，只有远处那只满身绿毛的小鸟那悦耳地鸣叫声才唤醒了我那颗失落的心。很难让人相信，转眼间就到了活旺河。

来不及欣赏活旺河，先被这里的风迷住。

同一片蓝天下，山里的风跟城里的风迥然不同，城里的风浑浊而闷热，山里的风洁净而凉爽。这里的风本来就带着凉意，况且，这风是从活旺河面上吹来。驻足在河边的大榕树下，山风便如翩翩少女般从河面上轻轻地触摸着我的脸，无须你袒胸露背，风自然会透过你衣服的每个缝隙，凉意传遍全身，淌进了你的心底。顷刻间，一路上带来的热气消失得无影无踪。此时，除了领悟“一山有四季，十里不同天”的内涵，更多的是迷恋于山风给我带来的惬意，感觉煞是快活。

首先接纳客人的是活旺河边的榕树、河边的竹。

每个来这里寻梦的人，都喜欢站在大榕树下，此刻，你会情不自禁地举目仰望树的高大伟岸。偌大的主干常常有几个小孩子张开双臂围着它转，从孩子们快乐的脸上读懂他们的天真无邪。往上，树干横七竖八，有两根树枝犹如一对恋人结伴悄悄延伸到河面上，它们一边俯视河的长流、倾听河的诉说，一边忘情地交欢，尽管人们对它们指指点点、说三道四，他们依然故我。厚大的叶子带着它的野性不因临夏而改变它的绿意；酷暑，尽管炎热难耐，绿叶依然笑傲苍天，独自风流；有几片树叶掉到河面上，与河水结伴而行，沐浴在河水所带来的欢快，看得出，榕树与母亲河融为一体，相依为命。常言道：树大招风。夏天，这棵榕树胜似天然空调。白天，这里是一个小市场；傍晚，劳作了一天的村民喜欢聚集在这里溜达，讲述他们不老的传说。

河边的竹一簇簇一排排沿着河边的两岸延伸，它们与母亲河紧紧相依，竹根竞相贪婪地吮吸着母亲河的甘乳，竹叶以它浓郁的绿报答对根的情意；竹更忘不了母亲河，长势旺盛的每根竹都低下她那高昂的头颅向母亲河鞠躬，竹用它那宏大的礼节报答了母亲河的恩情。我想人类应该从竹的身上学点什么，我无意探究竹给人类带来的深层次的寓意。此情此景，我更喜欢携着爱人坐石倚竹，风籁袭耳，两心愉然；或听蝉，或忆旧，或闲话，或看河，两情相悦时含情对视，让爱情放纵自然，寻回属于自己的初恋，山外红尘虽好，我更流连于这份清静。

榕树和竹固然招人，而活旺河终归是我情感的归宿。

我有意追溯河的源头，用心感受河的神韵。河水自大山深处奔涌而出，清洁透明，淙淙沽沽，坦坦荡荡于蓝天耀日之下。河面迂回曲折，峰回路转，河水时而急流涌进，时而款款前行，无论是来去匆匆抑或闲庭信步，都改变不了它对这片山地的爱情。我厌倦了山外河流的混浊，钟情于活旺河的碧绿，放眼水中便想到了著名诗人屈原的名言：“举世皆浊我独清，众人皆醉我独醒。”的确，像活旺河这般纯洁靓丽的河流实在难找。

我迫不及待地将裤脚挽至大腿，涉足于一浅流处，一股凉意渗入心脾，顷刻间，在山外郁积下的烦躁、惆怅和厌倦被河水冲洗得荡然无存，陶醉于河水给我带来的愉悦，心情格外开朗。置手急流处，飞溅的水花在阳光的反照下晶莹剔透，送入我怀中的水珠不停地演绎它的昙花一现。兴奋之余想到了孔子那句彪炳千古的话“智者乐水”，我虽非智者，对水却情有独钟。

河中的卵石圆润光洁，脚踩在又硬又滑的卵石上，足心痒痒的，不停地触动了我的心扉；毛茸茸的绿苔，阳光射入水中，闪动着彩色的光环。更让我惊喜的是河中的小鱼如约而至，如初恋情人般争相亲吻我洁白的肌肤。有报纸登："人在水中与小鱼同乐，小鱼不但能给人按摩，还会吃掉你皮肤上残留的死皮，让你动脉流畅，肌体光洁如玉。"来到活旺，享受到如此高的待遇，是我先前所没有想到的。不远处，晚归的村民在浣濯，姑娘在水中如出水芙蓉，单薄透明的衣服凸显了她的曲线美，婀娜多姿，令多情的男子心猿意马，从人们灿烂的脸上读懂他们对母亲河的眷恋。今年"五一"节，活旺河对外开放，吸引了众多游客，娱乐项目新颖别致，设有水中走独木、水中扒河、水中抓鱼等，活旺河的缤纷向世人展示了她的风姿。

夕阳西下，霞光把母亲河装扮得愈加迷人，我不忍心惊动她的酣睡。

金秋咏桂

偶读白居易的诗《东城桂》：“遥知天上桂花孤，试问嫦娥更要无？月宫幸有闲田地，何不中央种两株。”让我惦念起了十里飘香的桂花。

金秋送爽、红叶争艳的时节，怀端着对桂花的浓浓情怀，我来到了田阳县田绢学校。走进学校大门，桂花那馥郁的清香便扑面而来，沁人心脾，让人神清气爽。循着浓郁的芳香，远远看见那郁郁盎然的桂花树，这株桂花树傲立在学校教学楼前，与对面高大茂盛的大叶榕遥相呼应。跟大叶榕庞大伟岸的气度相比，桂花树显得朴实、平凡、渺小，但就是这株朴实的桂树，让这所学校沉浸在秋日浓浓的氛围中，让这里的人享受着桂花赐予人类的天然清香。

桂树身披厚重的绿袍，挺拔屹立，四季常青。从远处看去，活脱脱一位精神抖擞的卫士，让人肃然起敬。走近桂花树，让我从久闻的名声中一睹她的芳容。深暗黝黑的树身粗壮、坚硬、厚实，众多的树枝挺直、不屈、向上，本色、自然，毫无矫揉造作之态。据说，这株桂树已有近百年历史。桂树是长寿树种，据全国15个省市调查资料显示，我国现存百年以上古桂2000多株，千年以上古桂约占0.5%。

树上茂密的叶子呈现在眼前，叶子椭圆形，橄榄绿。叶面上，一条条清晰的叶脉依稀可见，它们像一把把小伞遮挡着桂花，担当起绿叶扶桂花的天然角色，显得格外素雅可人；树叶之间，那小米般的黄色花粒一簇簇一串串地挂满枝头，它们像羞涩的少女躲藏在叶根里；那小小的花瓣就像绿叶上的几滴露珠，颜色淡淡的白，淡淡的黄，一点不引人注目；

花瓣是经过一番精雕细刻的，这些花瓣四个一簇，紧紧相拥；花蕊在花瓣地热烈拥抱下星星点点，这些花娇小玲珑，散发出淡淡的郁香，让人心生怜爱。词人李清照就对桂花爱之有加，并留下了名篇《鹧鸪天•咏桂》："暗淡轻黄体性柔，情疏迹远只香留，何须浅碧深红色，自是花中第一流。梅定妒，菊应羞，画阑开处冠中秋。骚人可煞无情思，何事当年不见收。"

论外表，桂树丝毫没有让人惦念的地方，但桂花那悠悠柔柔的花香却是彻底地把你荡涤了一番，让你飘飘欲仙，欲罢不能。"有木名丹桂，四时香馥馥""无花可悦目，有花可闻香"……这些描写桂花香的诗句，使桂香久负盛名，人们也常称桂花为九月的"花神"、金秋的"花王"。古代诗人对桂花香更是情有独钟，留下了名传千古的诗篇。南宋李纲的《采桑子》："幽芳不为春光发，直待秋风，直待秋风，香比余花分外浓。步摇金翠人如玉，吹动珑璁，吹动珑璁，恰似瑶台月下逢。"宋代朱淑真的《木犀》："弹压西风擅众芳，十分秋色为伊忙。一枝淡贮书窗下，人与花心各自香。"诵读着脍炙人口的诗句，品味着浓浓的诗情，怀端屡屡桂香情，梓花树仿佛一位香美人向你款款而来，令人如痴如醉。

桂花具有很高的经济价值。桂花是酿酒的上好原料，桂花酒既有桂花的清香，又有酒味的醇正，自古以来是我国人民的上好美酒；桂花茶芳香浓郁，鲜醇甘美，是我国特有的花茶，历史悠久；桂花糖有"香不见花，甜不见糖，酥不顶口，脆不觉硬"的独特风味，为妇孺老幼所喜爱；以桂花命名的菜肴有桂花里脊、桂花鱼骨、桂花鸡茸汤等，是家庭膳食的佳肴。此外，桂花树木质具有光泽、纹理致密美观如犀角纹，坚硬韧性不腐，是雕刻和木制工艺的良材。

桂树名不虚传，关于桂花的趣闻逸事在我国更是广为流传，典故"吴刚伐桂""蟾宫折桂"便是由桂而来。外国人也把桂香看作是一种崇高和荣誉的象征，古希腊神话中，桂枝是用来献给科学和艺术之神"阿帕隆"的圣物；用桂树枝叶编织成花冠，称为"桂冠"，授予才华卓越的诗人或竞技能手等。

桂树之高雅，花之香洁，枝之遒劲，态之优美，自古以来，人们视之为树中之王而倍加珍爱。唐宋以后，桂树已被广泛用于庭园栽培观赏，宋之问的《灵隐寺》诗中有“桂子月中落，天香云外飘”的著名诗句，故后人称桂花为“天香”。在深庭院落种植桂树，取意“双桂当庭”或“双桂留芳”；在住宅四周或窗前栽植桂树，能收到“金风送爽”的效果。

桂树，它没有月季的绚丽，没有菊花的多姿，也没有牡丹花的华贵。桂花躲藏在绿叶之间，又悄悄地枯萎，它那么渺小，那么朴素，而带给人类的却是清香四溢，却是经济实惠，却是美的享受。我想，生活中最美的是本质的朴素、精神的高洁、意志的顽强，桂树正具有这样的品质。

夜里，我做了一个梦，梦见自己变成了一棵桂花树。

满眼葱郁满目情

“川野绿，只因青竹”，记不得此语为何人所言，的确，被称为“岁寒三友”之一的竹历经寒冬而不凋，阅历四季而不枯。难怪有那么多诗人以“绿”为其赋诗，宋代赵葵“绿竹移阴抹书墙”；唐代谭用之“半帘绿透偎寒竹”；现代老舍“移竹渐添窗影绿”……和历代文人墨客一样，我钟爱竹，更钟爱竹的绿。

田阳南部山区是丘陵石山地带，绵延的石山沿着公路两旁蜿蜒伸展。山脚，茂盛的竹林一簇一簇，一丛一丛，远看像小山，近看葱葱茏茏，绿意盎然。竹林把山底下裸露的石头遮盖得严严实实，远眺，绵延的竹林像一条宽大厚重的绿毯铺在崇山峻岭，形成南部石山区一条美丽的绿色长廊。这条绵长的竹林带高高低低、弯弯曲曲、疏疏密密、参差不齐。葱绿是这条竹林带的性格，飘逸是这条竹林带的风度，优雅是这条竹林带的气质。每次沿着这条长廊驱车而过，绿意入眼入目，让人惊喜，让人兴奋，满眼葱郁满目情。

这条绿色长廊的形成，归功于21世纪初发起的石山区石漠化治理工程，在2000年至2003年的石漠化治理工程中，田阳县在“那坡—坡洪—五村”、“坡洪—洞靖”、“坡洪—巴别”、“五村—那满”等乡镇乡级公路沿线种植吊丝竹、杂交竹10万株。当年，作为县里的春耕工作队队员，我进驻洞靖乡下村屯搞春耕工作。按照县委、县政府的指示，洞靖乡到坡洪镇乡级沿线公路旁的山坡都要种植竹子，我和乡镇干部一道加入种竹的行列。竹苗是我和乡镇干部从外地拉来，拉来的竹苗一堆一堆摆放在沿路的山坡下。三四月，雨淅淅沥沥地下着，滋润的土地是种植竹子的好时节，挖坑、摆放竹苗、放置肥料、填土轧实，我按照技术员的要求用心种植着每棵竹，在山脚丘陵地我连片种下10多棵竹苗。干部群众干得热火朝天，山脚下是密密麻麻的人群，人群过处留下一秆秆斜挺着的竹苗。

“十一五”以来，田阳继续把竹业开发作为建设生态林业，实施山区综合开发和农民脱贫致富奔小康的重要举措，实施“山上建基地、山下搞加工、山外拓市场、科技创高效”的竹产业发展战略，取得显著成效。10多年过去，当年种植的竹苗郁郁成林。这些以吊丝竹为主的竹林集观赏与笋材等多种用途于一身，纳生态与经济两用于一体，成为南部石山区一道亮丽的风景线，为农民提供竹笋竹材之外，增加石山区的植被覆盖率，优化石山区生态环境，对石漠化治理效果明显，10万株种竹换来的是百里绿色长廊。

走进我当年种植的竹林，这片地是那么熟悉，这些竹是那么陌生，当年种下的10多棵种竹生长成旺盛的一簇一簇竹。竹苗是我播种，大地是竹的母亲，哺育着它们茁壮成长。竞相生长的竹笋让我有了收获感，“雨后春笋”在这里得到诠释。竹笋冲破泥土，掀翻石块，克服了重重困难，一个一个从地里冒出来。春笋裹着浅褐色的外衣，头上还戴着一顶顶缀有黄色穗子的帽子，就像一个个嫩生生的娃娃，可爱极了。偌大的一簇簇竹让我有了自豪感，一数每簇足足有六七十根竹竿，茂密的竹竿有直立也有斜立，有长竿也有短竿。一根根高耸的竹竿齐刷刷直指天空，傲视苍穹，用力一摇，竹竿低下的头颅摇摇曳曳，频频点头致意。

来到竹林，感动我的不是竹的多竹的大，而是竹的绿。竹笋带着笋特有的芳香破土而出，箨鞘嫩绿色，毛茸茸，出淤泥而不染，它绿鲜、娇柔、妩媚，让人满生怜爱。竹竿浅绿色，间或有深绿色条纹镶嵌其中，甚为美丽，竹竿表面带上一层淡淡的白粉，却掩饰不住它的绿。相对于竹笋和竹竿，竹叶呈亮绿色，它的绿通透、明朗、张扬，雨水滴落在竹叶上，瞬间被竹绿渲染。少许竹叶偶有几处斑点，倒是把竹叶的绿衬托得完美无瑕。密集的竹叶形成一张庞大的绿网，这个绿网把我紧紧裹住，我瞬即张开双臂，拥抱着大自然赐予我的天然色彩。竹的绿是青翠的，翠得让人像喝了桂花蜜那般甜蜜、那般惬意。

离开我种植的竹林，却离不开竹的绿，竹林的绿绿过春夏秋冬，绿过百里长廊。沿途竹长廊的绿摄入我的眼球，粘贴在我脑海，定格在我心里。我深爱着竹和竹的绿。

那黄色

赤橙黄绿青蓝紫，这些美丽的色彩构成了斑斓的世界，使我们的生活如此缤纷。其中，每种颜色都蕴藏着一种寓意，红色代表热情，橙色意味着激情，黄色包含荣华、实惠……

小时候，渴望看到黄色。黄色的稻谷，黄色的玉米，黄色的橙果，黄色的柚子……这些农家人付出辛劳后得到回报的累累果实，让我们骄傲，更让大人们露出欣慰的笑容。秋风掀起了层层稻浪，也掀起了农家人那颗火热的心。

金黄色的季节，给农家人带来了实惠，带来了喜悦。黄色也便和幼小的我结下了不解之缘，在我的心灵中留下了永不磨灭的印记。

时光的轮回，让每一个新年都从春季开始。春风吹绿了江南大地，吹绿了万树，也吹绿了我家阳台上的那棵橙树。闲暇时光，我给它修剪枝叶，培植沃土。饱含深情厚意、点滴温存的呵护，使片片嫩绿的叶子变成了深绿色，绿得耀眼，绿得醉人。春后，橙树冒出点点白花，还不时飘出缕缕清香，引得家人常常围着它转，不时发出啧啧的赞叹声，可我总觉得它缺少了什么。

这绿一直伴随着我家那棵橙树。

秋天，果实成熟，绿叶间露出一个个黄色的橙果，绿色不因为黄色的显现而褪色。绿的更绿，黄的更黄，黄绿相间，搭配和谐。也许，在有些人看来不值得欣赏，而我却感到愉悦。

我独钟于黄色，并不是因为它仅仅象征收获，装点景色。生活中，黄色更寄寓着一种精神，一种人类文明推崇的境界。

有一次，我搭乘公共汽车出差，坐在旁边的是一位身穿黄色上衣、黄色裙子的少女，打扮入时而得体，身上背个黄色的袋子，洁白而纯净的肤色加上大大的眼睛，显得高贵而优雅，是那种走在街上回头率很高的女孩。汽车到了中转站，从远方走来了一位头发蓬乱、满身脏兮兮的老大爷，年纪70多岁。老大爷拄着拐杖，背了个大袋子，步履蹒跚地向车门走来。突然，黄衣少女起身走下车去扶着那位老大爷，一时间，少女一身黄色的衣服划出一道弧线从人们视线中闪现，仿佛一道美丽的彩虹吸引了车上所有旅客的目光。人们都好奇地注视着这位黄衣少女。少女的举动让老大爷措手不及，满目惊讶，生怕自己的衣服弄脏了少女。少女却丝毫不在意，冲着老大爷甜甜地笑，笑得那么灿烂，笑得那么从容。

不同的时间，不同的地点，黄色演绎着另一种境界。

一个阳光明媚的日子，为了资助贫困地区的失学儿童，由县团委发起，县教育局、县妇联等单位共同举办的“我为失学儿童献爱心”活动在县城新世纪广场举行。涓涓细流汇成河，点点爱心暖人间。捐献箱前，首先走进人们视线的是一位穿着黄色服饰的盲人，他的拐杖他的直觉引着他走到了爱心箱前，他投下了自己辛苦积攒下的50元钱，以实际行动向失学儿童表达爱意。在他的感召下，来捐资助学的人络绎不绝。是这位盲人，再度让黄色充溢着我的眼球。

我生活的这座小城，每天都有一群穿着黄色工作服的清洁工人在大街小巷里来回穿梭。他们拖着垃圾车，手握长竿，扫把勤快地清扫着街道上的垃圾。一片飘落的树叶，一张人们遗弃的纸屑，一小节仍有余热的烟民扔掉的烟头都在他们的视线里消失。也许，走在路上的行人见到这些穿黄色工作服的清洁工人会远远走开，而他们却不亢不卑，依然故我。大街小巷因他们而洁净，树叶因他们而碧绿，天空因他们而晴朗，城里的人们亦因他们而纯真。这座小城因他们而异彩纷呈，黄色也成为这座小城最迷人的色彩。

站在大树下注视着远去的清洁工人们的背影，眺望着这道亮丽的风景，我的心灵再次被触动。沉思间，一片飘零的黄色树叶落入了我的怀抱，融入了我的灵魂。

那一曲清音

我喜欢清音，喜欢它的清越单纯嘹亮。曾几何时，水车声那吱吱嘎嘎的响声在故乡空旷的山谷里回荡，那是一曲清音。这田园牧歌似的清音逝去了很多年，可它却定格在我的记忆深处。

地处农村的乡下老家有着辽阔的田野，村里以种植水稻为主。暑季，顶头酷暑的烈日照着，脚下的田地龟裂，禾苗萎靡地耷拉着脑袋，像一排排渴坏了的孩子，这时如果忘记补水，田里的禾苗很快便萎缩枯竭。在没有抽水机、水泵等抽水工具的年代，稻田的灌溉主要靠踩踏水车引水，脚踏水车的产生是农耕先民劳动智慧的结晶。

制作脚踏水车是一门精细的工艺，关键环节多，需要村里有技术的工匠才能制作得好。制作水车的材料是硬质木头、木幅条、竹条和竹筒等，全然没有铁质的东西。由翼缘板、木幅条、水车底板、硬木质的木轴、中心轴、木支架和木斜撑等组成。在木轴上预留榫眼，并插入中心轴，对着木轴上的榫眼装上木幅条，再安装水车底板和翼缘板，然后利用手工铆钉钉入木拨板。做好以上的结构后，利用榫接的方式把组装好的结构安装在木支架上，支架末端装上脚踏板和大小长短一样的竹筒，把榫接头敲紧震实，一架脚踏水车就宣告制成。一个水车是一件手工精细的艺术品，水车制成后，工匠们通常围坐在旁边一边抽着旱烟一边拉家常。

制成的脚踏水车临水而居，水车旁边安置引水木槽，抽上来的水经过引水木槽缓缓流入高处的梯田。为方便人力踩踏，水车正面用几根大横木并拢钉牢作为座椅，这样人可以坐在座椅上踩水车。为遮挡烈日和风雨，工匠们在建好后的水车上搭个简易棚架，棚架上铺盖厚实的茅草并用竹条扎实。棚架和棚架下的水车是一幅画，一幅古老淡素的田园风景画。

一幅风景画配上一曲清曲子是一件美妙的事，踩水车就让人、水车和清音在田园里美妙组合，创作了那个年代的协奏曲。踩水车时两手抓住扶手，面朝河水背朝水田，左右脚轮流踩踏板，水车缓缓地转动。伴随着水车的转动，水车发出吱吱嘎嘎的响声清越嘹亮，悦耳动听。声音有短有长有小有大，短音如短笛跳跃急促的声音，催人奋进；长音如长笛悠扬嘹亮的抒情声，情意绵绵；小的声音如母女拉家常，寒暄私语，柔情似水；响亮的声音如父子唱山歌，高亢激昂，抑扬顿挫。这清音拂过油绿的禾苗，滑过空旷的田野，融入踏水车人清雅的情愫。吱吱嘎嘎的负重声和踩车人粗重的喘气声交织在一起，响彻山谷，这清曲给宁静的田园添加了色彩，添加了动感。转动的水车拉动着盛满河水的竹筒次第上升，上升到高处的竹筒依次把水倒在水槽里，河水从高处汩汩地均匀流出，阳光把水照得雪亮，人的心情也像水一样洒脱、快活。水槽将水引入水田，水田里的禾苗吮吸着河水的甘甜，享受着河水给它们带来的惬意。

踏水车是技术活。就像吹拉乐器，刚开始就要把握好节奏，不可忽快忽慢；左右脚用力要均衡，不能一轻一重，充分利用水车的惯性便能四两拨千斤，事半功倍。熟练掌握踏水车技术就能人车合一，得心应手。踏水车也是力气活。坐着踏水车转不动，站着踏人就像爬楼梯，水哗哗地流出，“楼梯”却没有终点。唯有吱吱嘎嘎的清音始终伴随着踏车人，踏车人听惯了这清音，清音也是踏车人的奋进曲。

田野里的水车不停地在转动，那吱吱嘎嘎的响声不停地在山谷里回响，踩水车人那古铜色的脊背汗水顺着脊沟在流淌。夏去秋来，是劳动者和水车让秧苗从一排排尖细的嫩叶变成注满颗粒的稻穗，车身与水经久接触已然绿锈斑斑，但刻印在我们脑海里的只有那往复旋转永无休止的水车，还有那个踏着水车，身子一晃一晃的踩车人。

随着社会的发展，农业机械化的普及，那吱吱嘎嘎的水车声被轰鸣的马达声所替代，但水车那古老而精美的形象一直深深地烙印在我的脑海里，水车那吱吱嘎嘎的清音不时萦绕在耳畔，挥之不去。关于水车的梦还在继续，但已演绎成为一种记忆的梦游。

阡陌随思

久居闹市，走惯了水泥硬化大道，喜欢向往乡间小路，那纵横的阡陌是乡间一幅美丽的油画，它的映现和舒展酝酿了我诗意的心境。四季轮回，无论是春夏秋冬，闲暇时光，我都会走进让人畅怀梦想、收获快乐的阡陌。

春时的原野，阡陌线条格外明朗，不规则的田间小路就像一张巨大的网罩住这片沃野，纵横交错，清晰的脉络勾勒出一幅美丽的田园画。小路布满了人的脚印，留下多少人企盼的目光。匆匆而过的行人踏过它的脊背；小孩子的臭脚丫紧紧地贴着它；拄着拐杖的老人那沉重的步履慢慢悠悠地从它身上走过，重复踩踏的牛蹄马蹄，大大小小，深深浅浅，劳作，赶路，抑或观光，目的不同心境亦有异。对我而言，走进阡陌却是寻找一份怡然。赤脚踩着路面，冰凉的感觉，心境回到小时候光着脚丫走路的年代，回归本能的自我，寻回久违的轻松、自由和快乐。那些在闹市里郁结下的忧郁、惆怅和烦恼被洗涤得荡然无存，天、人、自然三者合一，融为一体，看来，也只有在阡陌中才能找到这份释然。

看阡陌的野草，赏野花的娇丽，让爱得到本能的释放。野草钟爱着阡陌，这些野草为了躲避牛的踩踏，悄悄地从路边生长，向上攀爬，细细的茎，细细的叶，柔柔弱弱，与世无争。它们不因为自己的弱势而沉沦，总是带着天然的绿笑迎苍天，秋天，露珠俏立叶尖，在阳光的反照下冰心玉洁，晶莹剔透。我知道很多人厌恶这些野草并想一除了之，但我以为野草的诞世多少让小路增添了不少生趣，至少它让小路看到了晶莹。从野草身上我看到了植物的坚韧和不屈，也看到了人类那些勇于和命运抗争，默默无闻的劳动者。野花是在野草中挣扎着生长的，几片黄花瓣簇拥着几根花蕊，尖尖细细，娇小玲珑。“绚丽”“多姿”“华贵”这些华丽的字眼与野花绝缘，它们朴实得毫不起眼，朴实得让人淡忘。而它们不自卑不沉沦，柔弱之躯却绽然花开，它们的到来让单调的小路添加了几抹娇艳。野花让我看到了城市里的清洁工，穿着橙色背心的清洁工朴实得近乎让人不屑一顾，而他们的出现让城市的天空晴朗而明净。

阡陌将稻田划分和规整，饱受了岁月的侵袭，见证了稻田的荣枯和变迁。春播时节，农民把稻田修整成一块块规则不一的水立方，这时候时常出现这样的镜头：夕阳西下，霞光映红了稻田，阡陌上，有劳作而归的农夫和走在农夫前面的牛。这幅景让我自然想到了刘文正的歌《乡间的小路》：“走在乡间的小路上，暮归的老牛是我同伴，蓝天配朵夕阳在胸膛，缤纷的云彩是晚霞的衣裳，荷把锄头在肩上，牧童的歌声在荡漾……”一幅优美的田园耕归图跃入眼帘，耐人寻味。春夏，田里的禾苗高出了阡陌，密密匝匝，绿意葱茏，阡陌被淹没在绿丛中。这时候走进田野，漫步在阡陌中，亲切感油然而生；举目远眺，绿涛在波浪起伏，层层叠叠，浩浩荡荡。原以为禾苗只有她的纤弱与柔情，殊不知，禾苗也有激情和飞扬的秉性，而让我有机会领略植物双重性格的是阡陌。

秋收时节是个浪漫的季节，成熟与收获让这个季节充满魅力和诱惑，满野尽披黄金甲，跃入眼帘的尽是满目金黄满目情。这时候走在阡陌走进田野，心绪自然被眼前浓郁的秋色所感化，沉浸在收获的喜悦中。跟有些人的悲秋情怀不同，我欣喜于峻青的《秋色赋》：“秋天，比春天更富有欣欣向荣的景象。秋天，比春天更富有灿烂绚丽的色彩。”睹物思人，人到中年如四季之秋，没有了青年时代的冲动、无畏和血气方刚，却多了几分低调、内敛和睿智，更收获了人生的绚丽与辉煌，童年时总希望长大成人，而成了大人后又羡慕小孩，人的思想都是在矛盾中发展。其实，四季有各自的美，人生的各个阶段都有其值得骄傲的东西，感悟人生的真谛，或许是徜徉在阡陌所得。

阡陌，送走春的清新怡然，夏的热情艳丽，秋的醇厚古朴，冬的冷峻深沉。四季轮回，生命的年轮又转过了一圈，阡陌不变，人生的自信和追求不变。走在阡陌，想自己所想，做自己所做，平和、淡定、从容，一路潇洒走四季，笑眼悠然看人生。

水池上的小叶榕

我生活的小区有个陈旧的水池，水池圆柱形，高约3米，从水池暗淡黝黑的外表看，约有几十年的历史。年久不用，它像一位历尽沧桑的老人端坐在小区一角。以前，我对水池视而不见，置若罔闻，我留意水池是因为水池上的那株小叶榕。

小叶榕从水池顶盖旁的缝隙间长出，水泥建成的水池只此一树，小叶榕虽然是从水池边长出，但它并不是斜生，指头般大的主根插入水泥缝隙，牢牢地固定着树身；脚趾般大小的主茎直指苍穹，不偏不斜，不弯不曲，苍劲、挺拔、坚忍，堂堂正正。众多的枝丫细而不软，伸而不屈，不垂落，不低沉，发达、健硕、纷扬，一律向上；叶子呢，跟大叶榕的叶子一般无异，纤细厚实，健壮发达，颜色随着四季的更替而变换。秋冬，当周围大树的叶子枯黄凋零，纷纷坠落的时候，小叶榕却依然青衣罩体，郁郁葱葱；春夏呢，那鲜嫩亮丽的新叶纷纷眷顾小叶榕，让本来就盎然的小叶榕愈显生机勃勃。

固然，小叶榕没有大榕树的磅礴气势，也没有柏树的高大伟岸，更没有柳树的飘柔妩媚。跟周围的大树相比，小叶榕显得那么单薄和渺小，远远看去，形单独影，孤孤零零，以至于很多人忽略它的存在。而我却以为，跟其他树一样，小叶榕每天迎接新的太阳，呼吸新鲜的空气，感受日月的阴晴。狂风吹不倒它，暴雨毁不掉它，炎热烤不死它，严寒冻不掉它。水池不倒，生命不息。水池里成长的小叶榕独树一帜，颇为耐人寻味。

小叶榕与众不同，留心思虑，让我觉得好奇，亦为之惊奇。其一，我好奇于它是怎么长在水池上。是飞鸟或是吹风把榕树的籽衔到水池上？但它又不是长在水池盖顶上，而是从水池顶盖旁的缝隙间长出。是修建水池的时候，搅和水泥和细沙时，榕树的籽被搅和在里面，让榕籽绝处逢生？抑或是另外一种可能？我不得而知，也无意去探究，权当给世人一个永远解不开的谜罢了。其二，我惊奇于它能在水池上长成。按常理，树木的成长离不开土地，而小叶榕却长在离地面约3米高的水池顶部，粒土不粘，凌空而长，更不用说吸取土地的养分了，而脱离土地的小叶榕却能傲然生长。虽然不能企盼它长大成材，却是枝繁叶茂，这不能不说是一个奇迹了。

反复揣摩，我想到了小叶榕的根。小叶榕的根插入水池，把原本密实的水池开裂，把厚重的水池盖微微抬起，根的力量可见一斑。由此，我想到了《种子的力》中的一句话："没有一个人将小草叫作大力士，但是它的力量之大，的确是世界无比。这种力是一般人看不见的生命力。"小叶榕的根同小草一样，力气大得惊人，那是看不见的生命力。小叶榕的根伸入水池内，至于它是否伸到底部吸取水池里的水，我们不得而知，而根完全脱离土地是真实的。小叶榕有很多侧根，这些侧根如章鱼的触须悬空而伸，纷纷扬扬，莫非小叶榕是靠空气供养？这又是一个谜。由此，我想到了荒漠中的胡杨，被誉为"沙漠活化石"的胡杨生长在干燥炎热的沙漠，夏季，沙漠表面的最高温度可逾70℃。胡杨之所以存活，靠的是它的根，胡杨主根可入土10米，侧根伸长范围可达30米，这些根猎取营养供养着胡杨。胡杨尚且靠土地存活，小叶榕却完全脱离土地，小叶榕的主根和侧根是如何找到营养供养小叶榕，我为之不解，更是为之震撼。可以这样说，小叶榕之所以如此倔强，靠的是其拥有非同寻常的根，伟大的根。

有事没事的时候，我会仰视小叶榕，心中涌起无限的感慨。我不止一次做过假设，假设我是小叶榕，我会责怪孕育我生长的榕籽为什么把我带到水池上成为石中树，让我在这么恶劣的环境中成长；我会叹惜命运的不济和老天的不公；我会垂头丧气，消极沉沦，从而自生自灭。然而，小叶榕却不然，它是那么安详、淡定、从容，它不怨天愤世，不自暴自弃，勇敢地接受命运的挑战。长于斯，乐于斯，不亢不卑，不屈服不气馁，傲然挺立，我折服于小叶榕那顽强的生命力和坚忍不拔的精神。

现实中，我们时常看到：有的树干被人砍了树叶依然茂盛；有的树被人烧了还能再生；悬崖上的松树茁壮生长，它不需要谁来施肥，也不需要谁来灌溉……这些树不怕狂风暴雨，不怕严寒酷暑，有的是不向命运屈服的坚强。

植物竟有如此顽强的生命力和不屈的精神，作为万物之灵的人不也应当具备这样的品质吗？

松之韵

曾几何时，松树是我心中不败的情怀。

故乡的山是大石山，七分石头三分地，那地还是沙石地。记得20世纪80年代，村队长发动村民在荒山上种下了松树，说松树耐旱易长。几十年后，满山的松林把这座山裹得严严实实，原先的荒山变成了绿洲。故乡的松林就像一位风情万种的少女深深吸引着我，那满山的绿浩瀚的绿，绿过了春夏秋冬，绿过了故乡；大风吹过，别的树东倒西歪，松林却依然傲然挺立，坚贞不屈；雨后，白雾轻纱般地笼罩着松林，松林顿然幻化成了穿着婚纱待嫁的姑娘，闭月羞花，煞是美丽动人。村里上了岁数的老人喜欢端坐在自家门口瞭望松林，看松林的绿，看松林的景；村里有哭闹的小孩，大人带他出来看松林，松林的绿换来小孩一脸的喜庆。

走进松林，粗壮健硕的松树齐刷刷地立在眼前，它们或长在沙地里，像立正的士兵，健硕伟岸，直插云霄；或长在岩石峭壁间，根攀壁岩，不屈不挠；或长在石头缝隙间，盘根巨石，傲然挺立。它们或巨伞如炬，挺拔苍劲；或矫若游龙，仪态万千，高达数丈，小不盈尺，极富生命的朝气与美的神韵。穿梭在松林间，与松树擦肩而过，我听它们的诉说，感悟它们的律动。那龟甲般坚硬的树皮贴附着树身，粗糙暗淡皱巴巴，使松树变成其貌不扬，它的生命属于松树，脱落于地的松皮化为泥土供养着松树；松叶呢，丝丝缕缕、飘飘柔柔的绿，绿到尽头变成枯黄，耗尽生命的松叶坠落在地上，化作泥土供养着松树。踩着松皮和松叶，我猛然感到羞愧，而在恶劣环境中成长的松树更让我敬畏。

置身松林，灌入耳膜的是呼呼的松涛声，阵阵的松涛声此起彼伏，持续不断。松涛声由远及近，忽小忽大，忽弱忽强，奏成了美妙的合曲，演奏合曲的是风，乐器是松叶，而我便是倾听人和欣赏者。侧耳倾听，松涛声随着风速的变化而变换，风小的时候轻柔舒缓，富有韵律，像山间月色里小溪的流淌，像少女温情地呢喃，又像母亲温柔地叮咛；风大的时候喧闹热烈，排山倒海，像高山里奔涌的河流，像海浪席卷沙滩的气派，又像沙漠里飞沙走石的悲壮。松涛声强弱有序，节律分明，时而激荡奔放，时而哀婉凄清，无论是何种曲调，它皆如天籁之音在我耳畔萦绕。风吹松林的时候，我一边听松涛声一边观察松枝和松叶，奇怪的是无论风多大，松树却是坚如磐石，纹丝不动。这时，我想到了一首古诗：“亭亭山上松，瑟瑟谷中风。风声一何盛，松枝一何劲。”风因松而见其盛，松因风而见其劲，说得极在理。

走进松林自然闻到松香，淡淡的松香飘然入鼻、沁人心脾，令人神清气爽。原来，有村民为了采集松脂，将一棵松树的树皮剥开，在树身上倒刻着“人”字，松脂沿着“人”字从顶端往下滴，滴滴松脂股股松香，我用手蘸点着松脂，滑滑的，黏黏的，轻轻一扯，还能拉出银丝般的细线，凑近鼻子一闻，一股浓烈的松香味道钻进鼻孔。看着白色的松脂，我想到了老泪纵横的老人，心中掠过一丝酸楚。我疑惑，松脂流了还能再生吗？松树还能存活吗？村里人告诉我，松脂就像人的血，是松树的精华，松脂流了还能再生，只要松树健硕旺盛，松脂就流不尽。至于采集松脂对松树的生长是否有影响，据资料记载，采集过程由专业技术人员严格遵循工艺及技术要求操作，不会影响松树的正常生长，但没有专业技术人员指导，胡乱采集，对松树的生长就会有影响。看来，有必要将这些知识传授给乡亲们，唤起他们对故乡松林的爱护。

松树松脂松香，我依着粗粝的松树，抚摸着受伤松的印痕，心中涌起对松的敬仰。松树，生命的强者。吸天地之灵气，集日月之精华，滋养了一身肃穆高洁；生就一副傲骨，苦守一分执着，坚持一种信念。为了崇山峭壁上的一点生机，它选择忍耐；为了冰天雪地中的一丝绿色，它选择奉献。如今这青松以它优良的品质和高雅的格调又赋予了生命中新的内涵，给人们以启迪和深思。它不仅是民间传说中的扶善除恶的神物，还能读出它身上所凝聚着的那种人格魅力。青松傲骨，不仅仅是高山仰止的民族气节和冰清玉洁的高贵品格，更是理想与信念的象征和坚贞不屈的奋斗精神。

听空山鸟语

故乡地处田阳南部石山区，这里青幽幽的山，清幽幽的水，绿油油的稻田，湛蓝蓝的天……号称山区里的小平原。

离村子约一里路是一方空旷的山谷，这里群山环拥，山清水秀，阡陌纵横，一派田园风光；这里远离村庄，独享遗世的清幽、凝重、空寂、幽静，宛若世外桃源；这里植物资源丰富，每一座山都被茂密的树林簇拥着包裹着，山下草木疯长，飞虫跳跃；这里是河流的发源地，丰沛的水资源养育了这片肥沃的田野。

村里人管这个地方叫“䓖田”，为什么这么称呼我不得而知，小时候听到“䓖田”这个名字就觉得它是在很远的地方，长大后经常到那个地方游玩，其实它离村子只有一里路。绵延的大山把宽阔的空谷围得水泄不通，空谷恰似北京奥运场地的鸟巢，因为群山的围拢，有天然的回声，站在空谷中央大声一喊，余音不断，回声不绝。这里鸟类众多，是鸟的乐园，这里也是鸟的天然录音棚，每次回故乡，我都喜欢来这里聆听空山鸟语。

斑鸠是老家常见的鸟类，我们很少见成群斑鸠飞翔的情景，更多的是闻其声而不见其影。斑鸠的叫声是我们最耳熟能详的，春夏时节是斑鸠寻找伴侣的季节，这个时节，常听见的是斑鸠发出“咕咕咕—咕，咕咕—咕”的声音，每次叫声保持一个音调，前三声短促后一声拉长，声音抒情沉郁并略带一丝幽怨，大概是“来吧！我在这里等着你”的意思吧，看得出斑鸠求偶心切。让人听罢，说不出心情是喜庆还是怅然，但它的叫声却添加了旷野的寂静。

竹鸡喜欢蜗居在草蔟茂长的草丛里，它短暂的飞翔跟斑鸠有点相似，大都是受惊吓后从这边的草丛一跃而起飞到那边的草丛，短暂的飞翔让我们很少一睹竹鸡的芳容。故乡的竹鸡大都集中在“晕田”，在那里时常听见它们的叫声，“哒哒哒哒叨，哒哒哒哒叨”。如果说斑鸠的声音属于舌根音，那么竹鸡的声音便是舌尖音。第一声一拍，第二声连声一拍，第三声连声一拍，后一声音调拉长，收声委婉尖细，嘹亮高亢，听来清脆悦耳，怡人心智，催人奋进。

“晕田”是河流的源头，在泉涌的地方有几棵高大古老的树木，因为长在泉旁，人们不敢乱砍伐，使得树枝发达，树冠华盖几十平方米，大树便是喜鹊的乐园。一身黑白相间的羽毛，一条会舞动的长长的尾巴，这是喜鹊的身姿。“喳喳喳，喳喳喳”这是喜鹊的叫声，声音带有几分沙哑，活脱脱一个沙哑派歌手，它叫出了喜庆。我更喜欢它的边歌边舞，边叫边在树枝间上蹿下跳，头尾向下摆动，间隙头尾上扬，又像是一个摇滚派演员，让人耳目一新，喜鹊固然是实至名归了。

“布谷布谷，布谷布谷”这是布谷鸟的叫声，明显的四声一度，有“快快播谷”之意，故称布谷鸟。芒种时节，布谷鸟啼叫特别频繁，在“晕田”，太阳下山的时候就能听到布谷鸟的啼叫声，声音洪亮而多少有点凄凉的味道，让人听罢心中涌起一股酸楚，更觉这片山野的荒芜和凄凉。而古人却把布谷鸟的叫声当作催耕荷锄的号角，宋代诗人蔡襄有诗：“布谷声中雨满犁，催耕不独野人知。荷锄莫道春耘早，正是披蓑化犊时。”或许时间不一样，聆听布谷鸟的叫声感觉会不一样。

画眉鸟的叫声比较复杂，“咕咕咕”的叫声表明它们在调情，公母画眉正在寻求鱼水之欢；公画眉发出“呜呜呜”的叫声，边叫边张开双翅是准备打架；“咳咳咳咳”的叫声表示害怕示弱……听惯了画眉鸟的叫声，可以辨别其声音蕴含的寓意，其实，我不是研究鸟叫的专家，聆听鸟声，让心情得以快乐，让身心得以放松，足矣。

鸟语是来自空谷的天籁之音，这声音原汁原味，让我忘记自己是生活在水泥钢筋组合的世界里，在电脑汽车编织的网络里。那一片葱茏的绿意和那一声动人的鸟声响在耳边，乐在心里。

喜欢那份淡雅

淡雅，素净雅致，素淡典雅，简单而清新，素来为古今文人墨客所津津乐道。明代词人高明在《琵琶记·两贤相遘》有词：“梳妆淡雅，看丰姿堪描堪画。”作家碧野在《晓溪晨曲》又曰：“每当星星沉落，曙光东升，那塔影照临溪流上，显得剔透玲珑，淡雅多姿，更增添了深山的幽静。”我喜欢那份淡雅。

蜗居城里，久居闹市，看惯了厂矿烟囱冒出的滚滚浓烟，闻够了汽车尾气，吸足了城里浑浊的空气。于是，周末或节假日，都离开嘈杂喧哗的县城，置身于幽山静水，清净自然的荒野。在这里，映入眼帘的是淡蓝高洁的天空，洁净碧绿的水；呼吸的是清新凉爽的山风。山里的每一块石头如人工洗刷过，一尘不染，山里的每一棵树都如出浴仙子，山里的每一棵草都点缀着晶莹的露珠。自然点化的山野自然、恬静、清新、素雅，这份素雅入眼入目，清爽惬意。

家居一直充溢着一份淡雅。淡蓝色的坐地式窗帘，乳蛋白的墙壁，优雅的碧画，深褐色的木地板，恬淡的沙发，暖杏色的茶几，还有隔离阳台那通体透明的落地玻璃窗，素净雅致，清淡高雅。春暖花开的时节，阳台上那淡淡的夜来香花以及她散发出的淡淡的馨香跃入我的眼球，淌进我的心房……高雅而不失朴素，美观而不落俗套，洋溢着温馨和谐的氛围，我喜欢这样的家居，喜欢朝阳映红窗台的片刻。

生活中，我一直欣赏着那份淡雅。昨日逛街，同时向我走来两位少女，一位脸上不化妆，通身不做任何装饰和打扮，衣服朴素得体，自然大方；

一位穿着名牌服饰，浓妆艳抹，穿金戴银，妖里妖气。我久久地凝视着前者，赞叹她的秀雅天成，赞叹她的出尘如仙，淡雅美在这位少女身上演绎得淋漓尽致。生活中，我还喜欢粗茶淡饭，清淡的茶、清淡的饮食让我的生活如此淡雅。

生活如是，人生中我亦推崇着那份淡雅。一次，路过凌云县，看到半山腰里住着一户人家，一老者坐在自家门前抽着烟筒，神态自若。我特意停车跟这老者唠扯，我问："老人家，你单门独户住在大山里，不觉得生活没意义吗？"老者乐呵呵地说："我每天呼吸新鲜空气，看山里花开花落，聆听山里鸟儿悦耳的鸣叫声，感到很快乐。"老者自得其乐的生活态度，豁达乐观的人生信道令我折服，老者推崇的是知足常乐，其实就是淡雅人生。纵观古今，历代文人骚客把淡雅美延伸到了心志。陶渊明就是其中的代表，他那"暧暧远人村，依依墟里烟"的宁静，"晨兴理荒秽，戴月荷锄归"的平和，"采菊东篱下，悠然见南山"的空灵，"此中有真意，欲辨已忘言"的静默，都不约而同地表达诗人淡看人生、追求淡定典雅的心境，《桃花源记》正是他的人生写照。

其实，浓是一种生活方式，淡也是一种生活方式，只是因人而异，不能简单地以是非来判断。但我以为，淡是一种至美的人生境界，淡雅是一种超自然的洒脱气质。人活在世上不必过分追求功利、地位、名义，把这些身外之物看得太重，太在乎，结果却是让失败、失落、沮丧占据了人生，吞噬了成功。有人说：人生岂能无目的？然而，目的本是引领着你前行，如果让目的变成沙袋捆缚在身上，每前进一步，巨大的劳累和压力就会赶来羁绊你的手脚，如是，你将如何去寻找成功？一个人对生活看得淡雅，活得才美丽，得与失，成与败就能淡然处之。

泰戈尔说过一句话："天空不留下鸟的痕迹，但鸟已飞过。"淡雅的人在失意中长成乐观，在沮丧中接纳调适，在落魄中找到平和，在平淡中饱含自信，淡雅的人才会博大，才会有宽广的胸襟，才会有"君子之交淡如水"的品性。

人生在世，求淡之美，得雅之趣，不亦乐乎。

夏花·秋叶

睹物感怀，我敬慕夏花的灿烂，仰慕秋叶的静美。

春回大地，百花盛开，一年四季里论春季最为缤纷，但我却无意留恋这满园春色。春季尽管绚丽多姿，让人目不暇接，我以为这是季节赋予的习作。一律、定势、篇章，丝毫没有异样的情调、别样的精彩。

夏花却不然。它在炎热的夏天中开放，尽管开放的时日不长，但灿烂、绚丽、奔放。看到夏花我喜欢驻足观赏，尽情领略。跟观赏春花的感觉不一样，总觉得夏花蕴藏着一种无以言状的哲理。

南国的夏天似乎是拉近了地球跟太阳的距离。烈日下，随意往地面80厘米左右的空间一瞅，就会看见地面闪出的亮线，躬身低头，便闻到了土地的烧焦味。晌午过后，大叶榕的叶子便随着日光的强烈辐射开始萎缩、下垂、沉沦，梨树、荔枝树、香蕉树……都失去了往日的生机，自然界的生物都被这猛烈的太阳锁定在死亡的边缘。

夏花与众不同，她在烈日下或含苞待放，或繁花似锦，炎热中依然独领风骚，酷暑中依旧灿若星辰。

每到夏季，在我的生活区观赏牵牛花，饱览睡莲是我一成不变的定律。

夏季里，生活区荒地里的几丛牵牛藤忽然群激高涨，沿着大小树枝攀缘，缠绕树干，争相向上，牵牛花含苞待放。记不清时日，当我走过那片荒地时，映入眼帘的是盛开的牵牛花。绽放着的牵牛花有粉红、蓝紫、白色、复色等，异彩纷呈。更令人惊奇的是同一根藤蔓却长出不同颜色的花。

睡莲也是夏季里一道亮丽的风景。在我家楼下有个池塘，每到夏季，盛开的睡莲让池塘顿然生辉。

池塘里的睡莲无论是粉红色、紫色还是白色，它们的花蕊都是淡黄色。有了这淡黄色，睡莲显得热烈而奔放。蜜蜂和舞蝶是冲着睡莲来的，蜜蜂喜欢花蕊，蝴蝶却玉立于花边，风飞蝶舞使池塘变成了盛会，给宁静的池塘平添了几分雅趣。

牵牛花、睡莲在夏季里傲然开放，它们不惧酷热，热烈、奔放、积极，它们因夏季而光彩，夏季亦因它们而灿烂。

自然界的植物就是这样，它们在四季的轮回中重复着生活，演绎着苍生，只有植物不断地繁衍生息，新陈代谢，推陈出新，大自然才能山清水秀，生机盎然，地球上的生态才能趋于平衡。由此看来，秋叶的飘落是归宿，也是一种自然现象了。

俗话说“一叶落而知天下秋”，每到深秋时节，我喜欢一个人走进一座山，走进荒无人烟的山野，去聆听秋山的跫音，去感悟枫叶的飘零。

阅过流丹时节的枫叶，逐渐失去了往日的风采，结束了在世间的瞬间美丽，枫叶被醋黄色铸满全身后功成身退，告别了母体，一片、两片、三片、四片……不受季节影响，不惊动旁人，独自悄悄地飘落，它们有的直降沃土，有的在空中作片刻盘旋后安然着地，那般自信，那般镇定，那般释然。原来它们领悟：谁言落叶无情物，化作春泥更护花。

领略夏花领悟秋叶，我不由想到了泰戈尔的《飞鸟集》里面那句“生如夏花般灿烂，死若秋叶般静美”，很是让我感动。

夏日的鲜花在盛开的瞬间便极力地展示自己的美丽。全部植物的生命在花开的瞬间达到了顶峰，完美而又盛大地绽放自己的希望。我们身边的很多人何尝不是如此，他们的生命是短暂的，却在这短暂的生命旅途中书写自己精彩的人生。

被称为党的创新理论宣传楷模的方永刚、为保护群众生命财产而牺牲的空军飞行员李剑英……他们的一生像夏花般灿烂，死去时义无反顾，像秋叶般静美，他们像闪烁的流星，划破苍穹而灿若火焰。

我想，真正明白“死若秋叶般静美”的人，才会意识到死亡是一种不可抗拒的规律，从而把自己的一生打理如夏花般耀眼。生活在这个时代是一种幸运、一种幸福、一种自豪，能活多久人类无法主宰，重要的是要有一份感恩的心，懂得心存感激。活着是造物的恩赐，那么，我们没有理由不把这个世界装扮得精彩亮丽。

“生如夏花般灿烂，死若秋叶般静美”是一种伟大的自信，它抛却了对名利、地位、金钱的崇尚，执着于对人本身的关注，在这样的心境下，名利、地位、金钱都已经变得很淡然，人也因此而变得实在，变得本质，变得高贵；也只有在这样的境界下，我们才会觉得生而为人是一种莫大的荣耀。

夏 雨

四季轮回，大自然在人类的匆匆步履中悄无声息地变化着，当青蛙的唱腔越来越大，春花的容颜凋零的时候，春落下了帷幕，夏横空而来。

夏降临世间的前奏是一场大雨。

每一年，相同的经历是这样重复着。我们生活的空间仿佛一个蒸笼，空气中散发的热量渗透着你肌肤上的每一个毛孔，毛孔淌出的汗水不知不觉湿透了衣服，而你却浑然不知，只觉得空气在凝固，气流在冻结，闷热、烦躁、忧郁一齐袭上心头，天空压得你透不过气来。遥远的天边，连绵的山那头，铅色的乌云在弥漫着扩散着，它映红了那边的天空那边的山，人们观那景是一种本能一种不自觉的行为。而此时，我们头顶上的乌云越聚越多越聚越多，黑压压的一片。这黑压压的乌云向地球压过来，似乎要压垮房屋、树木、电线杆，压垮这座小城。南归的燕子对于这种无常的自然景观早已司空见惯，它们在旷野里低飞着劳作着，赶紧捕捉跳跃的飞虫。

忽然，远处飘来一股凉风，紧接着，凉风变成了狂风，狂风肆虐着这座小城。顷刻间，大树、小树沙沙作响，东倒西歪，树叶脱落母体后四处飘零；街上，太阳伞被大风刮倒，行人的衣服被大风吹得粘贴了肉体，头发也被吹得凌乱不堪。此时，人们才深切感受到什么是“山雨欲来风满楼”。

黑暗伴随着狂风笼罩着这座小城，电闪雷鸣划破长空，打破了这个世界的宁静，紧接着，珠子大的雨点跌落在地面、房屋、草坪和池塘里的水面，击撞在水泥板上的雨点滴滴答答作响，如跑马踏地的响声；击打在水面上的雨点掀起朵朵浪花。这般雨景，正如唐代著名诗人白居易的诗句：“嘈嘈切切错杂弹，大珠小珠落玉盘。”雨珠不停地撞击我家的玻璃窗，用脸贴近玻璃窗，酥麻的感觉，仿佛美人的玉手在触摸着我的脸。雨点由稀疏变成稠密，变成一条条小水柱，越来越密集的水柱向这座小城倾泻、覆盖。隔着窗户观赏夏雨，近处是一张宽大的珠帘，被雨水笼盖着的小树，几只小鸟紧紧依偎，不停地甩掉身上的雨水；远处空蒙蒙的一片，让人分不清哪是山哪是水。雨渐小，我看到雨中的一对行人，一个少女撑着一把伞扶着一个老人，她们相互扶持相互支撑，共同阅历这场风雨，她们不知道，她们是这场夏雨中最美的风景。

经过一番酣畅淋漓的宣泄，夏雨戛然而止，太阳露出了笑脸，大雨过后，天空一碧如洗，太阳透过天边的彩云播洒万道霞光，使地球愈发多姿。小城接受大雨洗礼，大街小巷的污水流进了管道，顿时，树木、草坪、房屋、街道等一尘不染，如浴后换装的新娘，愈发娇柔妩媚。诚然，脏乱邋遢的小城需要这样一场大雨的洗刷。雨后的空气也格外的清新，这时，你如果有兴趣就登上一处高台，呼吸雨后的新鲜空气，这些饱含负离子的氧气会净化你的五脏六腑，使你神清气爽、心旷神怡。

夏雨是说来就来说停就停的，正如一场无须在意的发泄。我想，用舞台上的霹雳舞来形容夏雨更为贴切些。舞台闪烁的五彩灯光是那空中的闪电，舞者疯狂的舞姿是那倾泻的雨水，摄人心魄的音乐是那刺耳的雷鸣。相对于春雨的细腻、秋雨的缠绵，夏雨豪放粗犷、洒脱不羁，无论人们对它钟爱抑或厌烦，欣赏抑或鄙视，它都毫不顾忌地向苍天呐喊，向大地倾诉，向山水述说，来时如此疯狂，去时不带走一缕阳光。

静观夏雨，任由簌簌的雨水冲洗内心的燥热、冲动和迷惘，洗却尘世的浮躁和心灵的疲惫，人回归平和和舒坦。睹物感怀，感觉人生跟夏雨颇有几分相似，年轻时节豪情满怀，激情四射，如夏雨一般义无反顾地宣泄一番。然而，雨停雾散之后便是天空的晴朗，便是人生彻悟，心灵回归理智和现实，人生多了几分淡定和从容。

聆听夏雨的叙述，感受夏雨的濡沫，滴滴答答的雨，点点滴滴的启示，蕴含深刻的禅理，颇为耐人寻味，它不停地敲打和洗涤我的心灵，教会了我微笑着面对人生的突变。反复玩味，又觉得感悟因人不一而同，所感所悟所得都与个人的阅历有关，阅历深则感悟深，刻意的追求和冥思苦想往往不如经历和感受一场夏雨而萌发的灵感来得快。

香杧湖的月色

我惬意于香杧湖的月色。

香杧湖位于田阳县城中心，因湖边的香杧树而得名。湖的四面是整齐划一的民居楼房，香杧湖被浓重的建筑色调侵染着包裹着，少了湖泊所特有的旷野和寂寥。白天，行人的喧闹声，买卖人的叫嚷声，音响的尖叫声以及车辆的喇叭声在湖的周边尽情地演绎着，不绝于耳。只有夜深人静的时候，香杧湖才得以拂去城市的喧嚣，回归自然的宁静和温馨。

白天抑或没有月亮的夜晚，香杧湖丝毫没有吸引人的地方。而在有月亮朗照的秋夜，香杧湖却别有一番韵味。

这是一个夜深人静的秋夜，圆圆的月亮高高地挂在天上，香杧湖笼罩在浓浓的月色中。带着倦意的人们已相继进入梦乡，而没有一丝睡意的我独自一人路过香杧湖时，便被香杧湖撩人的月色吸引住了，我惬意于这里的月色。秋夜，带着一丝寒意的秋风不停地吹拂着，凉飕飕，冰滋滋，这爽人的秋风添加了我游湖的兴味。湖边树下，一条曲折的小路沿着湖边延伸着，工匠们独具慧眼、匠心独运，他们在路上铺满了大小不一的裸石，建成集休闲和健身于一体的环湖路。赤脚独步其中，裸石不停地触动和按摩脚底的穴位，酥酥的麻麻的痒痒的，既让人心动，又使人感到舒适。我蹲下身子，用手抚摸着让我感动和惬意的裸石，不料，莫名的快感和兴奋顿然淌遍全身。

路边，草尖上的露珠在月光的反照下亮晶晶，煞是可爱。用手触之，一股带着寒意的冰凉流遍全身，秋的意念顷刻间铸满心头，记忆中顿然显现了诗人曹丕的诗句："秋风萧瑟天气凉，草木摇落露为霜。"苍茫的夜空中，月亮圆浑浑地悬挂在繁星密布的苍穹，注视着这轮皎月，雪白中覆盖着成片的阴影，这阴影是山脉抑或是大海我无意去探究，我只看见月光静静地泻到香杧湖和湖边的树。择一低平处平视湖面，湖面上笼罩着一层雪白的光，黑色的湖面变成银白的世界，这些白色随着湖水的波动而起伏，随着湖水的闪烁而跳跃。贸然露出水面的小草和草尖那细小的碎花全被淹没在苍茫的月光中。湖边的水倒映着周围民居那微弱暗淡的灯光，灯光五光十色，若明若暗，倒映着的灯光时而被月光吞噬，时而在湖面闪现，让人扑朔迷离。

视角不同景观也不一样，登一高处俯视湖面，则看见月亮潜入了水底，天上一个月亮，水中一个月亮，水中的月亮随着水面的起伏而波动，我走，月亮跟着走，我停，月亮也跟着停。此刻，水中的小草和它那细碎的花也依稀可见，不同的是月色下的花看不清是什么颜色，它们跟我一样，沐浴着光鲜的月色。不远处，一细长腿的水生从草泽扬身而起，飞速行走在水面上，瞬间又回归原地；水中的鱼我没有看到，想必有月亮的陪伴，它们一定度过一个不眠之夜。此时，我只想把这姣好的景致揽入我的怀中，嵌入我的记忆。

在这宁静的夜晚，秋虫那吱吱嘤嘤的声音添加了湖的寂静，孤零零的我独自享用这秋的月秋的湖。而我并不感到孤单，因为湖边的众树便是我的伴侣。

秋后，湖边的香杧果已瓜熟蒂落，消失殆尽，余下的只有那依然盎然的香杧树，秋夜里，杧果树接受月的洗礼。树下，遍布着斑驳稀疏的月影，这些月影有的在地上有的在湖中，有的圆浑有的有棱有角，但细碎是它的全貌。徜徉于杧果树下，衣服花花点点，黑白相间，头上不停地触碰到低矮的树叶，树叶亦如久未谋面的母亲，不停地抚摸着我的脸，这般亲切这般温馨。而月亮则更亮了，延伸到湖面上的树枝有一窝蜘蛛网，蜘蛛网沾上浓重的露珠，月光下的露珠晶莹剔透，蜘蛛网变成了粉妆玉砌的天国，蜘蛛则不见其踪影，它该不会是厌恶这月下的朗天吧。

湖边桃花树花开的时节，我常常去亲昵那惹人喜爱的桃花。秋天，桃树只留下稀疏的绿中泛黄的叶子和那即将光秃的枝丫，不由让人生发一丝悲凉，但在秋月明朗的夜晚，桃花树却别有一番风情。青青的桃叶眷恋着母体，在月光的朗照下显得异常姣好；泛黄的桃叶在秋风的鼓动下翻飞舞动后飘落到草丛、地上和湖里，飘落到草丛和地上的桃叶被露水浸染着、透亮着；飘落到水中的叶子载着月光载着桃树的期盼在水里缓缓漂游，此刻，我真想乘坐一叶扁舟跟随水中的桃叶同喜同悲，而那只是一厢情愿罢了，和桃树一起享受月的温馨本身就是一种幸福。

无柳不成湖，柳树素来为香杺湖增色，今晚，月光下的柳树娇柔、妩媚、温情。那垂湖的柳条恰似少女披肩的秀发，铜钱般大小的柳叶顺着柳条垂涎湖水，秋风一吹，柳条舞弄着婀娜的身姿，纷纷跳起集体舞。摆动的柳条把齐整的月光撕成破碎，留下一片片残缺的月影；触碰湖水的柳条搅乱水中的圆月，柳条激起的浪花带着月色一朵接着一朵送到我的眼前，让我怡然自得。此情此景，我不由想起了唐代诗人戎昱的诗句：“秋宵月色胜春宵，万里天涯静寂寥。”

小区里的鸟

我生活的小区有水有树，环境优美。一个长方形的大水塘，占地面积约20多亩，水塘的水吐故纳新，清澈透明。水塘的水孕育了小区的树，小区的树种类繁多，榕树、桃树、梨树、杧果树、琵琶树……这些树由于常年得到小区人的护理，渐渐枝繁叶茂，绿树成荫，俨然是个小森林。树多招鸟，这几年，各种鸟聚拢到小区来，小区成了鸟的乐园。

在小区里，每一棵树就是一个鸟笼。燕子、荆棘鸟、小麻雀、白腰文鸟、黑枕黄鹂……纷纷聚集在这里，使小区不但满目绿意，而且鸟语声喧，人、树、鸟共居的环境和场景熏陶人的心境，使小区人和言善信、友好相处。

生活在小区里，我养成了观鸟、听鸟的习惯。

在阳台赏树赏景赏鸟是一大乐趣，也是我生活中的一部分。每天，天刚放亮的时候，鸟就开始活跃起来。我家阳台上的那窝燕子刚生出两只长着稀疏羽毛的小燕子，小燕子不停地张开嘴巴伸长脖子，等候燕子妈妈的归来，等候着送到嘴里的食物。燕子妈妈穿梭于电线杆、屋脊、街道，寻找水泥路上被城里人丢弃的食物，若是偶尔发现从水泥缝隙里爬出的蚯蚓，便成了小燕子的美味大餐；而燕子妈妈更多的是飞在不远处的那片稻田，它们忽高忽低忽快忽慢地飞翔着，不停地捕抓稻虫，养育着小燕子，它们很少在树上歇息，勤劳是燕子妈妈的代名词。燕子妈妈捕食归来喂食小燕子是我家阳台最热闹的时刻，叽叽喳喳的声音不绝于耳，我静静地观看着倾听着，分享它们的快乐。

跟燕子不一样，荆棘鸟是这片树林的主人，它们小巧玲珑，羽毛灰白绿相间，动作灵巧敏捷。它们无拘无束地生活在这小区的这片树林里，树枝是它们的舞台，树叶是它们的观众，它们像杂技演员在树上上蹿下跳，翻飞起舞，从这棵树飞到那棵树，然后在树枝上用尖细的嘴不停地搜寻和啄食树虫，它们时而辛勤劳作时而追逐嬉戏，追求劳动中的快乐。它们有时一大群在一棵树上出现，有时集体销声匿迹，但无论飞到哪里，这片树林始终是它们的归宿。

小麻雀身子比荆棘鸟稍大，一身灰色的羽毛，短小尖的嘴，跳跃式的飞行。麻雀不像荆棘鸟那么恋树，小区的露天草地、水泥球场、屋檐、阳台等是它们经常光顾的地方。小区里的几位老人时常拿谷米到操场上晒太阳，人转身一走，麻雀便悄然而至，它们一边偷食谷米一边机警地环顾四周，见到人来抑或听到响声便四处逃散。小麻雀中也有胆子大的，经常光临我家阳台的麻雀见到人来丝毫没有飞走的意思，我常丢些剩饭谷米给它们，渐渐的它们视我为朋友。

白腰文鸟体型跟小麻雀相似，但其上体是灰褐色，腰身是白色，尾上羽毛是暗褐色，跟小麻雀比它多了几分淡雅。在小区里，白腰文鸟时常跟小麻雀到操场里抢食，若不仔细辨认，你会把二者混淆起来。我喜欢看白腰文鸟蓬松胸腹部羽毛然后得意鸣叫的样子。

小区里的那几棵梨树是专门为黑枕黄鹂生长的。黄昏的时候，我常常在梨树下徜徉，观赏树上黑枕黄鹂的舞姿，可喜的是它一般不会让我失望，一只、两只、三只……黄昏的时候，众多的黑枕黄鹂飞到梨树上，雌鸟在树上展示一番舞姿后振翅而飞，雄鸟紧追其后，一会儿，它们又双双飞回梨树，在梨树上尽情嬉戏。若有异鸟冒犯它们的领地，它们会群起而攻之。

若说观鸟是我的爱好，那么，听鸟便是我的一个习惯。

清晨，睁开惺忪的双眼，鸟的鸣叫声便会送入我的耳际，飘入我的心房，听惯了鸟叫，我会从声音中辨认鸟种和鸟的动作。“啾啾唧唧”是燕子，“叽叽吱吱”是荆棘鸟，“唧唧唧”是小麻雀，“啾啾啾”是白腰文鸟，“呖呖叽叽”那是黑枕黄鹂的声音……发出“噌”的声音是小麻雀飞过的瞬间，发出“扑棱”的声音是鸟在抖动翅膀……我邻居用笼子养了两只画眉鸟，这两只画眉鸟天天鸣叫，可让人怎么听都觉得不自然，不觉想到了欧阳修的诗句“始知锁向金笼听，不及林间自在啼”。诚然，树林里的鸟叫声才是最自然和生动的。黄昏，我最喜欢聆听黑枕黄鹂的鸣叫声，它那委婉清丽的轻哨声是清澈如流水般的笛音，这笛音悦耳动听。

每天的清晨和黄昏，小区树林里的各种鸟叫声汇集在一起，像一曲动听的交响乐，在这场交响乐里，每一种鸟都是一种乐器，黄鹂是长笛，燕子是小提琴，荆棘鸟是钢琴，白腰文鸟是扬琴，小麻雀是击鼓。它们的演奏仿佛是天籁之音，无须竖耳倾听，不用细心阅读，这声音自然会愉悦你的心情，陶冶你的情操，消除你的惆怅、忧烦和郁闷。

生活在小区，人、树、鸟和谐相处，其乐融融。

竹之韵

竹，翩翩君子，它与松、梅合称“岁寒三友”，与梅、菊、兰并称“四君子”，向来为文人雅士所津津乐道，更是名人骚客励志修行的参照物。

竹，生不择地，安贫乐道。大石山里，遍布裸露的石头，土地是散居在石缝里的泥土，满目沙石，土质贫瘠，从生的杂草苍白、干瘪、枯瘦，萎靡不振。然而，在石缝中生长的竹却给人类带来惊喜：一簇簇竹密密匝匝，葱葱郁郁，一根根竹粗壮健硕，高耸入云。竹的茂盛源自那众多的根。根，竹之本，竹生命的源泉。石山中的竹根爬石入地，伸入石缝，贪婪地吮吸着泥土的养分；地有多厚，根就有多深，只要有一撮土，便有根的身影，竹根辛勤耕耘，以柔弱之躯养育着竹。有了这些根，竹才得以根植荒地，生机盎然。

竹，青山秀水，美化自然。竹的叶子修长纤细，玲珑婀娜，微风吹来，竹叶跟随摇摆的主干跳起霹雳舞，能够荡涤心肠；竹干骨质清奇，坚韧挺拔，傲然独立，能够激荡壮志；竹的绿凝翠聚黛，如碧玉似翡翠，郁郁葱葱，山中有竹林，山便有美丽的景色。山被绿竹包裹着拥抱着，绿化美化，山不再会石漠化，看到的只有碧绿的竹，秀色可餐，山竹给人带来的是愉悦。遥望山竹，微微鞠躬的竹集体向你点头致敬，那场景热烈而隆重，给你带来的是欢愉；置身竹林，一根根粗大健硕的竹一一跟你磨蹭，你像检阅士兵的首长，感觉快意；热天，坐在竹簇下的石头上，竹风荡涤你的身心，给你带来的是惬意。

竹，编织竹器，点缀生活。竹，全身是宝，在农贸市场或超市，随处可见用竹编织的竹器，生产工具的竹箩、竹筐、竹箕、竹篮……生活用品的牙签、竹窗帘、竹凉席、竹地毯、茶具……可谓琳琅满目，目不暇接。无论是生产工具还是生活用品，竹器是一个个精美绝伦的工艺品，竹器让生活多姿多彩，同时增加经济收入，让竹农得到实惠。随着人们生活水平的提高，追求品位成为时尚，而竹工艺品作为环保产品就越来越受消费者的青睐。竹器造型玲珑别致，精细巧妙，书房设一扇竹窗，配一张竹帘，客厅添置一两把竹椅，挂着一两个竹雕，摆上一两个竹艺，使居室闲适自然、雅趣横生。郑板桥描写竹屋“江上人家翠竹光，竹屏竹几竹方床。生之气味原谱竹，竹屋还需胜画梁”，诗人满眼的竹器满目的风情，其爱竹之心跃然纸上。随着高科技的发展，竹子保健美容已悄然跃入人们的视野。

竹，上桌入菜，美味佳肴。竹笋富含蛋白质、胡萝卜素等多种维生素及铁、磷、镁等无机盐和有益健康的18种氨基酸，营养价值丰富，具有化热、消痰、爽胃的功效，自古便是餐桌上的佳肴。“无竹令人俗，无肉使人瘦。若要不俗也不瘦，餐餐笋煮肉”，不知是哪位诗人的顺口之作，道出了作者对笋的钟爱。《诗经·大雅》中“其簌维何？维笋及蒲”，记述了拜神所用菜素为竹笋和新蒲，可见，竹笋在古人心目中的位置。以笋为菜可做干烧春笋、炒双鲜、鲫鱼春笋汤、春笋冬菇汤等，无论炒还是煮，其味皆鲜嫩清香，干脆爽口，令人百吃不厌。

竹，可书可画可娱，闲情怡性。提到竹，就很自然地想到了“竹简”，在发明纸之前，它是传承人类文化的使者。古人写字用的材料，除了甲骨以外就是竹片，他们把竹片削成一条条狭长而又平整的小片片，然后在上面写字，“竹简”由此而来，“竹简”用绳子串起就成了“册”。我们悠久的历史得以源远流长，“册”功不可没。竹，翩翩君子，无论是竹叶、竹枝还是竹竿，都是画家笔下的尤物。郑板桥钟爱画竹可谓妇孺皆知，画家以竹励志、以竹修行，留下许多典故。北宋画墨竹名家文与可，在指点苏轼画竹时说“画竹必先得成竹在胸”，此语深受苏轼认同和赞许，词语“胸有成竹”便由此而来。竹还可做乐器，人们熟识的笛、笙、箫由竹制成，其发出的音美妙、婉转、悠扬，堪称天籁之音。

竹，寄寓言志，蕴意深长。竹，其本固，其心虚，其性直，其坚韧，素来为古今雅士所青睐，历代诗人喜欢以竹言志，壮怀激情。苏东坡的《墨君堂记》“得志，遂茂而不骄；不得志，瘁瘠而不辱。群居不倚，独立不惧”，寓意宠辱不惊，不卑不亢；郑板桥的诗“咬定青山不放松，立根原在破岩中。千磨万击还坚劲，任尔东南西北风”，寓意坚韧挺拔，无所畏惧；郑燮的诗“新竹高于旧竹枝，全凭老干为扶持”，寓意新老交替，无私奉献；而我最欣赏的还是徐庭筠的这两句诗“未出土时便有节，及凌云处尚虚心”，赞誉竹的高风亮节，道出了竹的品性和风格，堪称上佳之句。

竹带给人们的不仅是装点修饰，更是一种风骨、一种启迪、一种精神。

责　任

我是个实在人，喜欢真实的东西，看电视只喜欢看《动物世界》，原因是《动物世界》画面是制片人无法为其修饰和包装的真实画面，原汁原味。置身于本源的自然环境中，让我寻回天然的本真。

一个偶然的时间，还是电视播放的《动物世界》节目，一棵枯萎的古老树杈上站立着一只大鸟。它黑黄白三色相间，黄色上冠黄色上嘴黄色脖子，黑色腹部黑色翅膀和黑白相间的尾巴；长尖弯曲的大嘴巴，圆睁怒视的眼睛犀利而淡定，雄壮威武，气度不凡。从解说中知道那是双角犀鸟，从此，我脑海中多出了一个鸟类的名称。

双角犀鸟是大型鸟类，分布于中国、印度等国，主要栖息于海拔1500米以下的低山和山脚平原常绿阔叶林，尤其喜欢靠近湍急溪流的林中沟谷地带。双角犀鸟的巢选择在森林中的菩提树等高大乔木上的天然树洞，这种树洞又大又宽，离地面也很高。

电视画面中，雄双角犀鸟正在树洞边给洞中的雌鸟和雏鸟喂食，动作熟练而迅捷，这一举动一下吸引了我。解说员介绍说，从孵化到抚养雏鸟的整个过程，雌鸟和雄鸟分工明确，各司其职。雌鸟负责在洞巢孵化和护理雏鸟；而雄鸟则担负起寻找食物供养雌鸟和雏鸟的职责。为了使雌鸟和它们的孩子吃到美味佳肴，过上优雅而富足的生活，雄鸟历尽艰辛，辛勤劳作，日复一日地飞到莽莽森林里觅食。觅食过程中，它将自己胃中的一层壁膜脱落下来，吐出体外，形成一个薄囊，然后用这个薄囊临时贮存觅到的浆果、坚果等食物带回巢中喂养雌鸟和雏鸟。飞到洞口，如果雌鸟没有伸出嘴来迎候，雄鸟便用嘴轻轻地敲打树干，通知雌鸟取食。繁殖期结束，雄鸟因为过于劳累而筋疲力尽，瘦骨嶙峋，而雌鸟和雏鸟却一个个长得胖乎乎的。

这个故事讲述的还是双角犀鸟。在一棵古老的菩提树上，一双双角犀鸟生活了两年。不久雌双角犀鸟生了5枚蛋，雄双角犀鸟运来泥土和树枝造出一面土墙，只留一个小小的洞口来喂食雌鸟和小鸟。小鸟出生了，在雄鸟的辛苦喂食下小鸟长大了，准备飞翔了，可一条大蟒蛇却吃掉了雌鸟和小鸟。雄鸟回来后，不见了雌鸟和小鸟，忠贞的雄鸟想自杀，可它想如果它死了谁来报仇呢？于是它找到了蟒蛇和它搏斗，可打斗中却被捕鸟网网住，被人带回家。它三天三夜不吃不喝，人不忍心就放了它。雄鸟继续找那条蟒蛇，几天后终于找到了这个凶神，又开始了一场大战。打了五天五夜，终于杀死了蟒蛇。它的左脚也被扭断了，“戈哈木、戈哈木”的叫声响彻森林，其中的艰难困苦只有它自己知道。

词典里，“责任”一词的解释是：分内应做的事。宋代司马光《谏西征疏》写道：“所愧者圣恩深厚，责任至重。”清代李渔《玉搔头•止兵》这么写：“曾与老爷当面说过，内患不除，是老爷的责任。”责任首先要明白身上的担子，懂得身上的担子才会有担当和义务。说实话，第一次见到双角犀鸟，我只是把目光停留在双角犀鸟华丽的外表上。殊不知，“成家”的雄双角犀鸟明白了身上的担子，承担起了养育妻儿的责任，耐得住寂寞，不抛弃不放弃，它的担当精神可嘉；它勇于保卫家庭和爱情，忠贞不渝，演绎了“海枯石烂两鸳鸯，只合双飞便双死”的凄美爱情故事，令人敬佩。随着对雄双角犀鸟的深入了解，它的高大形象在我心中豁然放大，以至于让我心存敬畏。雄双角犀鸟淋漓尽致地诠释了责任与担当，更是忠贞爱情的华丽化身。

鸟类如是，人呢？我们身边不乏雄双角犀鸟式的好丈夫。吴德青，一名普通的货车驾驶员，婚后主动承担起家务，洗衣、做饭、买菜、打扫卫生，给孩子辅导功课，件件做得都很精彩。2008年，父亲因高血压，留下半身不遂后遗症，生活不能自理，需要有人照顾，吴德青和妻子悉心照料，使父亲身体康复。他还尽职尽责照顾岳父母，他是妻子的好丈夫、孩子的好爸爸、老人的好后生。河南郑州的王万宗照顾瘫痪妻子43年。43年前，一场大病让妻子卧床不起，王万宗二话不说，默默地担负起照顾患病妻子的重任。如今王万宗已79岁高龄，腰几乎要弯到90度，但他说，只要有一口气，就不会不管自己的妻子。

然而，现实中因夫妻双方缺乏担当和责任感而导致家庭支离破碎的事例不胜枚举。有个名人说：“承担义务是幸福而长久的婚姻关系的基础。”我以为，双角犀鸟已经为人类树立了榜样，我们更应责无旁贷，婚姻中的夫妻双方都应相互包容和信任，有责任心，敢于担当。唯有如此，家庭才会幸福美满，社会才能和谐。

人物随笔

爱你到天涯海角

记得和妻子谈恋爱的时候，我对她说“今生我爱你到天涯海角”。今年4月，赴海南培训学习，有幸来到天涯海角，心中的情愫被彻底地荡涤了一番。

游览天涯海角有两种方式：一种是坐车游览，另一种是徒步游览。我选择了后者。走进大门，我被这里的迷人景色所包裹所挤压，让人几近窒息，大海造化了这里的天然美景，阳光、蓝天、白云、碧海、海鸥、橡皮舟、椰子树……竞相跃入眼帘，让人目不暇接。海鸥忽而展开翅翼在空中翱翔忽而收起翅膀一头插入大海，向游客演绎了飞技。“欧！欧！欧！欧！”那清脆的叫声在空中回绝，遗憾的是这天籁之音不时被掀起的海浪声所淹没。橡皮舟在大海中疾驰，跃起的水花纷纷扬扬，飞溅的水珠在阳光地反照下雪亮雪亮，不时刺激我的眼球。岸上散居的椰子树宛如婆娑的少女，那身段有直立有倾斜有弯曲，一物一幅景，一树一幅画，与沙滩那洁白的海沙相映成趣，婀娜而不加修饰，天然而不做作，恬静优雅，让人萌生无限的遐思。众多的树和椰子树一样盎盎然然，生机勃发，朋友让我用两个词来形容这里的风景，我想想，套用王勃的名句来形容较为妥帖：“落霞与孤鹜齐飞，秋水共长天一色。”

这里的景色固然美艳，然而，“山盟海誓”“永结同心”“情定天涯海角，让爱白头到老”等一尊尊充满爱意的石刻文化让初次踏上天涯海角的我萦怀着绵绵的情愫。导游介绍，天涯海角是人们抒发情感表达爱意的圣地，历代文人骚客在这里留下诸多脍炙人口的诗句，唐代诗人王勃“海内存知己，天涯若比邻”的倾诉，白居易“同是天涯沦落人，相逢何必曾相识”的感叹，唐代宰相张九龄“海上生明月，天涯共此时”的思念，以及《天涯歌女》“天涯呀海角觅呀觅知音，小妹妹唱歌郎奏琴，郎呀咱们俩是一条心……”充满绵绵情意的歌曲，都让天涯海角凝聚着友情、亲情、爱情等多种情感体验，自古及今，荡涤了多少人的心。

我怀揣爱的情感去见证人们爱的举动，追寻天涯海角爱的真谛。一对初恋情人手牵着手，挽起裤脚在海边漫步，他们面朝大海，他们在沙滩上画上大大的“心”字，然后两人坐在中间默默祈祷今生今世永结同心。一对中年夫妻，丈夫一边搂着妻子，一边帮妻子提袋子，一路说说笑笑，妻子不时把吃的东西放到丈夫嘴里，丈夫用深情的目光注视着妻子，相亲相爱溢于言表。在刻有“山盟海誓”的石头前，我帮他们拍了照片，他们说相片是他们爱的见证。一对老年夫妇，岁月的沧桑烙印在他们脸上，今年是他们的金婚年，他们来到天涯海角旅游作为他们的婚庆意义非同一般。他们手挽着手，相互搀扶，白头偕老，人们向这对老年夫妇投去羡慕的眼光。在刻有“天涯”的巨石前，人们争着为他们拍照，企盼自己的婚姻如这对老人相爱到天涯。导游介绍，这里举办过国际婚庆节，国内外新人、金婚、银婚夫妻聚集一起共同演绎了一场天涯浪漫情，“爱你到天涯海角”的爱情誓语已成为人们寻觅真爱的理由。

看着一幅幅爱的场景，我心中涌起一股爱的暖流，爱情往事历历在目。今年是我和妻子结婚的银婚年，一路走来诸多感慨。从相爱初始的浪漫憧憬到结婚后柴米油盐酱醋茶的现实，从十指相扣到手牵着手，从满头黑发到银丝斑斑，从梦幻浪漫到平淡无奇，爱情路上有阴雨坎坷，但更多的是灿烂坦途。几十年风雨同舟，几十年酸甜苦辣，或许这就是生活，这就是爱情，从恋爱的梦幻到平淡的现实，从爱情到亲情，体味爱情是那般凄美，感悟于血浓于水的缕缕情怀。置身天涯海角，感慨的同时我把“天涯海角”这4个字移植到我心里。

我给妻子发了一则短信：“在这里，我想起我们的诺言，今生我爱你到天涯海角。”收到短信的妻子一时语塞。

表弟进城记

表弟靠贩鸡从乡里人变成城里人。说起表弟贩鸡的故事，还真是一波三折。

表弟初中毕业后在家务农，整天面朝黄土背朝天，辛苦不说，长年劳累却没钱花。由于兄弟姐妹多家境不好，表弟来回穿着那套皱巴巴的补丁棉布衣服。20世纪80年代，党的富民政策让农村有志之士都在寻找脱贫致富之路，村里人有的开代销店，有的贩牛贩狗，有的杀猪……看着同辈挣钱穿的确良衣服，从小头脑灵巧的表弟自然不服，也盘算着做一桩生意。

经过对市场的考察，表弟发现山区市场鸡价格比县城便宜，于是，他瞄准这个行情干起了贩鸡活。

想好的事自然付诸行动，但由于缺乏经验，第一次贩鸡的表弟栽了跟斗。那一次，表弟步行到离家十几里的老圩收购活鸡，经过一番讨价还价后以每斤4元8角（时价）的价格收购了92斤鸡。在挑着回家的路上，他一边走一边盘算着，拿到县城出售每斤5元7角（时价），1斤挣9角，92斤挣82元8角，除掉成本、运费、伙食费等，一趟下来能净赚70元。想着，表弟心里乐滋滋的。

第二天一大早，表弟赶忙起来喂鸡，一看鸡笼他愣住了，昨天买回的鸡不明不白死了5只，打开死鸡的鸡胰一看，鸡胰里全是泥土和沙石，第一次贩鸡不但挣不到钱，还亏了本，表弟心里是越想越来气。

表弟并不气馁，他吸取失败教训，认真总结经验，自创了一套一看二摸三压价的购鸡方法，第二次贩鸡他赚了63元。从此以后一发不可收拾，生意越做越好。有了钱，表弟穿上了的确良衣服，随后娶了我表弟媳结婚成家，贩鸡活也是越做越来劲，表弟做生意讲究信誉，县城几个大酒家的餐鸡都争着让表弟供应，生意做到了城里，交通工具也随之更新，从原来的凤凰牌自行车到本田摩托车。

90年代后期，不满足于现状的表弟把生意做到了市里，他跟市里几个大酒家签订了协议，承包供应酒家的餐鸡。随着餐鸡日供应量增多，工作量大，表弟在城里租房子和场地成立了餐鸡加工厂，从家乡招募工人。加工厂开工揭牌那天，邀请市里一些有头有脸的人物到场剪彩，使表弟脸上贴金，也为日后的生意打下基础。加工厂用鸡是从外地养殖场购进，工人加工成现鸡后送各大酒家，现在，加工厂有了规模，有了工作用车，表弟的生意做得红红火火。

事业有成的表弟在市里繁华地段买下一套150多平方米的套房，套房装修豪华，房产证书到手后，表弟便把在农村老家干一辈子农活的父母接到了城里，让父母过上富足安逸的生活，尽到了养老送终的孝道。前两年，富裕的表弟又添加了私家轿车。表弟时常跟我戏言，说我表弟媳嫁给他有福气。我说，表弟媳有旺夫相你才兴旺发达。表弟一笑置之。

看着从乡下人到城里人的表弟一家，憧憬着他们的美好生活，同样是山里人的我有一种说不出的欣慰和自豪。

父亲的土布衣

父亲的土布衣雕刻着我的记忆。

父亲的土布衣是母亲亲手种植棉花，然后经过绞棉花、弹棉花、纺线、织布、染布、裁剪、制衣等一系列传统的手工制作工序，制成了一袭黑色唐装土布衣。土布衣左右上下4个外露口袋，扣子用土布做成，纯粹的旧时农村壮族男士服饰。土布衣厚实、坚韧、耐磨，它凝聚了母亲的心血和智慧。

父亲第一次穿上土布衣是什么样子我不得而知，当我留意父亲穿着这件衣服的时候，历经岁月打磨的这件土布衣已经褪色了，纯黑色变成了灰黑色。在我的印象中，干农活的父亲都穿着那件土布衣，上山砍柴，耙田、犁地、收割……土布衣始终伴随着父亲。

砍柴火，父亲穿着那件土布衣。村庄附近的山，大山、小山、石山、土山，高山、矮山、陡坡、缓坡都留下父亲的身影，刻印着父亲的足迹，而父亲每次上山砍柴火都穿着母亲做的这件黑色土布衣。砍柴刀在磨刀石上磨得锋利，穿着砍柴刀套的绳子往腰间一绑，这样的穿着打扮对父亲而言是司空见惯，半天时间下来，一捆捆的柴火堆积在老家门前。每次父亲砍回柴火，我们都围着柴火看看摸摸闻闻，看看柴木的大小，闻闻柴火散发出的芬芳，而更多的是闻到父亲那留存在柴火上的汗味。每次砍回柴火，父亲都要把那件土布衣挂晒在老屋门前的栏杆上，衣服残留着从山上带回来的几片树叶、几根草芥和几粒山土，渗透着汗水的土布衣被阳光晒干后留下白色汗斑，这汗斑是父亲辛劳的见证。有一次，上山砍柴火的父亲很晚才回来，土布衣被划破了一道口子，我们问及，父亲说由于雨天湿滑，在陡峭的石头上摔了一跤，是土布衣钩住了悬崖边的树枝才使父亲化险为夷，土布衣俨然成为父亲的护身符。

耙田，父亲穿着那件褪了色的土布衣。每次耙田，父亲都选择最宽的耙器，耙器能套上两头水牛，耙出的田面宽、平整且省活，但讲究技术，费工夫。父亲是耙田的行家里手，不管田形是正方形、长方形、圆形、菱形抑或不规则的形状，父亲都是田到耙来，游刃有余。人、牛、耙器在水田里慢条斯理地运作，耙器耙过的地方，清冽的水变成了浑浊，大土块变成了小土块。耙过三四遍，小土块变成了细末，细末变成了泥浆。最后，为让田面平整，父亲高声吆喝，扬鞭赶牛，加快耙田速度。此时，父亲的吆喝声、牛的踩踏声、水的飞溅声在田间响起，在故乡那空旷的山间回荡。穿着土布衣的父亲被高高扬起的带着泥巴的水花包裹着、粘贴着，耙完一块田下来，父亲的脸上沾满了泥巴，父亲的土布衣变成了黄黑相间的“迷彩服”，那密密麻麻的黄色斑点是泥巴。

犁地，父亲还是穿着那件土布衣，不同的是土布衣已经缝补了。腰间佩戴砍柴刀，身上扛着木制犁器，手里牵着牛，这是父亲留在乡间的田园画。收获后的田地父亲都要翻犁暴晒，犁地的父亲不停地吆喝着牛，牛卖力地拉，土哗啦哗啦地翻开。父亲的脸上荡着汗水，汗水浸漫着父亲额头上的那几道皱纹，浸漫着那件土布衣。每次犁地回来，土布衣的口袋里不是装着红薯就是玉米包子，运气好的话还会抓回几只田鸡，那件土布衣流淌着浓浓的父爱。

父亲劳作归来，依旧把那件土布衣挂在老屋门前的栏杆上，那根栏杆是父亲的衣架，土布衣是父亲的化身。在农耕年代，父亲担当起养家糊口的重任，土布衣再现了父亲的辛劳和纯朴。后来，父亲的土布衣因为破旧而无法再穿，让人感到意外的是父亲并没有把它丢弃，而是洗干净置之箱子存放着，这意味深长的一幕感动了母亲、感动了家人。

后来，我们时常看到父亲拿出那件破旧的土布衣，捏在手里，看在心上。看着这一幕，父亲和他的土布衣演绎的那段历史从我的眼球移植到我的心灵，融入我的灵魂。我想到了朱自清的一句名言，并成为我的座右铭：“从此我不再仰脸看青天，不再低头看白水，只谨慎着我双双的脚步，我要一步一步踏在泥土上，打上深深的脚印。”

李哥的金银花缘

我和李哥同村同辈，李哥大我1岁。李哥外表斯斯文文，脸庞白净，头发乌黑浓密，这一白一黑抹去了沧桑岁月雕刻在李哥脸上的印记，虽是50出头的人，模样却像是30多岁的年轻人。知情人都说，是金银花让李哥永远那么年轻。

李哥和金银花有缘源自小时候。山里的人靠山吃饭，在那个饥寒的年代，读小学的李哥就会上山找山货外卖挣钱，金银花便是其一。每年五六月是金银花开的时节，黄白的花瓣，黄白的花蕊，黄白的花心掩映在金银花树藤蔓藤叶的葱茏中，金银花没有兰花的高贵，也没有牡丹花的绚烂，它华而不浮，不高调不张扬。花开时节，淡淡的花香飘浮在林中树间，飘进李哥敏感的嗅觉。常年上山找山货造就了李哥的火眼金睛，他知道哪几座山有金银花树，知道金银花树隐藏在杂树野草间的什么地方。放学后李哥拿着母亲缝制的布袋上山采撷金银花，一袋、两袋、三袋……采回家的金银花晒在自家晒台，晒干后的金银花褪去了原先的光鲜，干瘪而保留黄色的光泽。李哥提着装满干金银花的袋子，沿着羊肠小道翻过几座大山，走过两个山谷，拿到外村的收购店销售。记得当时的价格是每公斤0.22元，3公斤也就卖得0.66元，钱不多，拿在手上却是沉甸甸的。李哥把挣到的钱用来买糖果买日常用品，笑容驻留在他稚嫩的脸上。

小学毕业后，李哥读了一个学期初中就辍学在家务农，干农活的李哥很快长成四肢发达的小伙子。长大后的李哥依然把金银花当作挣钱的门路，每年五六月，李哥都独自一人上山采撷金银花，采回家的金银花晒满了李哥家的晒台和院落，换钱的金银花在晒台和院落晒满又消失，消失又晒满，李哥也在重复的活计中收获效益。

除了经济收入，李哥还收获爱情。山区的山一座连着一座，山区的村庄一个连着一个，附近有个外村和我们村隔着一座山。这个外村有个叫秀银的姑娘对金银花情有独钟，也把金银花作为挣钱的渠道。每年五六月，秀银姑娘都要到和我们村相邻的山上采撷金银花，久而久之，和同在一座山上采撷金银花的李哥相遇，谁知，两个年轻人一见钟情，从相遇到相识，从相识到相知，从相知到相爱，最终结为连理，终成眷属。

李哥和秀银的婚期特地挑选在金银花开的6月。结婚那天，婚房摆放着鲜艳的金银花，婚宴洋溢着喜庆和吉祥。两位新人拜过父母，拜过亲人，拜过中堂，在馥郁的金银花香中迎来温馨的爱情时光。

是金银花成就了李哥和秀银的婚姻，婚后他们没有忘记金银花，每年五六月，夫妻俩都会上山采撷金银花，晒干的金银花换钱让家里多了一项收入。但随着经济社会的转型，农民外出打工潮席卷着中国农村，跟千千万万进城务工农民一样，李哥夫妻到广东打工，小孩留给年迈的父母照管，夫妻和小孩老人天各一方的生活维持了很多年。外出的这些年，李哥夫妻在广东私人工厂打工，由于没有技术，活儿脏累不说，没有挣到什么钱。外出的这些年，金银花也跟李哥一家绝缘了。

2007年，李哥夫妻决定回老家发展。一个偶然的机会，李哥看到报纸刊登一则收购金银花的广告，广告让李哥眼睛一亮，广告也勾起李哥对往事的回忆，广告更给李哥带来了商机。经过市场调研和咨询，他认为种植金银花会带来好的经济效益，于是李哥产生种植金银花的念头。他把想法告诉妻子秀银，夫妻俩一拍即合。

说干就干，李哥夫妻承包了村后山120多亩山地，改良金银花品种，根据气候和山土特点引进种植四季金银花新品种，当年引种当年开花有收获，第一年每亩约有10公斤干花产量，第二年干花产量约达30公斤，第三年约有70公斤以上的干花收入。2008年以来，金银花收购价格逐年攀升，由原来每公斤20元增长到每公斤100多元。李哥由第一年1万多元的收入发展到现在年均几十万元的收入，种植金银花使李哥发家致富。有了钱的李哥新起了一栋四层新楼，装饰一新，家具一应俱全，日子过得红红火火。

李哥因金银花实现了爱情事业双丰收。

心灵的牧场

牧场通常是指牧放牲畜的地方，也有人把牧场想象成风吹草低见牛羊的茫茫草原。牧场是牲畜吃和玩的地方，是牲畜最快乐的家园。同样，人亦有心灵洒脱的家园，那便是心灵的牧场。

我认识一位姓罗的养蜂朋友，70岁的他满头乌发，精神矍铄，眼神锐利，乍看像50岁的人。他号称自己是“采花大盗”，山中的“游牧者”。每年4月，他在本地采收荔枝蜜；5月荔枝花尽后，他带蜜蜂进入桉树林采收桉树蜜；6—9月，他又迁徙南部山区，追寻玉米花、稻花及各种野花；而到9月下旬，大山上的野花开放，他又返回采收野花蜜，直到12月底。年复一年，他就这样带着蜜蜂四处追寻花朵，前不久，他创办了一个微型养蜂企业，名曰“绿色甜蜜养蜂公司”，他也因蜂蜜创造了财富。

我问他：“你整天跟蜜蜂在一起不感到寂寞吗？”他说：“遍地烂漫的山花是我灵魂的牧场，酿造蜂蜜是我的事业，我在这里收获快乐，还创办了自己的公司，能寂寞吗？”养蜂朋友私下跟我聊天时说得最多的一句话是花开的山野是他放飞梦想的地方，养蜂是他灵魂的归宿。

我也认识一个画友，画室是他灵魂的牧场，斗室之间，一画桌一画椅一画板一画墙，妙曼的灵感跃然画纸。画画是他的全部，是他的生命，画画让他如痴如醉。诚然，画画也让他成名，他的作品常常以6位数的价格出售。他说：“画室是我灵魂的归宿，是自我升华的地方。”

在高速飞快的生活节奏中，每个人都有自己心灵的牧场，喜欢发明的人实验室是他心灵的牧场；喜欢画画的人画室是他心灵的牧场；喜欢种花的人花园是他心灵的牧场；喜欢打篮球的人球场是他心灵的牧场……牧场里，人找到个体的归宿；牧场里，人自由自在随心所欲无拘无束；牧场里，人放飞梦想创造奇迹。

文字是我心灵的牧场，是我心灵深处跃动不止的小鹿。这只放生书籍牧场的小鹿整日游弋于三月草长的文字，或长荧屏网页，或长竹简木牍，或长青铜石拓……慢慢啃嚼茫然岁月，细细品味不朽杰作，对话一代代的圣贤先哲。一篇篇一册册一卷卷，扑面的是一派春色。这个牧场，把饥肠辘辘的小鹿调养成精神富足的时代生灵。曾几何时，一方陋室、一支笔、一沓稿纸、一张桌子、一把椅子是我心灵的归宿、精神的家园。我在这里有个期许有个梦想，那就是我拙劣的文字有朝一日变成报刊上散发墨香的铅字。为此，书房是我梦幻的天堂，纸张是我畅想的蓝图，手中笔是我描绘的武器。书写的是我的手，绘就的是我的心境。记得我写的第一篇文章是《凉岩洞写真》，一石一幅画一洞一故事的凉岩洞，大自然的鬼斧神工造就凉岩洞岩石的千奇百怪，我的灵魂一度游弋于凉岩洞的美丽而不能自拔。我把写好的文章投到《右江日报》副刊，过不久便得以发表，我欣闻铅字散发的幽香，耕耘的喜悦溢于言表。

不知什么时候，书房替代了陋室，键盘替代了笔，电脑的word文档替代了纸张。而每当打开电脑，十指摁住键盘，写作灵感顿然涌动。盘古天地、百家诸事、华夏文明、大千世界都是我灵感涉猎的对象；兴城的番茄，香杧湖的月色，穿橙色服饰的清洁工，小野一郎的寿司……无不成为我笔下的尤物。

我爱好文学，文学是我生命的一部分。当我心灵遭受创伤的时候，我在书房煮字疗伤，文学自然成为疗治伤口的良药。在我颓废的时候，文学就像我手中的拐杖，支撑着我走过人生的艰难岁月。故乡的炊烟，小时候母亲的牵手，那坡百南河的漂流，台湾阿里山的千年古木，田州的老街……身心所到之处，灵魂如同一匹悠闲的马儿，溜达在绿油油的牧场上，走自己喜欢的路，吃自己喜欢的草，那是一种心灵自由的舒畅，是一种激活血液里所有沉默声音的喜悦和自豪。文学——我心灵的牧场，在这里，我充当孕育作品的“孕妇”，当文字变成报刊上的铅字，我便如同产妇产子后的兴奋和喜悦。

心灵的牧场是调养生命的最好场所，它会使人充实和升华。我珍惜这片属于自己心灵的牧场。

母亲的菜园

母亲的一生离不开她的菜园。

乡下老屋门前有一个菜园，在我很小的时候，母亲就经营着这个菜园。菜园有60多平方米，菜园的篱笆是母亲上山砍来柴木、竹条、树枝，并亲手编筑而成，篱笆遭虫蛀腐烂，母亲又找来柴木、竹条和树枝重新修补，这样的工序周而复始年复一年。建新房的时候，有人建议推倒菜园的篱笆，用火砖砌成围墙，遭到母亲的反对，在母亲眼里，篱笆是她眼中的一道风景。

每年开春，母亲开始翻松泥土整理菜园，一双旧解放鞋、一身缝补旧唐装、一副旧手套是母亲的装束；锄头、铁锹、钉耙和菜刀是母亲劳作的工具。菜园枯黄的藤蔓和枝条被母亲砍成小段，这些碎枝堆放在一起用火焚烧，变成了农家肥。接下来，母亲翻地除草做垄，嚓嚓嚓的锄土声在菜园里回荡，一块块泥土呼啦啦地翻开，瓦片小石被母亲拾起扔到一边。随后碎土平整勾缝，把整块的土地慢慢剪辑成一张层次分明的图纸。

地块晾晒一两天后母亲开始撒下各种各样的菜籽，南瓜、黄瓜、豆角、青椒，奇形怪状的种子纷纷卧倒在土坑里，母亲的老茧掠过复苏的土层，那些带着母亲体温的种子沾满了泥土的芳香，土坑眯合眼睑的刹那，母亲的嘴角挂着一轮微笑的弯月。月亮下的菜园子，一片安谧，静静地听，除了一些虫瘿的呢喃，还有种子的发言，还有母亲的喘息声……

不久，菜园里的菜苗雨后春笋般冒出地面，这时，母亲像呵护婴儿般护理着菜苗。她用一根细竹挑着嫩叶上的土粒，菜苗逐渐长高，母亲给菜苗锄草施肥，施肥用的是鸡粪、鸭粪、牛粪等农家肥，即便是化肥农药盛行的年代，母亲也还用农家肥，她说用农家肥菜嫩味香；黄瓜豆角地块，母亲找来竹竿搭架，三角形的搭架是母亲在土地上编织的艺术品，黄瓜豆角的藤蔓很听母亲的话，顺着搭架密密麻麻地攀爬着延伸着，很快，藤蔓带着绿叶占据了整个搭架。经过母亲的精心培育，菜园满眼绿意满目喜。胖嘟嘟的黄瓜，绒绣青衣，仿佛唐诗中走来一位位丰腴华贵的侍女；狭长的青涩豆角，宋词一般抒情地低吟着；秀眉一样的青椒，闲暇着迷醉的眼睛，似红楼中的晴雯，外灵内烈。母亲喜欢逛园子，虽然自家的园子比不了菜市的丰饶，但看见自己的汗水有了结晶，母亲便喜出望外了。

乡下，谁家都有一个园子，宽敞的乡村，没有阻隔，有时候，毗邻的菜园子会在一夜之间盘结在一起，那些彼此熟识的茎蔓，越过田埂，跨过栅栏，走进隔壁人家。这样的一种交往，随性的溜达，是乡村独特的风景线。收获的时候，有左邻右舍从菜园经过，母亲总是忙不迭地摘下几个黄瓜一把南瓜苗送给他们，在母亲看来，让别人分享自己的劳动果实也是一种快乐。

从我懂事的时候起，我们家餐桌上的蔬菜都来自母亲的菜园。一年四季，源源不断，每个季节有那个季节的蔬菜，每天吃的蔬菜都不重复。长大后，我们兄妹都外出工作，工作后我们想把母亲接到城里，以尽孝心，而母亲却不愿离开老家，离开她的菜园。前几年，母亲患了白内障需要手术治疗，住院期间，母亲念叨最多的是她的菜园。如今，70多岁的母亲还重复着她的劳动，料理着她的菜园。

每次回老家，我们都到菜园里转一圈，看着满目的蔬菜，闻着扑鼻的菜香，除了领悟陶渊明“狗吠深巷中，鸡鸣桑树颠”的乡野情趣，更多的是领略菜园子——这个乡下亮丽的风景。透过菜园，我们看到了用臂弯挎菜篮子满脸喜悦的母亲。

母亲读报

母亲钟爱报纸，读报是母亲一生的嗜好。

母亲是位小学教师，在学校，母亲的办公桌上整整齐齐地摆放着报纸。课余时间，办公室里或是树荫底下，到处都能见到母亲阅读报纸的身影，母亲阅读报纸那认真劲儿可是没的说，从第一版开始，大标题小标题到正文一字不落，还不时用笔在报纸上圈圈画画，阅读中看到的错别字母亲会画个圈并给予纠正。母亲阅读完报纸，总会把国内外大事和新闻跟自己的学生讲，宣传社会主义的优越性，从小培养学生关心国家大事，热爱祖国的行为习惯。母亲还把在报纸上看到的问题跟同事议论探讨，提出自己的观点。母亲看完报纸总会叠好整齐地放在一起，有人拿报纸去看，母亲总不忘叮嘱归还。

在家里，母亲的床头桌椅堆满各种各样的书刊和报纸，在没有电视机的年代，报纸和书是母亲的精神食粮。夜晚的农村很寂静，寂静的瓦屋里，一盏煤油灯燃亮着微弱的灯光。灯光下，忙完家务事后的母亲全神贯注地阅读报纸，她时而用红笔在文字下画着波浪线，时而将精彩的片段读给我们听，看着母亲眉飞色舞的神情，我们高兴，母亲更是乐在其中。一张报纸，母亲翻着看看着翻，似乎不想漏掉其中的一个内容一个细节，母亲在报纸上打发时光，在报纸上获得新闻和信息，她时常把在报纸上知道的新闻告诉村里人，她是村里传递外界信息的使者。

而今，母亲已经退休了很多年，她一直保留着读报的习惯并且乐此不疲。以前，未给她订报纸的时候，时常让我给她带回大袋小袋的报纸。

前几年，母亲眼睛因为白内障而做手术，眼睛恢复后便急着找报纸看。灯光下，母亲戴着一副老花眼镜仔细地翻阅着报纸，详细了解国内外大事，还不时对报纸评头论足。看着母亲阅报的神情，我们流露出欣慰的笑容。母亲已经70多岁，但长期养成的读报习惯使母亲思路清晰、反应迅捷、知识面丰富，她常常在我们面前说出很多极富哲理的话题，尤其对小孩的教育，她有自己独到的见解和方法。她把在报上学到的养生知识运用到实际，把身体调理得硬朗健康；她把在报上学到的种养知识学以致用，一年四季，菜园里的青菜绿意葱葱，菜源不断；村里，谁家的家禽有疫病发生都来咨询母亲，对于前来咨询的乡亲，母亲总是有求必应，耐心解答，按照母亲授予的办法医治，家禽很快转危为安。

前段时间，我回老家看望母亲，跟我聊的时候母亲问：“你又在报上发表文章了是吗？”说着脸上露出欣慰的笑容。我说：“您是怎么知道的？”她说：“我是在《右江日报》看到的。”我听后高兴地点点头。她接着说：“我不愁吃不愁穿，你给我订《右江日报》就是对我的最大孝敬。”

听了母亲的话，我陷入了沉思，我想，赡养老人不仅是物质上的供给，更应是精神食粮的给予。在物质生活日益富足的今天，老人空闲时间多了倍感空虚，盼望子孙们尽“精神赡养”之责，退休的老年人最怕的就是无所事事和孤独寂寞。为了丰富老年人的退休生活，许多人都在挖空心思想办法，其实办法很简单，也许一份报纸就能搞定。读报使老人心胸开阔眼界宽。报纸及刊物的丰富内容，为老人提供了不间断的精神营养，使老人渐渐摆脱了萎靡不振的情绪，脸上常现出轻松的笑容；读报使老人正确对待生病与衰老。通过经常阅读报刊上关于老年人坚持体育锻炼强身健体的故事，以及许多疑难病症的治疗及新医新药等方面知识的介绍，使老人增强了战胜疾患过好晚年的信心；读报让老人开动脑筋，预防老年痴呆。报纸还是一部包罗万象的“百科全书”，老人读报，感受日新月异的时代发展，参与社会活动，推动社会进步。

读报让母亲生活充实，身心健康，精神愉悦。

牵 手

牵手，人间最美的姿态。

随着时间的流逝，小时候的很多往事都已忘却，唯有母亲的牵手让我记忆犹新。

还在咿呀学语、步履蹒跚的时候，母亲就开始牵着我的手，过马路，上楼梯，越坑洼，过人群……无不留下母亲牵手的印记。母亲每次出远门前，她都会拉着我的手贴到她的脸上，目光从头到脚又从脚到头地打量着我，最后，在我的脸上留下个响吻后出门，冷天，母亲使劲搓摩双手，待发热后捂着我的脸。在母亲的心里我是她的全部，是她的未来。出远门归来，母亲要做的第一件事是牵着我的手。记得走路时碰到丛生杂草或大石头，母亲都会走在前面踩平杂草搬走石头，然后牵着我的手走过。母亲的手是我幼小生命的支点，离开母亲的手就像树木失根、房屋无梁，幼小的生命便失去了依托。牵着母亲的手，仿佛扁舟驶进了港湾，踏实、安全、温馨、幸福。

母亲苍老的双手满生皱纹和硬茧，小时候没事，常拿母亲的手玩耍，摁着手掌硬茧，对那些皱纹和硬茧满生好奇，母亲说："待以后我老了走不动的时候，你要牵着我的手。"我迷惑地点点头。

记不得什么时候，我会唱苏芮的那首《牵手》："因为爱着你的爱，因为梦着你的梦，所以悲伤着你的悲伤，幸福着你的幸福……"哼着其中的曲调，品味其中的歌词，领悟牵手所蕴含的人生哲理。

生活中，我们见过太多的牵手，母子牵手，父女牵手，夫妻牵手，恋人牵手，盲人牵手……随着阅历的增长，我对牵手的理解，不仅仅停留在字面上的简单释义，我想，牵手是关爱，是团结，是心灵上的相连与相通，是彼此间的抚慰和关照，更是高尚人格和优良品质的完美再现，是人间最美的姿态。

一个漆黑的夜晚，电视机里演绎着河南残疾人马丽、翟孝伟的舞蹈《牵手》，那场景深深地震撼了我。

舞蹈再现的是一位花季少女被一场突如其来的灾难夺去了右臂，面对这从天而降的灭顶之灾，少女无奈、绝望、挣扎、呐喊，甚至失去了活下去的念头和勇气。这时，一只“拐”伸到了她的面前，她抬头看到一双目光坚定的眼睛和失去了一条左腿的伟岸身躯。一只有力的手伸向少女，牵着少女，此刻，少女看到了信任、激励和关爱，当两只手触碰到一起的时候，少女心中所有的悲伤和委屈像决堤的洪水奔腾而出，两个残疾的身躯，两个同样的命运将他们紧紧连在一起。他们就这样牵手走向爱的港湾，走向生命的辉煌，正如主持人董卿所言：“他们用残缺的肢体演绎了完美的艺术，在有限的舞台上诠释了无限的精神追求。”

同样是在电视机前，我看到的是另一幕牵手的动人场景。

那是在一个施工工地里，一名工人被突然倒塌的土堆和石块掩埋了双腿，消防人员奋力营救，但由于地形复杂，作业空间狭小，遇难工人被石块紧紧卡住，一时无法将其从埋堆里拉出来，消防人员连续奋战九个小时仍不能将被埋工人救出。由于被挤压时间长，被埋工人脸色发青，直冒冷汗，面部表情异常痛苦，消防人员边营救边和被埋工人说话，鼓励他要坚持。时间一分一秒地过去，医生说，若不及时救出，双腿被挤压时间过长，血液无法循环流动，将有双腿残疾甚至失去生命的危险。

被埋工人痛苦的表情让所有在场的人揪心，看着他，人们束手无策，爱莫能助，流露出的只有怜悯、同情和无奈。突然，被埋工人伸出一只手牵着他一位同事的手，镜头特意把两只手放大，只见两只手紧紧地握着，两颗心紧紧地相连相通。此刻，人们看到的是一位自信、坚强、沉着的工人；看到的是一位永不言败的工人，这一幕深深感动了在场所有人。经过消防人员十个多小时的艰苦奋战，被埋工人最终被胜利救出，当消防队员抬出工人的瞬间，人们报以热烈的掌声，这掌声是对消防队员付出辛劳的致意，更多的是对被埋工人战胜死神的喝彩。

我知道是什么动力让被埋工人在地下支撑了10多个小时，那是对生还的追随和对生命的尊重；我更知道，让他战胜险境突破生命极限的是他和同事的牵手。牵手，让他迸发出强劲的动力，让死神畏惧、退缩，使生命获得重生。

生活是无情的，每个人在生命的旅途中会遭遇各种各样的挫折、坎坷和磨难。对于活着幸福着的生命来说，还有什么比失去健全的身躯更痛苦，还有什么比遭遇磨难更让人刻骨铭心。但是，牵手能战胜一切痛苦和磨难。我们还记得，牵手，我们能战胜百年不遇的冰冻灾害；牵手，我们能与四川地震灾区人民一起共克时艰。手与手牵着，心与心连着，风雨里彼此扶持，命运中相互支撑，这份相携突破手足血缘，穿越金钱、地位和权势，无比高洁和神圣。

社会和谐，生活美好，是因为我们生活中有牵手。牵手，让人间如此美丽。

温　暖

人在寒冷时渴望得到温暖。

偶读唐代诗人杜荀鹤的《春宫怨》，喜欢上其中的一句诗“风暖鸟声碎，日高花影重”。诗中的鸟之所以争相鸣叫，花之所以竞相开放是因为风和日丽，恍然中对诗中的“暖”字萌生好感，也很自然地联想到了温暖。

小时候，懂得“温暖”的意思并非从老师那里，而是从母亲的言传身教中得以理解。母亲不是对“温暖”一词进行字面上的通盘解释，而是用肌体语言给我们演示，以身作则让我们理解何为“温暖”。

小时候，由于缺衣短粮，我们几兄妹过冬是母亲的一块心病，尽管母亲辛勤劳作，省吃俭用地给我们添加过冬衣物，但我们还是不能全都穿上过冬的新棉衣。母亲苍老的脸上写满了凄楚、怜悯、无奈。冬天，母亲最常做的一件事是使劲搓她的双手直至发热，然后敷住我们冷得通红的小手，让我们在冰冷的世界里得到温暖，享受到了浓浓的母爱。母亲对我们说：“对比你们小的弟妹，也要像我一样予以他们温暖。”打那时候起，我们不但懂得了温暖，得到了温暖，更学会了把温暖给予别人。

母亲很平常的一句话让我们铭记在心，在日后的岁月里我躬身实践母亲的话，并由此感受到前所未有的荣耀。

不同的时间和地点，相同的是一个南方极为罕见的寒冷的冬天，冰霜把地里的红薯藤都冻死了。我和伙伴们到村后一座山上放牛。不久，一头牛犊因抵挡不住寒气的侵袭猝然倒下，口吐白沫，奄奄一息。眼看一头生龙活虎的小牛就要命丧寒天，我们猝不及防，措手不及。猛然间，母亲说过的话仿佛在我耳边萦绕，我们随即将小牛拉到避风处，找来干草芥和干柴在牛旁生火，随着火势的渐渐旺盛，小牛的体温逐渐回升，牛慢慢地恢复了元气。过了一会儿，牛翻身跃起，但再也不想离开那堆火，双眼夹带着泪花平静地看着我们，流露出对人的感恩。

随着年龄和阅历的不断增长，我对温暖也有了更深层次的彻悟。其实，温暖是源于个体圣洁的心灵，是爱心、亲近、认同，予以别人温暖，自己也更温暖，予以别人关怀，自己也会得到关怀，予以别人快乐，自己将更快乐，这是一种境界。

司各特说："大凡人生遇到不幸，再碰到别人对他的痛苦表示同情，无论是真是假，总是最容易引起他的好感。"

贵州村民晟某到广东打工，在返乡的途中遭遇劫匪抢劫，身上的财物被洗劫一空，晟某痛不欲生。在南宁汽车站，饥渴难耐、孤立无助、无精打采的他被细心的车站工作人员发现。工作人员详细了解了他的情况，晟某痛哭流涕地哭诉了他的遭遇，工作人员对他的遭遇深表同情，当即给他买来盒饭，纷纷向他伸出援助之手，帮他买了从南宁到贵州的车票。晟某顿然泪流满面，双手作揖向车站的工作人员连连致谢。工作人员用他们的善举抚慰了一颗受伤失落的心，让晟某感受到社会大家庭的温暖。

温暖源自心灵深处，源自爱心。自治区党委、政府发出不让一个学生因家庭贫困而失学的号召，各部门、企事业单位、人民团体、各界人士积极响应，纷纷向贫困学子捐资助学，一股由爱心汇成的暖流淌进了每个寒门学子的心房。当学子们手捧沉甸甸的善款，面对着人们那善意的目光，他们留下了感激的泪水，他们感受到了社会这个大家庭的暖意。

温暖是人创造出来的，要么是自己，要么是别人，但如果仅仅依赖一个人创造的温暖，当这种温暖遭受寒冷的打击，遭受严寒的痛苦，那么，作为创造温暖的人也会失去信心。

某君在郊外路过一个池塘，见池塘边有很多人在围观着什么，某君走近一看，原来池塘里有个落水少女正在水中挣扎，某君当即纵身跃入水中拯救溺水的少女，待某君疲惫地将少女拖上岸时，少女已经脸色苍白，命悬一线，而围观的人不但不伸出援助之手，协助他抢救少女，还在一旁冷嘲热讽，说三道四，某君感受到前所未有的心寒。事后，记者采访了某君，某君说少女得救了，可我更沉重了，最让我痛心的是人们的冷漠。是啊，冷漠是一把冰冷的寒刀刺向孤立无援的弱势群体；冷漠是一瓢冰冷的水，泼向为落难人献出温暖的有为之士。

温暖是每个人心灵的一种拥有。假如人人都舍得为别人奉献温暖奉献爱心，让每一个人的心中时时流淌一股暖意，每一个人都有善举，相信世界将更加美好。

我的书房

书房是我的精神家园。

我的书房不奢华，质地一般的瓷砖和落地窗帘，书房不大，靠椅书桌电脑连为一体，6扇门书柜紧靠墙面，前段时间新增一张小床和一个落地摇摆藤椅，布设简单却温馨雅致。书房坐西朝东，东向连着一个小阳台，阳台台架放置一盆夜来香，花开的时候书房弥漫着醉人的芳香。

刚开始，书房四壁徒白，苍白感让人总觉得不舒服。后来，妻为书房绣了一幅“梅花”刺绣画，画宽70厘米，长83厘米。装裱后的刺绣画精致逼真，惟妙惟肖，乳白底色里一株寒梅傲然绽放，梅茎粗壮黝黑苍劲，梅枝纵横交错，梅花白红相间纷纷扬扬，傲雪凌霜。画里题字“罗浮山下梅花村，玉雪为骨冰为魂”写出梅花的气质和情状，赞美梅花高洁的品质。一位书法朋友为书房赐一隶书字幅，题七绝一首：“多年不访竹林僧，茅径荒芜乱野藤，此日探奇来坐久，一龛香雨对青灯。”运笔一气呵成，妙笔生花幽雅奇丽颇有古韵。这朋友为省级书法协会会员，在书法上颇有建树，得之字幅乃三生有幸。此一书一画使书房蓬荜生辉，幽幽雅雅，古香古色，友人见之，竖起了大拇指。

我喜好琴棋书画，自小养成拉小提琴的习惯，虽谈不上行家，却是颇为熟悉。那把小提琴伴随我20多年，是我心中的爱物，我挂在书房最显眼的地方，为书房添增一道别致的景趣。百无聊赖时，我时常拉上《苗岭的早晨》《渔舟唱晚》抑或《梁祝》，悠扬的琴声在书房里回荡，思绪跟随琴声或是流放自然，或是憧憬梦幻爱情，愉悦的心境在心中流淌。

电脑是书房不可替代的物品。我的电脑跟随我将近10年。点击鼠标，古今中外时事新闻一览无余；击打键盘，白底黑字大千世界书写文章。电脑因书房而宾至如归，书房因电脑而精彩飞扬，电脑让我收获快乐人生。

书柜是书房的内容，6扇门书柜沿着墙壁一字排开，规整有序。书柜藏书千把册，内容广泛名目繁多，除自己专业书外，有历史、国学、科普、文学和生活类书籍，还有各种各样的杂志。这些书籍都是我不同时期购置，当然也体现我不同阶段的爱好和生活态度。藏书以文学书籍居多，名家小说、四大名著、名家散文集……文学书陶冶我的情操，激发我对文学的兴趣和爱好；文学书是我的良师益友，激励我在文学道路上乐此不疲，艰难前行。

泡书房是我的生活习惯。书桌上端放香茗一杯，袅袅升空的白雾与窗外照进来的阳光相互缠绕，营造一种肃静而灵动的情境。此时，我在书房里看看书写写作听听音乐，自娱自乐，我的生活离不开书房。没事往书房里钻，一待便是一天，俨然书房宅男。阅读书籍，一点点知识，从书房流入我的精神领域。漫步书海，触摸圣贤跃动的魂魄，感悟他们纯洁而高贵的灵魂，享受着他们赐予我的福乐。书房里我看到了黄金屋，看到了颜如玉，而我却未曾拥有，书房倒让我成了书痴，且赐了我诸多白发。尽管如此，我还是喜欢待在书香醇郁的书房里。一进书房，便文思泉涌，萌生创作的灵感和冲动，一篇篇文章在书房里写就；一进书房，便觉得个人素养百尺竿头更进一步，脱俗入雅；一进书房，便觉得坦荡飘逸，神清气爽。我的书房微妙中凸显高大，清寒中彰显富丽。

书房是我的精神调剂师，阿根廷作家路易斯·博尔赫斯将书房的地位提升得更高。他说："我常常默默地设想，天堂应该是图书馆的模样。"我爱我的书房，我愿用毕生的精力与书房长相厮守，不离不弃。如果书房是繁花红艳，我愿是绿叶扶苏；如果书房是荒芜土地，我愿当耕耘的农夫；如果书房是带土的璞玉，我愿是位雕塑家，把它雕刻成一尊熠熠生辉的师长形象！

我的祖母

祖母寿元98岁，是我们当地有名的寿星。按照家乡的习俗，活到这岁数的老人去世可免于哭丧，可祖母去世那天，我还是流下伤心的泪水，一时难以接受一生挚爱的祖母离我而去。

像千千万万的农村妇女一样，祖母一生务农，是当地普普通通的农民。她的一生没有惊天动地的伟业，也没有惊世骇俗的壮举。可祖母的坚强和勤劳，朴实和善良留给我的却是一笔财富，一笔取之不尽用之不竭的精神财富。

古时候的婚俗是娃娃亲，祖母以童养媳的身份来到我家，后来成为我祖父的媳妇。祖父命途多舛病魔缠身，38岁便愤然离世，那年祖母刚满33岁。33岁正当年，如果在当下，这般年纪的丧夫之女很快会择夫而嫁，而祖母选择的却是铁心守寡，从33岁到98岁守寡长达65年。祖母一个人抚养3个子女，独自承受着人间的悲苦。听祖母说，曾祖父带着祖父从外乡到本地一户黄姓家入赘，在当地买田地置家业，曾祖父和祖父相继去世后，祖母时常受到黄家人的歧视和刁难。面对坎坷命运，祖母选择了坚强，有人冷嘲热讽，她据理力争毫不妥协；有劫匪打劫，她拿起菜刀奋勇直追毫不畏惧，祖母的强势震慑了坏人，也赢得邻里的尊重。

曾祖父和祖父去世后，祖母用柔弱的身躯担当起家庭的重任。几十亩田地靠她一个人支撑，她犁田耕地种植收割忙得不亦乐乎，农忙时节请来帮工帮忙，春耕夏收从不耽误。由于劳累，祖母常犯发痧病，每次发痧，她请人刮痧再躺一会儿就继续干活。旧时要缴纳一年一度的征粮，当时交征粮要肩挑担粮步行到几十公里外的县城缴纳，每次交征粮，祖母要请来帮工。天还未亮她就早早起床，煮早饭请帮工吃饭并打点好路上的伙食，然后她和帮工一道肩挑担粮去交征粮。写到这里，我眼前仿佛映现祖母肩挑重担蹒跚在崎岖山路上的情景，祖母的身躯那么羸弱，而我眼中的祖母却是那么高大。

祖母为人热情开朗，性格刚直不阿，堪称女中丈夫，祖母强大的内心和刚毅的性格中隐藏的是善良和仁慈。她仗义疏财，助人为乐，村里有一位独身不嫁无亲无朋的孤寡老人，她是祖母扶助的对象。祖母自己种植棉花，经过轧花、弹花、纺线、打线、织布、修布等一系列工序制作土布衣服送给这位孤寡老人；逢年过节，祖母把老人接到家里一起过节；平时，祖母经常到老人家串门寒暄拉家常。祖母练就一手刮痧活，这位老人一发痧就叫祖母帮着刮痧，祖母也是随叫随到从不推辞，由于祖母对老人体贴周到关爱有加，老人跟人唠嗑时，一提到祖母常常一个劲地夸。老人去世的时候，丧事是祖母和村里好心人一手操办，祖母的慈善被村里人传为佳话。

祖母一介农妇，没上过学，斗大的字不认得一个，而祖母有自己的生活规律。小时候，记得每天祖母是第一个起床，起床后收拾家室，把屋里屋外打扫得干干净净，她从不乱扔垃圾，不随便吐痰，见到谁有不良行为便当面训斥。祖母讲究穿着打扮，平时把头发梳理得毫发不乱，衣服穿着整洁干净，无论春夏秋冬，穿一套衣服从不超过三天，除非生病走不动，否则她衣服从不让人帮着洗。祖母喜好素食，很少吃油腻的东西，南瓜苗玉米粥是祖母的最爱，她说这些东西容易消化。祖母没有文化，而祖母性格乐观开朗，胸怀豁达大度，自小养成良好的生活和处事习惯，正因为如此，晚年的祖母身板硬朗，精神矍铄，这或许是她长寿的原因吧。

屈指可数，祖母离开我们已有8年时间。8年来，祖母坚强乐观、朴实善良的优良品质和豁达大度的精神风貌始终萦绕在我的记忆中，激励我迈过人生的一道道坎。

无名草

我向来喜欢花草，我家阳台种植和盆栽了很多花卉，对这些花卉我呵护有加，加强护理，松土、施肥、杀虫、浇水、剪枝成为我空余时间的工作，感觉倒也闲情逸致。在我的精心护理下，种植的花卉长势良好，花树随季节花开花落，树容时而纯绿时而绿红或绿白相间，天长日久，我们习惯于植物的这种常态。一天清晨，我给花树浇水时，无意发现一棵花树下长着一棵小草，小草还赫然开出一朵朵细小的碎花。这碎花入眼入目，让我惊奇，让我欢喜，我独自报以傻傻的笑。

我用心观察着这一棵小草，观察着小草上那细小的鲜花，泛黄带绿而坚硬的茎，尖细深绿的叶片，那花呢，花蕊纯黄，花瓣黄中带白，乍一看它极其普通，仔细一瞧，感觉它娇小而惹人喜爱。我叫不出草的名字，只能称为无名草，花自然称为无名花了。由于生存条件使然，无名草屈居花树下，但它并非苟且偷生，它以为，它跟花树是平等的，没有富贵贫贱之分，它拥有自己的一片领地，拥有属于自己的一片天空，尽管这片天空很狭小，它尽情享受养分和阳光。它还开着一朵朵碎花，虽然这朵朵碎花并非惊世骇俗，却也为世人平添几分娇艳。

植物的生物链决定了阳台的花树时枯时荣，每年秋冬时节，花树枯竭凋谢，满目凋零。令人称奇的是无名草依然春意盎然，翠绿无比，无名花依然长开不败，花朵娇柔艳丽，小小的花儿深深的情，恰似一个天真烂漫的小孩在冰冷的寒天里迷人地微笑着，叫人欢喜，讨人怜爱。在百花盛开的时节，无名草并不起眼，甚至被人视为草芥一除了之，正如树花是灿烂的笑容，无名花是微微的笑脸，人们首先观赏和记住的是那张灿烂的笑脸，而无名花会被人视而不见，就是见了也是过眼烟云，很快便被人遗忘。然而，在万木萧条百花残败的时节，无名花却凌霜傲骨，一枝独秀，不由让人佩服它的坚强和无畏，我不禁对无名草刮目相看，肃然起敬。以后的日子里，在我遭遇沉沦、失落抑或惆怅时，我常常独自徜徉在无名草无名花前，持久地注视着它彻悟着它，从而释怀自我。

可爱的无名草，可爱的无名花。

相同的时间不相同的地点，请让我把视线移动到一个小女孩的身上。我工作的单位和县特殊学校在同一个大院，大院宽广而平实，一张绿油油的人工草皮平铺其中，让人感到天是那样蓝，草是那般青。一次，我在这块人工草地上邂逅一个穿着白色花格上衣，黄色花格裤子，一脸洁白而充满童真的小女孩，小女孩注视着我并向我点头致意，脸上露出甜甜的微笑，让人一看就知道她是个乐观的小女孩，我私下以为她是智障问题女孩，对之视而不见，置之不理；第二次，在相同的地方，我又遇见这女孩，她还是用上一次的表情向我点头致意，脸上还是那甜甜的微笑，我象征性地向她点点头，报之以勉强的笑；以后的每一次，小女孩遇到我，她都用同样的表情、相同的笑脸跟我打招呼。

后来一打听，才知道这小女孩今年8岁，是个聋哑女孩，她不但见我跟我问候，跟单位的其他同事亦如此，脸上总挂着那张甜甜的笑脸。知情后我一时语塞并陷入良久的自责中，时常为我先前的愚钝与无情感到愧疚。

今年全国助残日那天，县特殊学校举办了一年一度的学生才艺和书画展，一幅幅由残疾学生自主创作的书画隆重展出，参观的社会各界人士络绎不绝，我加入了参观的队伍。看着一幅幅书画让我感慨万千，这些书画笔调新颖，形式多样，内容丰富，凝聚了特殊学校师生的心血。其中，一幅《无名草》引人注目，画中，作者张开想象的翅膀，以独特的视角、巧妙的构思、略带稚嫩的笔触描绘出心中的情感：一个太阳刚刚升起的清晨，在一片万木萧条的荒野，一株无名草带着几片翠绿的叶子傲视山野，无名草盛开着一朵朵细碎的淡黄色的花，花儿朝着冉冉升起的太阳傲然绽放。老师介绍说，这幅画参加全区残疾学生书画竞赛荣获一等奖，说话间，一个家长带着一个残疾小女孩来到这幅画的面前，来到我的身边。老师说，这小女孩就是这幅画的作者，老师还称赞小女孩是个品学兼优的好学生。我的目光从画幅移到小女孩脸上的刹那，我惊讶了，这小女孩不就是那个平时见到我就打招呼，脸上总挂着甜甜微笑的小女孩吗？此刻，我难以用语言表达我的心情。只是频频向她伸出大拇指，看到我夸奖，小女孩那张稚嫩的脸笑得更加甜、更加迷人。

无名草，在众多花卉中算是弱势者，它不是大自然的宠儿，大自然赋予它的好像只是捉弄和苦难，人群中更没有追捧者，在人们的眼中它是柔弱、软弱的代名词。然而，无名草清瘦翠绿，挺拔抖擞，面对贫瘠与干渴，孤独与寂寞，无名草没有向命运低头，它选择了生存，选择了坚强，选择了乐观，选择了拼搏；它没有妄自菲薄，没有消沉懈怠，面对命运的不公它呐喊，它抗争，它奋进。在无名草的身上我寻不到痛苦自责无奈的影子，我看到的只有强大、无畏和伟大，它是真正的强者。

小女孩不正是无名草的化身吗？

巷道里的清曲

“磨刀子嘞！磨刀子嘞！”未见其人，先闻其声。每隔一段时间，我所在的巷子都会听到磨刀人的吆喝声，这声音是巷子里的清曲，没有伴奏，没有杂音，纯正的原生态，清脆，响亮。磨刀人的吆喝声打破了巷道的宁静，使原本宁静而平淡的巷道添加了几抹风景、几许情调。

磨刀人姓刘，巷子里的人管他叫刘师傅。刘师傅五十多岁，身体健壮，皮肤黝黑，从他额头上几条又宽又深的皱纹读懂了他饱含的风霜和沧桑。刘师傅脸上总是挂着笑容，对人很和善。

一张条凳、一个布袋、一个砂轮、两块磨刀石、一瓶矿泉水是刘师傅干活的工具。每次来到巷子，刘师傅都在那棵榕树下“安营扎寨”，放置条凳，安装砂轮，固定磨刀石，将矿泉水挂在条凳旁，条凳一端垫上一块厚实的帆布，刘师傅有条不紊地做好磨刀前的准备工作，动作利索、干练、麻利。听到吆喝声的大婶拿来一把用钝的菜刀。只见刘师傅布满裂纹，生满硬茧的双手握着菜刀的把柄，倾着身子，在砂轮上用力开启菜刀的刃面，嚓嚓嚓的响声在巷道里回荡，这声音尖厉、透彻、刺耳。沧桑的容颜，朴素的衣着，滴着水的磨刀定格在一幅动感的画面。伴随着响声，钢刀上卷起一抹抹铁屑，钝刀的刃面明晃晃地显露了出来。

刀刃开启好后，刘师傅在一块粗粝的磨刀石上磨刀，刘师傅说这是磨刀的第二道工序，叫粗磨，是制造锋刃的过程。他用眼睛瞄瞄刀刃，然后蘸着水在磨石上磨砺，霍霍霍的磨刀声在巷道里此起彼伏，与前一种声调不同，这种声音低沉、浑厚、雄壮。这声音吸引着巷道里的人，几位大婶大爷拿着生锈的菜刀来让刘师傅磨。

磨了一袋烟工夫，刘师傅变换着在另一块颗粒细腻的磨刀石上磨，刘师傅说这是细磨，细磨是去除粗磨过程产生的毛边，是磨刀的最后一道工序。刘师傅边用菜刀蘸着水边细心地磨着，或平或直或斜，摩擦声换成呜哧呜哧的响声，柔韧，轻细，和谐，仔细一听，好像男女朋友在窃窃私语，甜蜜，温情，柔美。一会儿，刘师傅眯着眼睛看看刃锋，用手在刀刃上轻轻刮了几下，见菜刀锋利了就递给了主人。主人看到锈迹斑斑的菜刀变成了刀光闪闪的锋利的刀，脸上笑得合不拢嘴，顺手递给刘师傅5元钱。

在这里，刘师傅重复着他的活儿，重复着他的工序。磨刀姿势不停地变化，磨刀的声音不停地变换，声音忽大忽小，声调忽高忽低，它是巷道里的清曲，富有节奏，听起来是那样的熨帖和舒心，刘师傅接来的是锈迹斑斑的刀，出手的是锃亮的锋刀，收获的是血汗钱。

有事没事的时候，我喜欢跟刘师傅搭讪、唠扯。刘师傅说，他老家远在河南一个边远的乡村，由于自然条件差，经济不发达，村里的青壮年都外出打工，他家里只有媳妇和年迈的母亲，儿子在外地读大学。他除了负担儿子的费用，还要负担家里的日常开销。说着，他脸上荡过一丝凝重。我问他生意如何。刘师傅说，每月平均下来也就1300—1500元，到了农历腊月生意好些，有时候一天能挣个百来元。除去回家夏收等空当，一年能挣个万把元。

转眼间到了晌午，看着一把把生锈的菜刀在自己的手中变成了寒光闪闪的锋利菜刀，刘师傅高兴，巷道里的人满意。他用挣来的3元钱在附近的煎饼摊买了两个葱花煎饼，用矿泉水冲着吃，他说这就是他的午餐。吃完东西，刘师傅收拾自己的家当，扛着条凳消失在巷道里。

“磨刀子嘞！磨刀子嘞！”这熟悉的声音随着刘师傅远去的背影由大而小，由高而低，渐行渐远。年复一年，周而复始，磨刀人带着他的清曲走街串巷，那情形就像一幅动态的油画，画里浓缩着磨刀人的人生轨迹。

枕着官塘忆瓦氏

在田阳县田州镇，有一口面积约20亩的大水塘，水塘四季盈水，碧波涟涟。水塘边，一棵古榕傲然挺立，郁郁葱葱，向世人明示它的古朴和沧桑，古榕和官塘相依为命，见证了官塘的历史渊源。

官塘的来历有一段鲜为人知的故事。400多年前，即嘉靖三十三年（1554年），瓦氏夫人率领壮族子弟兵（时称俍兵）6800余人，奔赴东南沿海抗击倭寇，六战全胜，歼敌4000余人，烧毁海盗船只30余艘，取得了辉煌的战果，“花瓦家，能杀倭”的民谣在江浙沿海广为传诵。同时受到朝廷的嘉奖，诏封瓦氏为“二品夫人”，赏银子3000两和其他贵重物品。然而，正当抗倭取得节节胜利，形势顺利发展的关键时刻，总领抗倭的总督大臣张经被奸相严嵩陷害入狱，致使抗倭军队失去了得力的统帅，瓦氏夫人含愤患病，告假还乡。

瓦氏夫人回归故里后，怀念那些阵亡的将士，把银两赐品发放给他们的家属，在田州兴建“招忠祠”以慰忠魂。余下的银两，将士们主张留给瓦氏夫人，理由是大家认为瓦氏抗击倭寇有功，同时年纪稍大，应该享福安度晚年。但是，瓦氏夫人却说，抗倭卫国人人有责，将士个个有功，功劳属于所有的将士，应该大家共同享受。这些年兵荒马乱，生灵涂炭，我怎能只考虑个人的晚年享福而不顾民众的疾苦？银两我不能一人独占。有人问道：“那银两留作何用？”瓦氏夫人说，我想修建一口水塘。瓦氏夫人这么一说，大家才明白，原来田州州府没有娱乐场所，为了与民同乐，她早就提议兴建一口水塘，作为节日划龙船比赛之用，只是苦于缺乏银两，无法动工。现在有了朝廷赏赐的银两，是兴建水塘的好机会。

瓦氏夫人说干就干，破土动工那天，她带领将士一同劳动，群众积极响应，一呼百应，踊跃投工投劳，工地一片热火朝天。通过数月奋战，挖成了一个面积20多亩的大水塘。水塘建成后，适逢下了几场大雨，塘里注满了水。这时正碰上农历五月初五，瓦氏夫人便把这天定为与民同乐之日。五月初五这天，在水塘举行盛大隆重的划龙船竞渡活动。这天，锣鼓喧天，鞭炮齐鸣，热闹非凡。瓦氏夫人和一名女差乘坐一只龙船，在碧水悠悠的官塘划来荡去，满面春风，其乐无穷。可惜瓦氏夫人这次的与民同乐竟成为最后一次，第二年，她因病医治无效，与世长辞。

时光流逝了400多年，物是人非，世间沧桑巨变，唯一不变的是官塘。瓦氏夫人去世后，后人为了纪念她，田州民众都自发聚集在官塘，举行龙舟比赛活动，这一活动一直延续到民国年间才逐渐冷落，而现在的官塘还完好无损地保留着，并成为县级文物单位。

枕着官塘，扶栏瞭望平静浩渺的水面，聆听微波拍打岸边的声音，历史的弦音仿佛在耳边萦绕，瓦氏夫人和她演绎的那段历史也仿佛在眼前映现，我拜读有关瓦氏夫人的记载和史料，追忆着这位巾帼英雄，在厚重的历史烟尘中解读了这位抗倭英雄的人生华章。

瓦氏夫人和她的事迹已成为历史，可她留给后人的却是一笔财富，成为后人所慢咀细嚼的精神食粮。首先，作为瓦氏之父的岑璋不因瓦氏为弱女子而视为女大当嫁，不加调教。相反，岑璋自小教瓦氏苦读诗书，习练武艺，掌握兵法，摒弃了世袭的重男轻女的传统思想。其次，瓦氏之夫岑猛死后，瓦氏替夫操持家业，抚养子孙，守寡不嫁，是忠贞爱情的经典范例。最后，身为女子的瓦氏在国难当头毅然请缨，率军讨寇，让众官军将佐刮目相看，改变了社会对女性的看法，为壮族妇女赢得了荣誉，提高了壮族妇女的社会地位和政治地位。同时，瓦氏夫人着眼天下，率部征战东南沿海，同汉族民众并肩作战，架起了汉族和少数民族友谊的桥梁，是最具开放意识的一代女杰。

官塘还是那个官塘，官塘里的水永远那么平静，这平静的水面恰似一面明镜，当我走过官塘旁边的时候，都会情不自禁地俯视着这面明镜，都会忆起瓦氏夫人，心生对这位民族女英雄无限的敬仰。

追寻那遥远的美丽

看到邓丽君在泰国清迈香殒入殓的照片，我内心很是悲凉。这颗璀璨的明星虽然陨落，可她那清丽的外表依然浮现在我眼前，甜美的歌喉依然荡涤在我心里。作为邓丽君的追随者，我有幸走进高雄市邓丽君纪念文物馆。我在千里追寻邓丽君这颗陨落星辰的人生轨迹，追寻邓丽君那甜美的人和甜美的歌。

邓丽君文物纪念馆坐落在高雄市普通写字楼，黝黑的瓦片泛黄的墙壁凸显房屋的陈旧，寂寥感油然而生。纪念馆大门粉刷的墙壁和那棵绿意盎然的榕树多少给游客带来一丝抚慰，想不到一代歌王的纪念馆竟是这般素净，心中不免掠过一丝悲凉。纪念馆内的灯光幽暗迷离，闪烁耀眼，大小房间展出邓丽君生前用过的物品、家具、首饰、衣物、书籍一应俱全，窗明几净的梳妆台像是主人洗漱完刚出远门；挂上罗帐的公主床则像是主人出远门不久就要回来一样，温馨安详恬淡。电视屏幕上播放邓丽君演唱纪录片，美丽的倩影盈满纪念馆。

壁画展出不同年代的邓丽君，无论是独照还是合照，邓丽君的美都是恰到好处。微微上翘的嘴唇，若隐若现的酒窝配上丰润的脸庞，柳眉下一双水汪汪的大眼睛望眼欲穿，清纯俊美，顾盼生姿。少女时代的邓丽君青涩单纯清丽，青年时代的邓丽君婉约温润美艳。邓丽君的笑倾倒众人；她的笑像冰天星的火温暖着每一个人。年年岁岁邓丽君，桃花依旧笑春风。

邓丽君是20世纪70年代女性美的代表。飘逸的波浪卷长发，标新立异的笑容，曲线优美的华丽旗袍，气度不凡的优雅身材，无不彰显她优雅高贵的独特气质。服饰上佩花是那个年代流行的美，头戴一枝花是早期邓丽君的招牌标志，邓丽君将这样的美用到了极致。本来很平常的打扮，用在邓丽君身上，却变成清新可人。粉色雪纺蔷薇配上棕色粉边露肩小礼裙；水蓝色牡丹配上蓝色纱裙，出落得出水芙蓉，在世西施。在那个年代，邓丽君的穿着引来无数女孩效仿；邓丽君的穿着也诠释着一个道理：简单大方，便是永恒时尚。

邓丽君的歌风靡那个年代，她是20世纪后半叶最负盛名的华语和日语女歌手，80年代华语乐坛和日本乐坛的巨星，她的唱片销售量高达4800万张。在歌坛艺术领域，邓丽君的时代虽然已经过去数载，但她给予人们的美的享受和对美的追求，却没有随着时间的飞驰而消失。我记不得什么时候开始听邓丽君的歌，只记得那个年代文化生活单调枯燥乏味，渴望对美好生活的追求和向往。这时，邓丽君的出现恰到好处，她的歌如一股甘泉流进了我心里，浇灌着我那颗彷徨的心，抚慰着惆怅的心灵。高兴时她的歌带来憧憬；挫折时她的歌带来激励；忧伤时她的歌带来安慰；成功时她的歌带来遐想；失落时她的歌带来充实。

邓丽君的歌有一种让人忘记痛苦的甜蜜，听她的歌，那种慰藉与甜美总是静静地温润着你心里的每一个角落。“甜蜜蜜/你笑得甜蜜蜜/好像花儿开在春风里/开在春风里……”《甜蜜蜜》唱出一个渴望爱情的女子温柔地向情郎呼喊，虽然是爱情歌曲，却唱出清新的风味，表现中国女人温柔、和谐，含情脉脉的东方神韵。平缓的节奏抚慰着期待温存的心灵，柔化了刻板与教条，凸显邓丽君充满穿透力的美味。《又见炊烟》使邓丽君演唱进入一种化境，将乡村暮色，寻求清新脱俗当是爱情的净化与提升；《小城故事》充满浓郁的怀乡情怀，在那个年代抚慰众多游子思乡恋土之情……

邓丽君的歌之所以迷人，除了演唱天赋和技巧，更得益于她与生俱来的独特音色。她的演唱听不出有任何换气的地方，可以在没有鼻音的状况下唱出连续的高音，音色圆润温婉甜美，余韵绕梁，仿佛天籁之音。邓丽君的歌雅俗共赏，很有中国味。歌手刘欢是这样评价她：“说实在，美轮美奂，真的是这样，一直到现在，我都依然觉得就是她那个形态的歌曲，还真的没有人再超过她。她已经把那样的方式做得太完整了，太完美了。”

从邓丽君文物纪念馆出来，我的耳边一直回响着邓丽君那甜美的歌。

读书心得

地坛，史铁生的精神家园

每次拜读《我与地坛》，都不同程度地震撼着我的灵魂，让我不由自主地走进史铁生的精神世界，去感悟一个残疾作家对生命的解读和对生活的诠释。地坛是沧桑古园，实则是史铁生的精神家园，他在这里思索人生，在这里抒发情感，准确地说，地坛是史铁生将时间物化了的地方。

史铁生是不幸的，“它等待我出生，然后又等待我活到最狂妄的年龄上忽地残废了双腿”。这样的不幸落到史铁生身上是老天对他的不公。然而史铁生又是幸运的，因为他和地坛结缘，“搬家几次却离地坛愈来愈近”，与其说是史铁生主动来到地坛，毋宁说是地坛在召唤史铁生。地坛荒芜但不衰败，朴素的殿阁、苍幽的老柏和坦荡的野草供人凭吊任人感慨，为前来悟道的人沐以甘霖施之醴泉，解脱他们所遭受的创伤和痛楚，使他们获得心灵上的洗礼，史铁生是地坛里的悟道者。

史铁生走进地坛，像是找到上天赐予他的恋人。“自从那个下午我无意中进了这园子，就再没长久地离开过它。”“没处可去我便一天到晚耗在这园子里。跟上班下班一样，别人去上班我就摇了轮椅到这儿来。”史铁生在地坛里煮字疗伤，独享着属于自己的精神领域。“园墙在金晃晃的空气中斜切下一溜阴凉，我把轮椅开进去，把椅背放倒，坐着或是躺着，看书或者想事，撅一杈树枝左右拍打，驱赶那些和我一样不明白为什么要来这世上的小昆虫。”史铁生在地坛里专心致志地思考着生命的难题。他说：“总共只有三个问题交替着来骚扰我，来陪伴我。第一个是要不要去死？第二个是为什么活？第三个是我干吗要写作？”于是，“这样想了好几年，最后事情终于弄明白了：一个人，出生了，这就不再是一个可以辩论的问题，而只是上帝交给他的一个事实；上帝在交给我们这件事实的时候，已经顺便保证了它的结果，所以死是一件不必急于求成的事，死是一个必然会降临的节日”。东晋葛洪说：“有始者必有卒，有存者必有亡。”死者，人理之常然，必至之大端，史铁生在地坛里诠释了生死的哲学。

“剩下的就是怎样活的问题了。”接下来，地坛在以处变不惊的态度暗喻着一切，它安排了众多的人出现在史铁生那时的生命之中，虽然都是过客，却蕴含着问题的答案。一对10年后步入老年的中年情侣，一个热爱唱歌的小伙，一位喝酒的老人，一位捕鸟的汉子……这些人的生活或喜或悲，或平静或跌宕，或有激动的际遇，或有遗憾的叹息。但他们都坦然地应对，过去的一笑了之，只在地坛里享受一时半刻的宁静和清幽，最后就像雪泥鸿雁一般杳无踪影，只为史铁生增添一份记忆的盛筵。史铁生悟道：“你看穿了死是一件无须着急去做的事，是一件无论怎样耽搁也不会错过的事，便决定活下去试试。是的，至少这是很关键的因素。为什么要活下去试试呢？好像仅仅是因为不甘心，机会难得，不试白不试，腿反正是完了，一切仿佛都要完了，但死神很守信用，试一试不会额外再有什么损失。”无数次给史铁生鼓励和感动过的人，无心地创造了一片生命的森林，让他在这里找到了生命的意义，坚强地走了过来。

史铁生在地坛里诠释了母爱，抒发对母亲的情怀。史铁生对已故母亲的缅怀都透露着淡淡的忧伤和自责。“儿子的一切苦难，在母亲那里都是加倍的。”“有一回我摇车出了小院，想起了一件什么事又反复回来，看见母亲仍站在原地，还是送我走时的姿势，望我拐出小院去的那处墙角，对我的回来竟一时没有反应。”这是多么令人心碎的场面，母亲在想什么？安慰、祷告、担忧……母亲为儿子想了那么多，可惜儿子却浑然不觉。“母亲生前没给我留下过什么隽永的哲言，或要我恪守的教诲，只是在她去世之后，她艰难的命运，坚忍的意志和毫不张扬的爱，随光阴流转，在我的印象中愈加鲜明深刻。”母亲坚强的意志和毫不张扬的爱让史铁生在以后的日子里更加坚强。

有一个人这么说：“史铁生和地坛是精神上的弟兄。”我赞同这样的说法。

感悟边城的美

《边城》是沈从文的名作，我国文学史上抒发乡土情怀的中篇小说。它以20世纪30年代川湘交界边城小镇茶峒为背景，描写了湘西地区特有的风土人情，借船家少女翠翠的爱情悲剧凸显人性的善良美丽和心灵的澄澈纯净。小说情节跌宕起伏，悬念迭出，人物形象丰满典型而显著。有评者说："《边城》是一首诗。""《边城》是一部田园牧歌式的杰作。"我想，任何诗意的评价都很恰当。拜读《边城》，让我走进遥远年代川湘的边城小镇，感悟那里高洁的自然美、风情美和人性美。

《边城》以兼具抒情诗和小品文的优美笔触，表现自然、民风和人性的美，描绘了水边船上所见到的风物人情，是一幅诗情浓郁的湘西风情画，充满牧歌情调和地方色彩。

自然美。《边城》开篇，展现在我们面前的是这样一幅画面："小溪流下去，绕山岨流，约三里便汇入茶峒的大河，人若过溪越小山走去，则只一里路就到了茶峒城边。溪流如弓背，山路如弓弦，故远近有了小小差异。小溪宽约二十丈，河床为大片石头作成。静静的水即或深到一篙不能落底，却依然清澈透明，河中游鱼来去皆可以计数……"作者笔下的小溪婉转、灵动、清幽而又澄明，仿佛一股甘泉款款流进读者的心扉。

"月光如银子，无处不可照及，山上篁竹在月光下皆成为黑色。身边草丛中虫声繁密如落雨。间或不知道从什么地方，忽然会有一只草莺'落落落落嘘'啭着它的喉咙，不久之间，这小鸟儿又好像明白这是半夜，不应当那么吵闹，便仍然闭着那小小眼儿安睡了。月光极其柔和，溪面浮着一层薄薄白雾，这时节对溪若有人唱歌，隔溪应和，实在太美丽了。”一句“山上篁竹在月光下皆成为黑色”衬托出月光愈加雪亮，草莺的“落落落落嘘”声使小溪愈加幽静，一幅原始、秀美、宁静、纯净的风景图跃然纸上，给人以美的享受。

风情美。《边城》描绘了沈从文童年记忆和理想世界中的美丽湘西地域风俗画，蕴含了边城的社会风俗和人情世故，积淀着深厚博大而又神秘瑰丽的湘楚文化。他笔下的边城是这样的：中秋节，青年男女用对歌的形式在月夜下倾吐爱意；端午节，家家锁门闭户，到河边、上吊角楼观赏龙舟竞赛，参加在河中捉鸭子的活动，“不拘谁把鸭子捉到，谁就成为鸭子的主人”；正月十五，舞龙、耍狮子、放烟火，“小鞭炮如落雨的样子”，小城沉浸在一片欢乐之中……诚然，边城过节没有城市那般喧闹奢华，却有别具一格的地方习俗，这种习俗淳朴而约定俗成，边城人温馨、善良又不失雅致。

在划船比赛中，胜利的队伍可以得到一枚小银牌，在边城之外，总会有人计较谁会得到它，但是在边城人看来，银牌不拘缠到船上哪一个人的头上，都显出一船人合作努力的光荣。在边城，没有争名夺利，这也是沈从文熟悉的湘西风土人情，作者深爱着这片热土。

人性美。小说这样赞美“老人”的美德：“管理这渡船的，就是住在塔下的那个老人。活了七十年，从二十岁起便守在这溪边，五十年来不知把船来去渡了多少年。年纪虽那么老了，本来应当休息了，但天不许他休息，他仿佛不能够同这一份生活离开，他从不思索自己的职务对于本人的意义，只是静静地很忠实地在那里活下去。”文章在写到掌管水码头顺顺时说：“这个大方洒脱的人，事业虽十分顺手，却因欢喜交朋结友，慷慨而又能济人之急……明白出门人的甘苦，理解失意人的心情……为人却那么公正无私……既正直和平，又不爱财。”在说到两位年轻人的时候，又写得是那样受人欢迎：“结实如小公牛……豪放豁达，不拘常套小节……和气亲人，不骄惰，不浮华。”而更让人称奇的那只小狗也格外显得乖巧、懂事：“有时又与祖父、黄狗一同在船上，过渡时与祖父一同动手，船将近岸边，祖父正向客人招呼‘慢点，慢点’时，那只黄狗便口衔绳子，最先一跃而上，且俨然懂得如何方为尽职似的，把船绳紧衔着拖船拢岸。”《边城》里，我们看到的是人性的友善、忠厚、淳朴、勤俭和温存。

《边城》是一曲充满爱和美的田园牧歌，是边城人日常生活的缩影，那里的一山一水，那里的风土人情，那里的人物本性在沈从文的妙笔点染下，绘就一幅五彩斑斓的“美”的绽放图。有评论说，《边城》“像一篮新摘的烟台玛瑙樱桃”，我赞同这样的说法。

坚忍，成功的秘诀

成就任何一番事业必须具备坚忍的品质、不屈不挠的精神。读了唐浩明的书《曾国藩》，更加坚定了这样的信念。

新近读《曾国藩》一书，觉得这本书是本好书。曾国藩是晚清重臣，湘军创立者和统帅者，历史上著名的军事家、理学家、政治家、文学家和书法家，曾国藩可谓功成名就。他是著名的理学大师，治学论道之经，修身养性之造诣极深。显然，作者是敬慕曾国藩，目为了让世人了解曾国藩才付梓此书的。

《曾国藩》分四篇，分别是修身篇、齐家篇、治国篇和平天下篇，整书归纳了曾国藩做人做事做官的生存哲学，从不同侧面总结评价曾国藩的历史功过。修身篇讲述曾国藩一生以儒家为本，掺和道佛两家之长，以儒家“内圣外王”之道作为完善自我的要诀，终身遵循“五箴”的主旨修身，破解为人处世的秘诀，从而让他独步官场，挺立于权力斗争的旋涡而不败。读罢修身篇，让人感触颇深，我尤其喜欢其中的“成功里总少不了坚忍故事”这一篇目，觉得它道出了成功者的秘诀。

“坚忍”一词出自《国语·晋语一》，意为坚毅，有韧性。曾国藩的成功与坚忍确实分不开。曾国藩说：“吾生平长进，皆在危难之际。”又说：“处心积虑，正是磨炼英雄，玉汝于成。”书中道：“君子持威重，执坚忍，临大难而不惧，视白刃若无也，欲立不世之功，得成勋世伟业，非坚忍所不能也！坚忍于战则五敌，于礼则大治，于外无敌，于内大治，厚德载物乎！”这就是曾国藩的坚忍功夫。苏轼说：“古之立大事者，不惟有超世之才，亦必有坚忍不拔之志。”曾国藩把坚忍的功夫做到了家，他一介儒生带兵打仗，失败接踵而至，他把幕侍所写奏折上的“屡战屡败”改成“屡败屡战”，其所遭受的挫折和失败非常人所能想象。但他能战胜自我，蓄气长志，在跟太平军的较量中，能够剿杀十倍百倍于自己的太平军，最终战而胜之。这跟湘军善战、幕僚多谋、兵器精良有关，而最重要的则是依靠意志力量，凭借的正是曾国藩的坚忍品质。在曾国藩给其弟的家书中，有这么一句话：“吾生平长进全在受挫受辱之时！”好一个人生的自我诠释，有此毅力者，何事不成？

纵观古今中外，凭着坚忍获得成功者不胜枚举。我国数学家陈景润少年时就立志要在数学上有所作为，为了攻克“哥德巴赫猜想”，他整天进行演算，光计算过的稿纸，就整整装了几麻袋，终于初步论证了这一猜想，创造了欧洲人用计算机都没能做到的奇迹。

出身贫寒的松下幸之助，年轻时到一家电器工厂去谋职，这家工厂人事主管看着面前的小伙子衣着肮脏，身体又瘦又小，觉得不理想，信口说：“我们现在暂时不缺人，你一个月以后再来看看吧。”这本来是个推辞，没想到一个月后松下真的来了，那位负责人又推托说：“有事，过几天再说吧。”隔了几天松下又来了，如此反复了多次，主管只好直接说出自己的态度：“你这样脏兮兮的是进不了我们工厂的。”于是松下立即回去借钱买了一身整齐的衣服穿上再来面试。负责人看他如此实在，只好说：“关于电器方面的知识，你知道得太少了，我们不能要你。”不料两个月后，松下再次出现在人事主管面前：“我已经学会了不少有关电器方面的知识，您看我哪方面还有差距，我一项项来弥补。”这位人事主管紧盯着态度诚恳的松下看了半天才说：“我干这一行几十年了，还是第一次遇到像你这样来找工作的。我真佩服你的耐心和韧性。”于是松下幸之助这种不轻言放弃的精神打动了主管，他得到了这份工作。并通过不断努力逐渐成为电器行业非凡的人物。

松下幸之助在总结自己的成功经验时说：“我不知道反复了几次‘再来一次’。人不论做错几次，只要不失‘再来一次’的勇气，必然大有可为。”

坚忍，可以用数据来表达：英国小说家约翰•克里西得到过总计743

封退稿信；法国著名作家莫泊桑到30岁时，写出的稿纸已有一人多高，依然默默无闻；德国医学家欧立希和他的助手经过606次失败的实验，历时10年才研制成功了“砷凡纳明”，挽救了无数的生命。

坚忍，可以用现实来证明：“十一五”以来，百色市发生了巨大变化，16项发展指标翻了一番多，其中全社会固定资产投资翻两番以上。交通枢纽、工业基地、城乡面貌、红色旅游等取得长足发展，特别是工业经济、产业产能发展最快，工业基础发生根本变化。民生极大改善，减少了38万贫困人口，老区人民的坚忍精神创造了辉煌。

19世纪英国杰出政治家狄斯累利说：“坚忍是成功的诀窍。”让我们记住狄斯累利的这句话。认准的目标，不管遇到多大困难，都要坚持到底，谁挺住最后一口气，成功就属于谁。

剪报乐

在爱逛公园、上舞厅或是围棋大战的人们看来，我的业余生活是枯燥而乏味的，那便是剪报和书书写写。偶尔一个阴雨绵绵的周末，我打发时光而翻阅《右江日报》，竟一下子被吸引了进去，那心雨流芳、生活随笔等栏目的文章别具特色，内容丰富多彩，清新宜人。作者用娟娟之情讴歌了时代的真善美，热烈而又真挚。她像一位日臻成熟的靓女闯进了我多彩的梦。我断然决定：剪报！把梦留住。

我选了纸张质地较好的八开版旧书本作为底本做了6本集子，本子封面用硬白纸贴上。分别美其名曰：散文集、小小说集、杂文集……搜集的文章多从《右江日报》中的澄碧湖版、烛光版中选来。当然，还有其他报刊的好作品。从此，读书看报成了我业余生活的一大嗜好。每读到报上的佳作，便欣喜若狂，如获至宝，精心将之剪下，归类贴在六大文集中，感觉是得到了一种无与伦比的享受。为了不使版面单调乏味，根据文章体裁、内容添之以从报刊上剪下的书法、彩色插图等，图文并茂。在我看来，此剪报集不亚于出版社出版的精装本咧。原来对之嗤之以鼻的吾妻也刮目相看，爱不释手了。

我尤为喜爱我的“杰作”——散文集。它搜集了近年来《右江日报》《广西日报》及一些大报刊刊登的精美散文。这些作品都是作者心血和智慧的结晶，再经过编辑的精雕细刻，焕发出阵阵清香，在我看来，不啻为上佳之作，抒发着作者对生活的热爱和对美好未来的憧憬。李棠芬的《夏日荷花别样红》描绘出一幅鲜亮、奔放又至纯至真的荷花图；韦植才的《难忘西林敬茶情》把读者带到西林品尝香气扑鼻的浓茶，感悟一番壮家人的温情，揭开了西林人致富的秘诀。诵之朗朗上口，令人回味无穷。

茶余饭后，或是闲聊时光，捧起文集慢咀细嚼，既领略了山外缤纷的世界，又获得了丰富的知识。有朋自远方来，与之共赏，不时听到友人的啧啧赞叹声，那惬意是常人所无法体味到的。

节俭，德行的奇葩

我的床头堆放着很多书，《曾国藩》是其中一本。书的作者唐浩明以一种敬重历史的态度和曾国藩神交了20余年，厚积薄发写下这本历史传记。书中，图文并茂地记载了曾国藩德修治道的史实，归纳了曾国藩做人做事做官的生存哲学。其中，曾国藩官至大学士仍崇尚简朴，以“俭”修身，感人至深，更是对后人的谆谆告诫，发人深省。

“俭”是中华民族的传统美德。《左传》说：“俭，德之共也；侈，恶之大也。”纵观历代有为之主，无不是节俭之人。汉文帝以俭治国，停止修建露台，开创“文景之治”；曹操一生节俭，不好奢华，他的帷帐屏风坏了就修补，接着使用。曾国藩是先人节俭的垂范者和践行者，他的节俭逸事也被后人津津乐道。曾国藩的一生生活简朴，他自己衣着朴素，布袍、鞋袜都是其夫人所做。平时不穿帛。在30岁那年，他制天青缎马褂一件，但在家时并不常穿，只是遇庆典及新年时才穿一下，这件衣服一直珍藏30年，犹如新衣。

吃的常以豆腐、腌菜、泡菜佐食，只在客人来的时候稍加荤菜，也主要是给客人备的。曾家以腌菜佐食并成为习惯，曾家家规有“女子每月做鞋一双，腌菜一坛”。曾国藩在京城做官，遇有家乡人给他带来腌菜便十二分欢喜，并说这腌菜不能缺。难怪李鸿章都说“恩师的一日三餐连满人的一般百姓都不如”。他招待李鸿章时除一盘煎豆腐，三面围了豆角炒辣子、姜丝肉条、油炸花生米外，另有两小盘子，盛的是两种腌菜。他到山西查“赈银”时，好友款待他，他却命人到下榻客栈取他从京城带去的、由夫人亲自制作的腌菜。为腌菜，他写过《琐琐行戏简何子敬乞腌菜》的诗。

曾国藩不仅自己节俭，还告诫家人要节俭。《家因奢侈而败，因俭朴而兴》中写道：曾国藩在给儿子纪泽的家信中说："凡宦之家，由俭入奢易，由奢返俭难。尔年尚幼，切不可贪爱奢华，不可惯习懒惰。无论大家小家，士农工商，勤苦俭约，未有不兴，骄奢倦怠，未有不败。"曾国藩在家训中时常强调一个"俭"字，为了做到俭而不奢，他对子弟做了许多具体规定，例如"衣服不宜多制，尤不宜大镶大缘，过于绚烂"等。他平时教育子女每天坐下来练字一千，而第一个字一定要写"俭"，这就是让自己的孩子们不要沾染官场之气。由于教育得当，曾家子女都成才，子孙曾宝荪、曾约农分别成为大教育家和大学者。

以史为鉴，可以知兴衰；以人为鉴，可以明自我。"日历浏览前贤国与家，成由勤俭败由奢"，党的十八大提出厉行勤俭节约反对铺张浪费，进一步弘扬中华民族的传统美德。节俭，德行的奇葩，我们每一个人修德应以节俭为先，从小事做起，节约每一颗粮食，节约每一滴水，建设节约型社会，为建成小康社会而努力奋斗。

生命的深度

不经意观看了日本纪录片《寿司之神》，一下子被片中的剧情所吸引。一个不起眼的小店面，只有10个座位，位居东京办公大楼的地下一层，连洗手间也没有。但就是这样一个极其简陋的店面却诞生了日本寿司的传奇，两度被“美食圣经”《米其林指南》评为三星，这是全球餐厅的最高荣誉，被誉为“值得用一生去排队”的餐厅。

经营这小店面的是86岁高龄的小野二郎，他是日本“寿司第一人”，全球最年长的三星大厨。小野二郎70年只做寿司这件事，把他的店铺打造成东京价格最昂贵的寿司店，小野二郎也用他毕生的精力诠释了生命的深度。

小野二郎是店主和主厨，是店面的灵魂和标志。片中我们看到，小野二郎用握、捏、挤、压、摆等一整套熟练而完美的动作推出一个个鲜亮而有灵性的寿司，然后毕恭毕敬地把寿司摆放到客人面前。客人一饱寿司口服，频频点头称道，嘴巴不时发出啧啧的赞叹声，脸上流露出惊喜而幸福的笑容。要知道，作为整个东京价格最昂贵的一家寿司店，预定需要提前一个月，每人最低消费3万日元（折合人民币2150元），就只吃20个左右的寿司。如果用一句话来形容二郎寿司，那就是“极简的纯粹”。

“这么简单的东西，味道怎会有如此的深度？”食客们用不解和满足的语气问。然而，只要了解小野二郎的“职人”精神和他对工作的精益求精，就不难知道答案。

“不好吃，就不能端给客人。”小野二郎这样说，他这样说也这样做，而且一辈子这样做。二郎出身贫寒之家，曾在军队当过厨师，知道让别人吃上可口饭菜是厨师的天职。他把这种理念运用到做寿司上，然后70年如一日的重复同样的工作，而每一次都是重复基础上诞生新作。老人说：“我一直重复同样的事情以求精进，我总是向往能有所进步，我会继续向上，努力达到巅峰，但没人知道巅峰在哪里。”追求技艺的完美，对细节一丝不苟，在重复中精益求精，这就是小野二郎的“职人”之道。

小野二郎严于律己，他不仅从寿司的款式、上菜顺序、男女就餐分量十分考究，而且重视菜品原料的品质。70岁之前，寿司店的食材由二郎亲自挑选，他每天骑车往返菜市场，从最信任的商贩那里领取属于他的东西。纪录片里，有一组在菜市场的场景，商贩说：“有些米只供给二郎，因为只有他知道怎么煮。”“如果有野虾，就会留着给二郎。”“好东西是有限的，要交到最好的人手上才行。”……同二郎一样，各供应商都是各自领域的专家，虾供应商就只卖虾，鱼供应商就只卖鱼……我们与他们建立了一种信赖关系。他们和二郎一样，追求食物链的完美，都希望给食客奉上上等的佳肴。在贸易上如此，在精神上又何尝不是一种知音式的对生命深度的追求呢？

这是敬业、敬人也是敬自我。小野二郎说：“一旦你决定好职业，你必须全心投入工作之中，你必须爱自己的工作，千万不要有怨言，你必须穷尽一生磨炼技能，这就是成功的秘诀，也是让人家敬重的关键。”在二郎看来，用十年的时间才能开始煎蛋，煎蛋需要花三四个月才能成功。极道的意义就在于，人不仅生来拥有天赋，不仅每天比别人多努力一些，而且能够坚持足够长的时间，甚至至死不渝。对于人生来说，天赋的层级是不一样的，但是所谓滴水穿石，当量的累积达到质变的时候，就知道只有踏踏实实才能走好每一步。那样的精神，不够努力不够专注不够认真是达不到的。如果很努力很严格，别人就会欣赏，如果一生都用律己严谨的态度专注一件事情，别人就会臣服和敬重。

写到这里，我想到一个人说过的话：如果没有深潜的功夫，一个人就只能永远漂浮在人生的长河中随波逐流；沉潜的深度给了人生中最关键的力量，而关键的力量决定了人生的高度。和小野二郎花费70年时间做寿司一样，俄国著名画家列宾为了画好那幅《涅瓦河边的普希金》，整整耗费了20年时间。沉潜深度源自始终如一的专注，二郎和列宾用他们的专注和性痴去挖掘他们人生的深度。而只有他们成功的那一刻，才是他们创造人生新高度的时刻，才是彰显“沉潜”巨大能量的时刻。

玩也是一种教育

作为教育工作者，我一直提倡教师要善于向别人学习，海纳百川，博采众长，形成自己出彩的教学风格。《出国不出国：北美金字塔教育的启示》是一本很好的书，作者安妮鲜花以自己亲身经历的加拿大基础教育为主线，结合另外3名美国博友的记录，对北美教育现象进行研究、分析与思考，给读者呈现不一样的北美教育。

北美教育像一座金字塔。首先，用公民教育夯实基座，我们通常说的尊重、责任、信任、关爱、公平、公民责任等方面被格外强调，服务他人、服务社区来实现自我价值成为社会主流价值观。其次，总统挂帅、全民动员开展阅读活动，培养终身阅读者，提高国民素质；再次，寓教于乐，因材施教，玩出兴趣、玩出花样、玩出特色、玩出创造力等都值得我们借鉴。

“公民教育比优等生重要。”在北美，老师对普通孩子品格培养、行为规范方面的努力和重视程度远超过对尖子生的关注。加拿大小学三年级之前没有课本。“老师把要讲的内容打印在纸上，在课堂上发给孩子们，再放到每个人自己的夹子里。周末，孩子把夹子带回家，老师要求家长要和孩子一起读夹子里的内容。”夹子里的内容是一篇关于尊重和责任的韵体诗，原文是：尊重和责任，我们展现出尊重和责任。在学校里，我们有机会关心他人、与人分享、礼貌待人，我们总要全力以赴、明辨是非。让孩子以一种很有韵律的念白方式表达出来。那么，学生能理解里面的内容吗？作者就“尊重”一词问女儿安妮，安妮用例子说：随便碰别人的身体、随便拿同学的东西就是不尊重。

“挨罚是件平常事。”作者认为，在她的印象中，北美学校教育很宽松，因此无法把它和惩罚沾上边。“但女儿安妮上学后经常念叨一个词：受罚！听得多了，才发现老师对学生的惩罚还真不少。”下面是作者举例女儿回来所说的孩子们受罚的一件事：“S同学在Centre（就是孩子们在教室内自由玩玩具的时间，是学校课堂教学内容之一，每天15分钟）的时候，把玩具都放在了自己跟前，不让和他一起玩的同学分享，没玩着的同学去告状，老师就罚了S同学：不允许他继续玩玩具了，让他坐在自己的座位上把手放头上，脸趴在桌子上，一直到Centre结束。”

学校教室里挂着挂图，挂图内容是：关爱（caring）、尊重（respect）、责任（responsibility）、公平（fairness）、值得信任（trustworthiness）、公民责任（citizenship）。“把这些基本要求和孩子们的实际行为结合起来，哪些是可以的，哪些是不可以的，把对孩子行为方面的要求细化分解到学生的具体行为中。通过对一个个具体行为的矫正，使得孩子对一些抽象的道德概念得以落实。”

“阅读是一辈子的事。”北美重视阅读，不仅体现在学校的课程安排上，比如每天雷打不动的家庭阅读作业，更体现在几任总统亲自出马不惜重金抓阅读。终身学习者的培养靠阅读，阅读能力被认为是成功者必备的能力。读书能带来什么好处？“一切都可归纳为一则简单的两个层次的公式：你读得越多，理解力越好；理解力越好，就越喜欢读，就读得越多。你读得越多，你知道得越多；你知道得越多，你就越聪明。”

“玩出来的兴趣和创造力。”玩，在北美教育中有独特地位。学习从玩开始，在玩中发现并拓展自己的兴趣。“有兴趣才有内在动力，有内在动力才可能有所成就。”数学课、单词课、图书馆课等各种内容中，都会用游戏的方式，训练加减法、训练单词拼写以及讲故事等。应该说，寓教于乐在北美孩子的课程内容中已经被体现得淋漓尽致。课堂上有游戏，课下的作业很多也都是涂涂画画的作业。孩子在玩中培养兴趣，在玩中增长创造力。

不可否认，我国的基础教育有自身的优势，但现行教育体制仍存在诸多弊端，需要不断改革与发展。《出国不出国：北美金字塔教育的启示》展示的是国外成功教育的一面，当然国外教育也有其不完善的一面，每一种教育方式都在不断摸索完善。作为教育工作者，我们应当集思广益，取其精华，探索出适合我国国情的教育方式。

孝敬不待时

人生有三个不能等，那就是孝敬父母不能等，教育孩子不能等，身体健康不能等。其中“三个不能等”中，“孝敬父母不能等”位列第一，可见孝敬父母何其重要。今天，偶读网络文章《父母不会在原地等你》，让我对“孝敬不待时”有着更深切的领悟。

《父母不会在原地等你》文章开头给我们讲述了这么一个事例：电视节目知名主持人杨澜有一次采访1998年诺贝尔化学奖获得者、美籍华人崔琦。崔琦出生在河南农村，父母都是大字不识的农民，但是他母亲颇有远见，咬紧牙关省吃俭用，在崔琦12岁那年将他送出村读书。这一走，造成了崔琦与父母的永别。崔琦先后到中国香港、美国，成了世界名人。谈到这里，杨澜问崔琦：“你12岁那年，如果不外出读书，结果会怎么样？”结果当然就是他不会有今天的成就，也许现在还在河南农村种地。可是崔琦的回答却出乎所有人的意料，他说：“如果我不出来，三年困难时期我的父母就不会死。”崔琦后悔得流下了眼泪。在他拼搏奋斗的生涯中，他肯定不止一次地想过他的父母，也想过有一天终于和父母相守在一起。但世事不如人意，蓦然回首，父母已经离他而去。从此，人生无论怎样辉煌，终究无法弥补父母已经不在的遗憾。

“树欲静而风不止，子欲养而亲不待。”崔琦的经历诠释了这句话的真谛。回想自己的经历，何尝没有崔琦一样的遗憾。我有一位年过八旬留守老家的大妈，前段时间，大妈不小心从自家楼房的二楼摔下，造成骨折。摔下来后老人家一直休养在床，当我打算抽时间回去看望老人的时候，单位派我出差。待我出差回来准备回去看望老人的时候，老人家已经悄然辞世，留给我的只有无尽的伤感和遗憾。

文章接着讲述作者一位有机会定居美国，为了孝敬父母而毅然回国的朋友。这位朋友回国后在城里上班，父母在离城不远的郊外居住，过着田园般悠闲的生活。他每天都回家吃饭，周末一般没什么活动也待在家里，陪父母聊天、下棋。某一周末，朋友们约他出去玩，时间是两天一夜的周末，说："你天天回家陪父母，和朋友们少聚会了，一直待在郊外多闷啊！走，去好好地玩他个天翻地覆，父母少陪两天没事的。"他拒绝了朋友，淡定地说："父母老了，他们不会一直在原地等你的！他们一辈子在等你，等你出生，等你长大，等你上学回家……现在等你下班回家吃饭，他们还有多少时间可以等呢？"说完后就回家了。他所不知道的是，那天的聚会没办成，朋友们都马上赶回家了……因为，父母不会在原地一直等你的！

我有一个同事，我时常跟她拉家常，当话题转到时兴的私家车时，我问她买车了没有，她说买了，她接着说买车是老公孝敬父母用的。看我脸上露出疑惑的神情，她是这么解释：每个周末，她老公都要买四五斤猪肉，然后亲自把猪肉剁碎后开车回老家给父母。听后我竖起大拇指对她老公啧啧称赞，并自叹不如而深感愧疚。

可怜天下父母心，父母对孩子的付出是无私，而且付出不求回报。对于孩子，父母有操不完的心，有说不完的话，当有一天他们想操心而无法操心的时候，恐怕他们离开这个世界的时日不多了。孟子曰："人人亲其亲，长其长，而天下平。"当我们在忙于工作、忙于事业、忙于爱情、忙于家庭的时候，不要忘记孝敬父母。不要等到把所有的事情忙完以后再想起孝敬父母，那样，或许连孝敬的机会都没有了。

子游问孝。子曰："今之孝者，是谓能养。至于犬马，皆能有养；不敬，何以别乎？"《论语》中对"孝"的强调，一直是从情感意义上进行说教，"孝"注重的是情感与精神的慰藉。父母需要的不是金钱，不是物质上的满足，而是看到你熟悉身影时的安心，和你说话时的贴心，和你在一起时的舒心。

心灵的追寻

泰戈尔是印度文学史上伟大的文学家，发表于1910年的诗集《吉檀迦利》是泰戈尔哲理诗巅峰时期的代表作，对20世纪世界文坛产生了深远而广泛的影响。泰戈尔也凭着《吉檀迦利》获得诺贝尔文学奖，是第一个获得诺贝尔奖的亚洲人。《吉檀迦利》在印度语中是“献诗”的意思，它由103首诗歌组成，是泰戈尔在他50岁那年从自己已发表的不同诗集中选出103首，亲自译成英文，取名《吉檀迦利》。读完《吉檀迦利》，我不仅陶醉在泰戈尔美妙的诗意中，更让我不由自主地走进泰戈尔的精神世界，去感悟诗人那不懈的心灵追寻。

泰戈尔的诗，字里行间表现出诗人热爱自己的国家，热爱那些爱和平的人民。阅读诗歌，我们看见天真无邪的儿童在海边追逐嬉笑；看见挑灯顶罐裙带飘飘的印度少女在田间行走；听到在园中、渡口吹着芦笛的印度工人向人们轻声诉说……

“你是什么人，读者，百年后读着我的诗？我不能从春天的财富里送你一朵花，从天边的云彩里送你一片金影。开起门来四望吧。从你的群花盛开的园子里，采取百年前消逝了的花儿的芬芳记忆。在你心的欢乐里，愿你感到一个春晨吟唱的活的欢乐，把它快乐的声音，传过一百年的时间。”诗人以超人的魄力，在扉页上穿越沧桑，问候世纪读者的来意，连须眉间都缠绕着对世间美好的诠释和对神的赞颂。他时而像本邦圣雄甘地般用铮铮的笔锋掀起文海波澜，时而却又安详得与特蕾莎修女有几分神似，潺潺的语丝如花鸟般清新地飘洒纸上。是时，他的诗歌交织着轻柔与澎湃，洋溢着美丽与庄严，他的诗篇用呐喊让失聪者聆听欢颂，用希望让盲者重见艳阳。

读着诗人的诗，走进诗人的内心世界，深切感受到诗人对自然的热爱，对生命的珍爱，对人生的思考和对未来的憧憬。

“清晨寂静的大海，漾出鸟语啁啾的涟漪；道旁的繁花全都欢欣鼓舞；璀璨的金光从云缝里撒将下来，而我们忙于赶路，无心理会。”字里行间，记录着清新绚丽变幻多姿的自然景观。我们只能高声说一个字：美！其实美就在我们身边，最不经意，也最简朴。挪一挪你的脚步，去叩响那美的门，你会发现生活是那么可爱。由此我们确信，现实生活中不是缺乏美，而是缺乏发现美的眼睛。

诗歌记录着生命最初的甜美。在生命诞生的那一刹那，我们欢歌，我们跳舞，歌颂上帝的一切恩赐与祝福！“婴儿入睡时在唇边闪现的微笑——可有人知道它在哪儿诞生的？是的，谣传说，新月的一道初露的白色微光，触到了正在消散的秋云的边缘，微笑便在那儿第一次诞生于露水洗净的早晨的梦里——这便是婴儿入睡时在唇边闪现的微笑。”甜美的是生命，拥有生命，我们就拥有了一切。诗歌洋溢着奋发热烈乐观的生命凯歌，“旧的言语刚从舌尖上消失，新的音乐又从心头迸发而出；旧的车辙消失无遗了，新的田野又显示出奇观来了”。生命在不断循环中获得重生，消失的重新出现。凤凰涅槃，置之死地而后生，升华生命，生命因此而丰盈绚烂！

诗歌也引起了我们对人生的思考。“孩子被穿上王子的衣袍，颈子上又挂起珠宝项链，他在游戏中便失去了一切兴趣；他的衣饰步步都阻碍着他……母亲啊，华服盛装的约束，如果它使人和健康的尘土隔绝，如果它剥夺人进入日常生活的盛大庙会的权利，那就不是得，而是失了。”假如生活是被许多的珠宝项链所束缚了，那么人只是在负担着沉重而非在生活。“囚徒，告诉我，是谁铸造了这坚不可摧的锁链？”“是我自己，”囚徒答道，“是我煞费心铸造的。我以为我无敌的权力会征服全世界，毫无干扰。我就夜以继日用重锤烈火铸造了这锁链，及至工作完成，锁链尽善尽美、坚不可摧，我却发现锁链把我牢牢困住了。”每个人心中都有一把欲望之锁，如果不加控制地将自己完全锁起来，捆住了，窒息了，最后只会沉重地死去。

诗歌里我们看到不一样的精彩，那便是诗人对未来的憧憬和向往。“在那里，知识是自由的；在那里，世界还没有被狭小的家国的墙隔成片段；在那里，不懈的努力向着‘完美’伸臂；在那里，话是从真理的深处说出；在那里，理智的清泉没有沉没在积习的荒漠之中；在那里，心灵是受你的指引，走向那不断放宽的思想与行为——进入那自由的天国，我的父啊，让我的国家觉醒起来吧。”知识自由，天下大同，语出真理，崇尚完美，理智先行，心向无疆，这就是诗人的情怀，诗人的精神追寻，其中，最后一句道出了诗人内心深处的夙愿——让我的国家觉醒起来吧！读罢感人至深。

悬崖下的风景

认识蒋友柏是在网上的偶遇，胡乱点击网页，一张帅气的照片映入眼帘，他就是蒋友柏。或许是蒋家后代的缘故，我便留意于心。近日拜读《悬崖下的小道》，对蒋友柏有更深的了解。蒋友柏出身名门望族，是蒋介石的曾孙，但他不依赖自己的身份，独走在悬崖边，创办台湾橙果广告设计公司。在悬崖下找出一条小道，以成功的橙果事业以及独树一帜的观点态度，独树“蒋家第四代”的美丽风景，让世人刮目相看。

《悬崖下的小道》是蒋友柏的首部亲笔之作，完整记录2003年至2010年这段关键时期的人、事、情。真诚又谦逊，直言却慎思。他与读者坦诚分享自己的商业实践、经验教训和所思所得。《悬崖下的小道》并非长篇大论，而是类似日记体的私人记事“碎碎念”。读完此书，让我看到一个日常生活中细腻、智慧，以及永不停止思考的蒋友柏。

1988年祖父蒋经国去世，不久，蒋友柏随家人移民加拿大，远离政治。而后于美国纽约大学史登商学院肄业。早年的蒋友柏是纨绔子弟，放荡不羁，是父亲的去世改变了他。他自己说：“我的成长过程，整个就是一个虚晃的梦，在美国念纽约大学时，住在曼哈顿中城五十楼，一百坪（约合330平方米）的房子，一边念书一边学投资赚进大把钞票，一身名牌，过足公子哥儿生活，像拥有一盏阿拉丁神灯似的，要什么有什么，突然我父亲过世，一下子全没了，我必须长大。”经历了浑浑噩噩的几年，蒋友柏意识到，高高在上的他要到悬崖下，学着在底层生活。24岁那年，他决定回中国，在台湾“归零”出发。蒋友柏回台湾连换了七八个工作，到处打杂。蒋友柏坦言："那时想买一双Nike球鞋，还要存钱才能买。"对比纽约奢华生活简直天壤之别。

蒋友柏人生中最大的挫折与成就则是来自他创立的橙果广告设计公司。在成立橙果之前，蒋友柏加入了亲戚经营的装潢设计工程公司投资经营，但公司的亏损运营让蒋友柏有着对市场进行调研和总结，从而掌握市场运作方式和理念的经历。"……我闲晃最多的地方就是各个高级精品店。我一方面去看看这些地方如何用店面设计来提高产品的价值感和刺激人气，一方面看看这些摆饰出来'可以被大量制造'的产品设计。我从一间店走过一间店，一个Mall(商场)走过一个Mall，每一家店我都走进去聊天。……就这样，我对各式各样的精品(包括服装、个人品位、家居生活、室内装饰)的设计背景和设计师的设计理念越来越了解，也归纳出在这市场上有两种设计公司，一种是告诉业主该做什么，而另一种是业主要什么就做什么。相对的，也有两种品牌，一种是品牌领导市场，一种是追随领导品牌。"这个经历为日后创办的橙果设计公司打下基础。

2003年7月，他与学设计的弟弟蒋友常创立橙果。但成立公司并非像预期那样顺利，半年后，公司经营开始出了状况。2006年年底，橙果的财务状况很糟，甚至已经准备洽谈被合并的事宜了，蒋友柏笑说："别人拒绝，他就再试，别人关起门，若旁边有狗洞我也会钻过去。"他要证明自己能弯腰，而且弯得比谁都低。从纨绔子弟变身生意人，从山顶到山下，他开始学会"趴"着做生意。蒋友柏凭着在亲戚经营的装潢设计工程公司积累的经验，想到了"橙果的价值"，对公司经营方向的重新定位，振奋了员工士气，也顺利承接到新业务，加上大幅调降人力成本支出，橙果意外的在2007年第一季转亏为盈，而且业绩一路长红。

有别于蒋家人在政治上的成就，蒋友柏在商业上获得掌声。橙果成立6年，合作案子横跨70个产业200多位客户，还拿下英特尔、新力、巨大集团等大案子。蒋友柏自豪地说，没有一位客户赔钱，去年到上海注册公司，才一年光阴就获得许多大陆企业的委托品牌设计与产品包装，不只是上海家化新百年品牌"双妹"找上橙果设计，与联想合作的酷库熊公仔赠品，也让联想计算机销售量锦上添花。

悬崖下也有风景，正如蒋友柏所说：“我们无法选择终点站，但却可以自由选择中间的路程，可以驶经荒漠，也可以驶经风景秀丽的路线。”从纨绔子弟到生意人，从公司亏损到一路长红，跌宕起伏的蒋友柏最终驾驭他的商业团队驶入悬崖下那璀璨的风景。

学会赞美别人

新近读了卡耐基《人性的弱点》，让我耳目一新，获益匪浅。戴尔·卡耐基是美国现代成人教育之父，著名的人际关系学大师，西方现代人际关系教育的奠基人，被誉为“人性教父”“人际关系鼻祖”，是20世纪伟大的心灵导师和成功学大师。著作《人性的弱点》汇集卡耐基一生中最重要最丰富的经验，给人以启迪并克服自己的弱点和自卑，大胆地开拓新生活之路，是一本关于改善人际关系、教人做人处世艺术的书。《人性的弱点》从人的本性进行分析，告诉我们，生活中要学会赞美别人。

卡耐基认为，批评会伤害一个人的自尊和自重的感觉，并激起他的反抗。批评所引起的忌妒，只会降低士气和感情，同时指责的事情也不会有任何改善。如果是好朋友，适当的建议是可以，但态度一定要温和，朋友要是和我们意见不合，也要适可而止。

那么人最注重的是什么呢？卡耐基这样分析：差不多每个正常的成人都想要的是健康和生命的保护、食物、睡眠、金钱和金钱所买到的、生命的后顾、性生活的需要、子孙们的健全和自重感。其中，寻求“自重感”的欲望是人类最注重的，也是人类和动物间一项重要的差别。

就人和动物的区别，卡耐基讲了这么个事例。那时他是密苏里州的一个农家儿童，他父亲饲养一种优良的猪和一种白脸牛。那时他们常在牲口展览会中陈列他们的猪和白脸牛，他们曾经获得几十次的头奖。父亲把蓝缎带的奖章用针别在一条白布上，当有亲友们来他们家时，父亲就拿出这条白布来，他握着这一端，父亲握着另一端。将别头奖奖章的蓝缎带让亲友们欣赏。猪并不在乎它们赢得的蓝缎带，可是父亲却十分重视，因为这些奖品替他带来一种“自重”的感觉。

这个例子通俗地告诉我们，人很在乎自己的“面子”，内心深处渴望得到别人的赞许。威利·贾姆士说：“人类天性至深的本质就是渴求为人所重视。”林肯说：“每个人都喜欢受人恭维。”那么，既然人对“自重感”这样迫切饥渴，就给他真诚的赞扬。

赞扬会产生什么样的奇迹呢？司华伯是恩地·卡耐基手下的得力助手，恩地·卡耐基付给司华伯百万年薪。那么，恩地·卡耐基为什么要付司华伯年薪百万元，或是三千余元一天呢？司华伯有这样的薪金是由于他特殊待人的能力。司华伯说：“我认为，我在人群中有激发他们热诚的能力，那是我所具有最大的资源……我充分发展每一个人才能的方法，是用赞赏和鼓励！”他又说：“世界上最容易摧毁一个人志向的是上司所给他的批评，我从来不批评任何人，我只给人们工作的激励。我急于称赞而迟于寻错，如果说我喜欢什么的话，那就是诚于嘉许，宽于称道。”司华伯说：“在我一生的广阔交往，和世界各地知名之士见面中，我还没有找到一个人，无论他如何伟大，地位如何崇高，不是在被赞许的情形下，比在被批评的情形下更能够成就伟大的事业。”司华伯平时所做的，也正跟普通人相反。正因为如此，他为公司创造了财富，他本人也得到应得的财富。

我联想到另外一个事例。韩国某大型公司有一位清洁工，本来可能是一位被人忽视、被人看不起的角色，但就是这样一个人，却在一天晚上，在公司保险箱被窃时，与小偷进行了殊死搏斗。事后，有人为他请功并问他的动机，他的答案却出人意料。他告诉大家，因为公司的总经理从他身旁经过时，总会不时地赞美他：“你扫的地真干净。”就这么一句简简单单的话，使这位员工受到了感动，并在关键时刻挺身而出。

有人可能会说，赞美别人是老套、恭维、阿谀、拍马屁。卡耐基认为：拍马屁那一套是骗不了明白人的，那是肤浅、自私和虚伪的，那应该失败的，而且经常要失败的。可是，有些人对赞赏，出于内心的赞赏，简直太需要了。

赞美是人与人相处最巧妙的方法，它是人际交往中最美的语言，它能让说者增光听者惬意，从而增强自信心，获得双赢。拥有赞美的习惯，会拥有完美的人际关系，生活会变得五彩阳光。

一次古典美的巡礼

李泽厚先生《美的历程》是一部小书，虽然只有十几万字，却场面宏大，它考察了从远古图腾到明清绘画、工艺达数千年华夏民族的艺术发展。从宏观鸟瞰的角度对艺术、文学做了概括性描述和美学把握，引领着我对中国古典文艺进行了一次生动而深刻的巡礼。

《美的历程》按历史时期分为十个章节。第一章“龙飞凤舞”论述了远古图腾、原始歌舞、陶器图案三方面的内容，这正是一个从内容到形式的积淀过程，也是美作为“有意味的形式”的原始形成过程。第二章“青铜饕餮”论述青铜时代狞厉的美，线的艺术，以及艺术从巫术和宗教的笼罩下的解放，青铜礼器逐渐从祭祀风格中解体，从而接近了生动的现实生活面貌。第三章“先秦理性精神”论述了儒道互补，赋比兴原则，以及体现实践理性精神的建筑艺术三个问题。其中最重要的观点是儒道互补，两者在艺术上的关系也是结合为一体，儒家体现了艺术为政治服务的实用功利，道家则体现了人与外部对象的超功利的审美关系。第四章“楚汉浪漫主义”论述了屈骚传统，汉代神话与历史以及与现实的“琳琅满目的世界”以及汉代艺术的“气势与古拙”的基本美学风貌。第五章“魏晋风度”论述了人的主题、文的自觉、阮籍与陶潜的三方面问题。人与人格本身而不是外在事物日益成为这一历史时期哲学和文艺的中心。文的自觉是这一时期文艺的新形式，从曹丕到刘勰的文论中，“文”被抬到前所未有的高度。陶潜和阮籍分别创造了两种艺术境界，一种超然世外，冲淡平和；另一种忧愤无端，慷慨任气。他们以深刻的形态表现了魏晋风度。第六章“佛陀世容”分为悲惨世界、虚幻颂歌和走向世俗三小节，论述了宗教艺术逐渐从悲的精神走向中国百姓的人情世态大团圆，宗教体现在壁画上的世俗化的审美方式等问题。第七章“盛唐之音”分为青春李白、音乐性的美、杜诗颜字韩文三个小节。从刘希夷、张若虚到四杰，到陈子昂，直到盛唐的李白，痛快淋漓，盛唐艺术奏出了最强音。第八章“韵外之致”论述了规范化格律化的中唐文艺、审美内容和审美形式的内在矛盾，以及苏轼的意义。第九章“宋元山水意境”论述了宋元山水画的从无我之境，细节忠实和诗意追求，以及到有我之境的美学问题。绘画艺术尤其是山水画的高峰在宋元。北宋时期形成整个中国画的美学特色，从北宋过渡到南宋，无我之境逐渐在向有我之境推移，南宋时对细节逼真写实的追求和对诗意的提倡都达到顶峰，二者相得益彰。第十章“明清文艺思潮”论述了市民文艺、浪漫洪流、从感伤文学到《红楼梦》、绘画与工艺这四个问题。以小说、戏曲为代表的明清文艺描绘的是世俗人情，是近代市井风习图画。《红楼梦》具有生命活力和新生意识，李贽和他的《童心说》是下层市民文艺到上层浪漫文艺的重要中介，甚至到《西游记》和《牡丹亭》，都在呼唤一个个性解放的近代世界的到来。这时期的绘画同样经历了从市民特色和浪漫思潮到感伤，到对抗揭露的过程。它们共同体现反射出封建末世的声响。

《美的历程》不是一部一般意义上的艺术史著作，重点不在于具体艺术作品的细部赏析，而是以人类学本体论的美学观把审美、艺术与整个历史进程有机地联系起来。它不单对现代流行做了回应，还从哲学的高度分析了形成的原因以及从古至今的做了对比。让人从哲学来认识美学，以美学来理解哲学，揭示出各种社会因素对于审美和艺术的作用和影响，对中国古典文艺的发展做出了概括的分析与说明，它是对中国古典美提纲挈领式的概括介绍。徜徉于本书不仅是一次文化艺术的旅行，它给予我们精神、心灵和思想的洗礼。

一个成功者的出彩个性

提到李嘉诚，谁都知道他是全球华人首富。2013年福布斯发布的全球富豪榜中，李嘉诚排第八，净资产310亿美元，是世界华人成功的企业家之一。可人们不一定了解李嘉诚的个性，阅读陈新焱文章《孤独成就李嘉诚》，我从另一个角度审视李嘉诚，沿着他的精神脉络，了解这位华人前首富鲜为人知的出彩个性。

李嘉诚是一位孤独者。一位熟知李嘉诚经历的人这样评价李嘉诚："孤独感是他最好的朋友，也是他最自然的常态。"在这个人看来，经历少年磨难的李嘉诚早已习惯孤独的感觉，这或许是李嘉诚早年的苦学生涯形成的色彩性格。文章写道："回忆早年的苦学生涯，他说：'别人是自学，我是"抢学问"，抢时间自学，一本旧《辞海》，一本老师版的教科书，自己进修。'这是一个孤独之旅，没有学历、人脉、资金，想出人头地，自学是他唯一武器。"李嘉诚在孤独中磨砺自我，在孤独中储备能量。

李嘉诚喜欢过着清教徒般的生活，鼻梁上总戴着那副黑框眼镜，腕上总戴着那块手表。"他的办公室，像他的着装一样简单，出了一望无际的维多利亚港海景，偌大的办公桌上只有很小的便笺纸、两支笔、一副放大镜。"他办公室最显眼的是清代儒将左宗棠题于江苏无锡梅园的诗句："发上等愿，结中等缘，享下等福；择高处立，寻平处住，向宽处行。"这24个字凝聚着深刻的人生哲理，李嘉诚将其视为自己的人生信条。

几乎从不生气是李嘉诚又一个性特征。见到所有人，李嘉诚都是一副标准的笑脸。“在他的下属看来，李嘉诚其实是个感情很丰富的人，但他的与众不同之处在于，他很懂得控制自己的情感。”这从李嘉诚处变不惊的行事风格可见一斑。1996年，李嘉诚长子被张子强绑架，对方开口索要20亿元，李嘉诚当场答应，并说：“现金只有10亿，如果你要，我可以到银行给你提取。”在接下来与张子强的对话中，李嘉诚教他如何做好人，李嘉诚的镇静让张子强感到惊讶。《菜根谭》曰：“觉人之诈，不形于言；受人之侮，不动于色。此中有无穷意味，亦有无穷受用。”李嘉诚的镇静源于先人明理。他的沉着也源于他喜欢读书，《孤独成就李嘉诚》这么写：“李嘉诚将这种冷静归于他喜欢读书，他说：‘我喜欢读书，什么书都看，这对我都有用，今天有用，明天也有用，所以，很多大事来的时候我也能解决。’”读书不仅能教会知识，也教会处理问题的方法。有一个词语叫“和气生财”，我想，把这个词套在李嘉诚身上是最恰当不过了。

“尊重所有人”不只是李嘉诚的个性魅力，更是李嘉诚公司的核心文化。“李嘉诚会照顾每一个人的感受，听问题时，专注如小学生，回答时一定会看着对方。他给每个人都发一张名片，但轮到摄影师时，名片派完了。让人意外的是，采访进行到一半，李嘉诚突然向远处的助手要了一张补给摄影师。他的举动是如此自然。”李嘉诚就是这样尊重每一个人。他说：“得意时善待他人，因为你失意时会需要他们。”又说：“你可以用爱得到全世界，你也可以用恨失去全世界。”在接受记者采访时，李嘉诚认真倾听每一个人的问题，生怕没有回答清楚，约好用普通话采访，他就一直用普通话，虽然潮州话对他来说更自如。写到这里，让我想起了韩国某大型公司一位清洁工，为了公司的利益和与小偷殊死搏斗。事后有人问这位清洁工这么做的动机，他说公司的经理尊重他，见他总说：“你扫的地真干净。”不难看出，你尊重所有人，所有人才会尊重你。

“时刻有危机感”是李嘉诚一个行为习惯。文章写道：“熟悉李嘉诚的人士都说，他是一个危机感很强的人，他每天90%的时间都在考虑未来的事情。他总是时刻在内心创造公司的逆境，不停地给自己提问，然后想出解决问题的方式。等到危机来的时候他已经做好了准备。”《菜根谭》里有这么一段话：“天之机缄不测，抑而伸，伸而抑，皆是播弄英雄，颠倒豪杰处。君子只是逆来顺受，居安思危，天亦无所用其伎俩矣。”平安之时不忘危难，那么就连上天也没有办法对他施加任何的伎俩。古人的哲理化为李嘉诚的行为习惯，这些习惯养成李嘉诚终身勤学的精神。

李嘉诚创业至今60多年，历经多次经济危机而没有一年亏损；自从1999年被福布斯评为全球华人首富以来，15年间不管风云如何变幻，始终稳居这一宝座。有人认为李嘉诚是超人，我却以为，是出彩个性成就了李嘉诚。

一个老人的精神标杆

一个人老了，世人还把他的精神当作标杆，无疑，这个人是高尚的，值得世人敬仰。海明威笔下的桑提亚哥老人便是这么一个人，他不屈服于命运，在艰苦卓绝的环境里，他与大海、大马林鱼、鲨鱼英勇搏斗。虽然大马林鱼没有保住，老人却凭着他的顽强精神赢得世人的尊敬，英勇不屈、顽强拼搏也便是这位老人的精神标杆。

美国著名作家欧内斯特·海明威凭借《老人与海》荣获诺贝尔奖，小说讲述了古巴老渔夫圣地亚哥在连续84天没捕到鱼的情况下，终于独自钓上一条大马林鱼，但这鱼实在太大，把他的小船在海上拖了三天三夜才筋疲力尽，被他杀死并绑在小船旁边，归程中遭到鲨鱼袭击，最后收获的只有鱼头鱼尾和一条脊骨。小说情节打动了我，小说的片言只语更是我的座右铭。“每一天都是一个新的日子。走运当然是好的，不过我情愿做到分毫不差。这样，运气来的时候，你就有所准备了。”“不过话得说回来，没有一桩事是容易的。”“人不抱希望是很傻的。”……小说刻画了一个坚忍不拔乐观向上的老人形象。“一个人可以被毁灭，但不能被打败”是圣地亚哥的誓言，也是他的精神灵魂。

一个人颓废的时候，外界的刺激往往能激发他的能量，无论他是年轻人还是老人。圣地亚哥老人独自划着小船在湾流中捕鱼，84天来，他没有打到鱼。“起初四十天，有个男孩跟着他。但40天没捕到鱼，男孩的父母对他说，这老人现在绝对是个衰神，倒霉到了极点。”男孩父亲的话打击了圣地亚哥。第85天，老人带着曼诺夫给他的鱼食和祝福又出海了，这次他要去远海，去很深的海，“这时他划过的这片海面，被渔夫称为‘大井’，因为这里突然变得很深，有七百英尺（约合213米）”。他相信在深海里凭着他的技艺和胆识能捕到大鱼。他漠视周围的一切，他以宽容的心去面对别人的嘲笑，也以微笑去接受小曼诺林的被迫离开。

经历了84天失败，这次圣地亚哥走运了，他钓到了大鱼，是一条大马林鱼。“它比这条小船还长两英尺（约合61厘米）。”老人说。从此也拉开了老人克服孤独、饥饿、困倦和伤病，与大马林鱼周旋与鲨鱼搏斗的历程。独自一人在海上，老人的孤单不言而喻。这时，蔚蓝的天空和湛蓝的海水是他的伴侣，“深蓝色的海水里有星星点点的红色浮游生物，还有日照造成的奇光异彩”；饿了他以金枪鱼为食，他捕食飞鱼，“老人用左手把它拿起来，连骨头也仔细地咀嚼着，把它从头到尾全吃掉”，拉鱼中，嘴巴干得说不出话来；困倦了找个姿势睡一会儿，“他右手拉紧钓索，然后大腿紧贴着右手，后背靠着船头的木板，把全身重量都压在上面。接着他把肩上的钓索稍稍往下移动，缠在左手上”，他向前趴下，用身体压住了钓索，把全身重量都压在右手上，就这样睡着了；面对伤口，他用左手捞起些许海水浇到头上，然后他又捞了一些擦了擦后颈，他知道海水有预防伤口发炎的功效；老人强忍所有的痛苦，重拾早已放下的骄傲，用全身的力量来对付大马林鱼的垂死挣扎；他使出浑身力气，用鱼枪刺死了大马林鱼，用套索和绳子把大鱼绑在船边。

原以为老人刺死大马林鱼并绑在船边，可以凯旋了。殊不知大鱼的血染红了大海，引来了嗅到血腥味的鲨鱼，随即演绎了一场圣地亚哥老人与鲨鱼殊死搏斗的惨烈场景。“人不是为了失败而生的”“一个人可以被毁灭，但不能被给打败”这是老人的铮铮誓言，老人这么说也是这么做。他要顽强地抵御鲨鱼的进攻，保护他的猎获物不被捕食。虽然他清楚他的努力是无济于事的。面对鲨鱼，老人英勇无畏。那一句“我跟你奉陪到底”夹杂在大海的咆哮中，回响在苍茫的大海，他是老人，他却如此强悍。第一条来侵者是灰鲭鲨，老人用鱼枪把它刺死，“我是为了自卫才杀他的，”老人说，“而且杀得干净利落”；第二条来侵者是柠檬鲨，老人用刀扎死鲨鱼；随后来的鲨鱼是一条牛鲨，老人拼命将木棒举得很高，狠狠地打了它，老人不会屈服，他的自尊使他超越了生死。

尽管圣地亚哥最后拖回来的只有鱼头鱼尾和一条脊骨，但老人那句“我要跟他们打到我死为止”的豪迈誓言划破苍穹，让敌人闻风丧胆。老人在物质上一无所获，却是精神上的胜利者。老人是人类战胜自我、超越极限、征服自然的华丽化身，更是人类面对挑战顽强拼搏、宁死不屈的精神标杆。

专心成就伟业

专心才能成就伟业，这是我读《曾国藩》所得到的感悟。曾国藩推崇“专心”，他极为赞成好友吴嘉宾的话：“用功譬如掘井，与其多掘数井而皆不及泉，何若老守一井，力求及泉而用之不竭乎！”曾国藩在早年日记中记载了到朋友唐镜海先生处，双方谈到“做事宜专”的内容：“又言治经宜专一经，一经果能通，则诸经可旁及；若遽求兼精，则万不能通一经。瞎言平生最喜读《易》。”表现了曾国藩对“专一”的深刻体会。

我很赞成一个成功人士所说的一句话：“成功的秘籍，对于我们来说，其实就是简简单单的一句话：心无旁骛，专心做事做人……”纵观古今中外，但凡事业成功者无不具备专心致志的精神。

老子在楚国的时候，有一次出去，在路上碰见一个驼背的老人举着竹竿捕蝉。老人在很短的时间就已经捕到不少蝉，如同在地上捡东西一样容易。老子觉得很奇怪，就向老人请教捕蝉的秘诀。老人说：“其实也没什么秘诀，只不过我是非常用心和专心而已。刚开始捕蝉的时候，我常常一只也抓不到，后来练习到五六个月的时候蝉跑掉的机会就非常少了。之后我更加专心致志，抓不到的情形几乎没有了。到现在，就像在地上捡东西一样容易。我的方法是先站稳身子，全心全意注意蝉的翅膀，不左顾右盼，不让外面的事物干扰我的注意力，眼里只有蝉，怎么会抓不到呢？”老子感叹：“用心、专心就能心无旁骛，这位老人如此神奇就不足为怪了，用心的力量真是奇妙啊！”

从前，波兰有个叫玛妮雅的小姑娘，学习非常专心，不管周围怎么吵闹，都分散不了她的注意力。一次，玛妮雅在做功课，她姐姐和同学在她面前唱歌、跳舞、做游戏。玛妮雅就像没看见一样，在一旁专心地看书。姐姐和同学想试探她一下。她们悄悄地在玛妮雅身后搭起几张凳子，只要玛妮雅一动，凳子就会倒下来。时间一分一秒地过去了，玛妮雅读完了一本书，凳子仍然竖在那儿。从此姐姐和同学再也不逗她了，而且像玛妮雅一样专心读书，认真学习。玛妮雅长大以后，成为一个伟大的科学家。她就是居里夫人。

历史上，因专心致志而获得成功的事例举不胜举；同样，也有因三心二意而失败的例子，“三心二意的猴子”就是其中一个。有一天，小猴在山上玩。它走啊走，看见一片玉米地，它想：这玉米肯定很好吃，于是，它跳进了玉米地，高兴地摘起玉米来。不一会儿，它又走到一片桃树林边，看见树上长满了又大又红的桃子，它丢下怀中抱的玉米又去摘桃子。再往前走，它看见了一片西瓜地，长满了又大又圆的西瓜，它丢下桃子又去摘西瓜。最后，它走到一条小河边，看见河里有许多小鱼，它丢下西瓜又去捉鱼。后来，小猴什么都没吃到，它伤心地哭了。

事例中，老人和居里夫人的成功给了我们启示，猴子的失败给了我们教训。如果一个人在生活中只追求一个目标，专心、用心去努力，那么在有生之年很有可能会实现自己的愿望；但是，如果事事喜好，见异思迁，那就好像到处撒播种子，到头来只会竹篮打水一场空，抱憾终身。

对于一个人的事业而言，最大的危机就是业不精专，同时涉足太多领域，分散精力，四处出击却都是浮光掠影，浅尝辄止，一无所获。现代社会是一个专业化的社会，只有业有所精，有所特长，使自己在某个领域中有过人之处，才能获得更多成功的机会。

曾国藩在写给弟弟的信中说：“凡事皆贵专。”“专”就要有始有终，坚持不懈，不可以“这山望着那山高”，见异思迁。专心就要有自己的行为准则和自我约束力。专心需要毅力和恒心，它是“零落成泥碾作尘”的矢志不渝；它是“吹尽黄沙始到金”的忠贞不悔；它是“千磨万击还坚劲”的顽强不屈。专心一旦演化成为精神，即便是再苦再累再寂寞，也都义不容辞，无怨无悔。专心是一种心境、一种智慧、一种精神的炼狱和内涵，蓄积惊人的力量。也许寂寞为伴是痛苦，也给我们带来无尽的愁思和烦躁，但寂寞不是一首悲歌，而是向前的大河在迂回曲折中孕育出美丽而精彩的人生。

专心致志，坚持不懈，是成就事业的关键。

后　记

我从小对文字有种天然的好奇和敏感。读小学的时候，老师带着我们走进大自然，让我们观察树草花果，然后形成文字，哪怕是一句不通顺的话。我们渐渐学会写一句话、一段话、一篇不成形的作文。我读的小学是在教学点，每个学期，我们学校都会跟村完小学校举行作文比赛，每次我都在比赛中获奖，每次我都会在两个学校全体师生面前诵读自己的作文，故我渐渐喜欢上了写作。初中，我遇到了一位令我终生难忘的语文老师，他叫陈正芳。陈老师擅长作文教学，他旁征博引循循善诱，培养学生写作兴趣。陈老师时常把我的文章当作范文在课堂上点评或诵读，激发我对写作的爱好与激情，幼稚的心灵也萌发了幼稚的自豪感。如果说小学让我懵懂地了解写作的概念，那么初中便让我喜欢上了写作。兴趣是最好的老师，喜欢写作也便成为我的兴趣和爱好。读中专的时候，老师点评我的散文，给予肯定，也把文章改得面目全非。我在红黑相间的文字里读懂了散文，也爱上了散文。

我工作后把写作扔在一边。见我无所事事，一位同事说："何不写写文章试着发表？"我百无聊赖时真拿起笔写一篇《剪报乐》投到《右江日报》，不久真的发表了。我看着自己的"豆腐块"，乐了一阵子，也来了兴趣，随后陆陆续续发表一些散文。《活旺河情思》投到《百色文艺》时，百色市文联主席黄碧功老师给予我关心、帮助和支持。黄老师的殷切关怀是我前行的助推器，我写作的劲头更足了。当然，领导、朋友、同事的鼓励和支持也给予我动力。业余时间，我泡在书房，敲打键盘，书写情怀，感悟境遇，过着穷酸文人的生活。物质匮乏，精神倒是富庶。

《牵手》是我从发表过的文章中整理而成，分为山水游记、乡土情怀、睹物思情、人物随笔和读书心得五辑，共97篇。在常人看来，现在出版一本文集，就像在西瓜地里捡西瓜那样容易，但怎么说也是自己多年来汗水的结晶。对于一个投入真情实感的作者来说，严谨是写作的出发点，来不得半点马虎。基于这种理念，选编时，我对每篇文章都进行认真的审读和修改，希望少留些遗憾。尽管如此，书稿真要付梓的时候，内心还是忐忑不安，寝食难眠，唯恐自己的粗拙之作和读者的愿望大相径庭。

丑媳妇终归要见公婆，拙作付梓就像呱呱坠地的婴儿，丑或美也都顺其自然，何况是怀胎10多年的“婴儿”。既然降世就得经得住风吹雨打，经得起读者的考敲。还望读者包容和担待，怀着豁达之心，伸出抚慰之手拉一把，这也正是我取书名为《牵手》的原因。牵手是温馨的情怀，是人间最美的姿态，我更希望行家以仁厚之心牵着我这双稚嫩的文学之手，一如既往地给予我鼓励和支持，让我在文学这片广阔的领域里找寻属于自己的一席之地。

感谢文联主席黄碧功老师在百忙之中阅读我的书稿，并倾注心血为书稿撰写序言！感谢长期以来给予我关心、支持和帮助的县文联、各级领导、朋友和同事！你们的厚爱让我将枯燥的文字演绎为彩色的人生。

李锦球

2016年7月